大周互娱
DA ZHOU HU YU

致朝与暮2

木子喵喵
MUZIMIAO MIAO

著

江苏凤凰文艺出版社
JIANGSU PHOENIX LITERATURE AND ART PUBLISHING, LTD

图书在版编目（CIP）数据

致朝与暮. 2 / 木子喵喵著. --南京：江苏凤凰文艺出版社，2018.3

ISBN 978-7-5594-1086-3

Ⅰ. ①致… Ⅱ. ①木… Ⅲ. ①长篇小说—中国—当代 Ⅳ. ①I247.5

中国版本图书馆CIP数据核字（2017）第216709号

致朝与暮. 2

作　　者　木子喵喵
总 策 划　周　政
出版统筹　黄小初
出版监制　杨翔森　曾筱佳
责任编辑　胡小河　姚　丽
特约编辑　乔　木　李晓璐
封面设计　小　乔
版式设计　李映龙
封面绘制　鲲
责任监制　刘　巍　江伟明
出　　品　大周互娱
出版发行　江苏凤凰文艺出版社
出版社地址　南京市中央路165号，邮编：210009
出版社网址　http://www.jswenyi.com
印　　刷　湖南天闻新华印务有限公司
开　　本　710mm × 1000mm　1/16
字　　数　282千字
印　　张　18
版　　次　2018年3月第1版　2018年3月第1次印刷
书　　号　ISBN 978-7-5594-1086-3
定　　价　36.80元

目录

Zhi Zhao Yu Mu

Chapter 1
奉子成婚

Part 1

朝与暮怀孕了。

这个消息让她措手不及。

小傅爷知道这个消息后却十分淡定：“如果你没什么意见的话，我想我们下个星期举行婚礼。”

听到他这句话，与暮愣在原地整整两秒。

是太过于惊讶还是感觉自己在梦游，她也不知道。

“为什么突然做这样的决定？”她问，眼神茫然。

“过来。”他伸手将她拉过坐在自己的腿上，很亲昵的姿势，手指随意玩弄她已经长到腰间的发，“怕你到时候肚子太大，变成了丑新娘。”

“结婚是一辈子的事情……你为什么会选择我？”

“那你得问问为什么你肚子里的孩子要选择你。”

“是奉子成婚吗？”她问。她想说，如果是这样的话，那不是她需要的婚礼。

可是她开不了口，即使他的回答是肯定的答案，她也会装作不在乎。私心里，即便是没有爱的婚姻，但只要能给宝宝一个完整的家庭，她也愿意。

那是作为一个母亲的妥协。

“一半原因。”他说，“我不想骗你，我没想过这么早结婚。”

他说的是实话，但是这话也很伤人。

与暮心知他是怎样一个人，有怎样的背景。

别说这么成功的男人，即使普通的男人也很少会选择这么年轻就结婚。

“那还有一半的原因呢？”

“男人的责任感。”他嘴角微勾，面上露出点点笑意，“总不能让你没名没分地生下他，指不定孩子长大之后会怨我没给她妈妈一个好的归宿。”

他总是这样，冷漠时很气人，温柔时，即便说很过分的话，听起来都像是安慰人的甜言蜜语。与暮的心里是有委屈和失落的，只要有一小半的原因是他爱她，她也不会如此难受，可惜没有。

“你的表情让我觉得你很自信。”

“嗯？”

“好像我一定会答应跟你结婚。”

他轻笑，摇摇头：“你也可以拒绝，我一开始就说了，只是商量。”

“可是你第一个理由足以把我打败，谁都不想当丑新娘，我宁愿在我肚子还不大的时候当最漂亮的新娘。”她把玩着他的手，努力不让自己去想那些不开心的事情，至少他向自己求婚了，至少她不像其他女人一样，只是他暧昧或玩玩的对象，“自有人类开始，这个世界对女人和男人就不公平，当了妈妈的女人，再也回不到当初单身时的自由跟美丽；男人就不一样了，年龄越大越有魅力，身边的诱惑也越多。”

“你这是在抱怨上帝不公平？可惜我不是上帝，不能改变你想要的东西。”

“我只是说说。”她看着他的眼睛，有板有眼地说，“我今天暂时不能答应你的求婚。因为这个求婚是我看过有史以来最简单的求婚了，什么都没有，连朵花你都舍不得送。”

他笑了，有些无奈：“对这方面我真不太懂。那么你说说，你想要什么。”

“我不知道我想要什么，就算知道也不会告诉你。你自己想吧，如果我事先知道的话，就一点惊喜都没有了。”

“那么我可以先当你答应了？”

“嗯……”她想了想，点了点头，又摇头，“不行。”

“为什么？”

“刚刚宝宝踢了我一下。”

“嗯？”

“连他都觉得你的求婚太简单不合格，所以在替他的妈咪抗议，表达自己的不满。”

傅致一当真低下头，看了眼她依旧平坦的小肚子，道：“这么小的肚子，里面就能藏人了？”

不知道是不是与暮一个人的感觉，她只觉得他询问的表情有些认真，像个因为不懂这个问题而很认真地询问老师的乖学生。她不自觉地“扑哧”一声笑了出来。

Part 2

“笑什么？”他看着她，莫名其妙。

“没……”

与暮见他蹙着眉，好像对自己的回答不太满意。

他二话不说便将她打横抱起。

“你要带我去哪里？”

“洗澡。”

与暮不语，任由他抱着自己朝卧室的浴室里走去。

浴缸里的水温热，她靠在他的怀里，这种享受舒服的滋味，真是……用语言形容不出来。

她有些累，累得不想讲话，却睡不着。

回过神，她才发现致一的大手一直在摸她的肚子，她有些好奇，问："怎么老摸那里？"

"圆圆的。"他说。

她哭笑不得："它还没长成那么圆的样子，等再过几个月，会真的很圆，跟西瓜一样。"

他亲亲她的额头，没有说话。

与暮发现近日致一的心事有点重，如果说第一次见面他给她的感觉是冷漠，那么现在他给她的感觉就是深沉，好像揣着很重要的心事，不能向别人诉说，非常不开心。

他越对与暮温柔，与暮便感觉他越伤悲，像将她当成了一种救赎。可是他什么都不会跟她提起。

是她想多了吗？与暮忍不住轻叹了一声。

"在想什么？"他的声音再次响起。

她摇摇头。

他也没有再问，只是替她将身上洗干净，然后率先出了浴缸，拿着一条浴巾将自己的重要部分遮挡起来，这才将她抱了起来。

与暮趴在他的身上看他良久，然后喃喃地问："等到很久以后，你会不会还这样抱着我洗澡？"

很多年后，与暮一直忘不了此刻她问这句话的心情。应该是舍不得吧？还带着一种害怕失去的担忧。

那时她总试图告诉自己，要记住此刻幸福的每一秒，即便有一天再也找不回来这种感觉了，也能安慰自己也有如此幸福的曾经。

与暮被他放进被子里，见他用浴巾擦着自己的头发，转身便要走的样子，忙扯住他的手臂，说："今天可以不工作吗？"

他挑眉，有些诧异："怎么了？"

她稍微一用力，将他扯下来，坐在床沿，然后像无尾熊一样爬过去抱着他的腰："没有，就当我寂寞了，想找个人陪。"

他拉开她的手臂，审视着她的神情，问："真没事想问我？"

与暮眨眨眼睛，反问道："你想我有什么事情问你？"

他看着她的眼睛，她与他对视，可是对视到最后便有些不大自然，并不是因为心虚什么的，只是因为——

"你的眼睛怎么那么好看？"

他一定不知道自己的眼睛漂亮到了怎样的地步，不然他肯定知道用这么漂亮的眼睛盯着一个人是多么罪过的一件事。

好在就在这时，他的手机响了起来，与暮有些尴尬的心也得到了拯救。她试图撤离他的怀抱，让他更方便接电话，他却不放手，仍抱着她，一只手拿起床头柜上的电话。

手机是他专用的那款，听他的声音，电话那头应该是相当重要的人。

许是卧室里太安静的缘故，靠在他怀里的与暮能听见电话里传来的声音，隐隐猜到了对方是谁。

听着致一平静而慵懒的声音，她全身放松地窝在他的怀里，耳边时不时传来"嗯""好"的声音。他的另一只大手被她放在手心里把玩。

她应该是第二次看他的掌纹了吧，还是同记忆中那么深刻，漂亮的手掌线条，弧线清晰绵长，注定了这个男人完美无瑕的人生。

在她对着他的手掌心发表无聊的感叹的时候，头顶传来某人的询问声："奶奶问我们什么时候回去吃饭。"

"……"

她太过于震惊，以致怀疑自己听错了："你说什么？"

对方显然不愿意重复刚才的问题，直接将电话递给她："你跟她说吧。"

与暮敢肯定这个电话是他毫无人性地塞在她手上的，他根本就不问她有没有意愿接！她瞪着面前的人，那声"奶奶您好"说得几不可闻。

"吃饭……我们刚刚已经吃了……明天可不可……不，不是，您说什么时候吧……嗯……我们在床……在家里坐着聊天……致一会带我去的……好的……"

电话挂断的时候，与暮都能感觉自己脑袋里一片茫然，方才对方说了什么都记不得，自己回答了什么也记不得。

而身边的人却特别坦然地问："奶奶说什么时候去吃饭？"

"……"她好像忘记了。

"我听见了好像是今天晚上？"

他听见了还问!

"现在还早，要不要睡一会儿？"他问，眼神有些邪恶，"还是想做一些别的事情？"

这个"别的事情"可是很意味深长的。

与暮不理他了，翻过身，假装睡觉。

Part 3

这是与暮第一次正式来傅致一的家。

不是她想象中的，她与傅致一还有他的奶奶第一次见面那种坐在餐桌边吃饭的场景。

在她进入别墅之后，她才发现别墅里正在举行一场小型的party。

有穿着小礼服的美女和穿着西装的帅哥来回穿梭，相谈甚欢。

傅致一带着与暮出现时，原本热闹的场面顿时安静下来。

宾客们的视线陆续转移过来，与暮略觉尴尬。

她低着头，眼睛不知道看哪里，还好有身边的人紧握的手给她温暖。

"怎么了？"他轻声问。

"你没告诉我是这样一种见面。"

"我也是刚刚下车的时候才知道，奶奶给我们举行了一场小型的订婚宴。"

他话音刚落，便见人群散开，筱筱扶着一位老太太走了过来。

与暮见了那老人，发现并没有她想象中的那么恐怖。

别笑话她，虽然她不是第一次见家长了，但心里还是有点没谱儿，何况是见天不怕地不怕的小傅爷的家人，谁知道他的家人是不是也跟他一样，对人都趾高气扬的，天生傲娇！

傅奶奶是第一次见与暮，老太太本身便是和蔼、易亲近的老人。

她对与暮的印象，其实还挺好。

虽然傅致一在外面交过不少女朋友，都没有带回来给傅奶奶见过，但是总有一些风声和照片会传到她这里。

比起她以前见过的那些，这个女孩给她的第一印象就是：适合当媳妇。

女孩长得不算很好看，但算清秀，淡淡的眉眼，淡淡的笑容，以傅奶奶阅人的经历来看，她实属那种越来越轻看的人。

“小丫头叫什么名字啊？”她和蔼可亲地拉着与暮的手问。

“朝与暮。”与暮微笑着回答，总感觉周围人的目光排山倒海般不停往这边投来。

最让人无奈的是，小傅爷人气太旺，她不过自我介绍的瞬间，他便被其他人给拉走了。

更让与暮无力的是，傅奶奶居然让筱筱带着她在这里熟悉环境，顺便认识在场的宾客。

筱筱还是之前她看见的那种样子，友好得仿佛她们已经是很好的朋友，挽着她的手真带着她到处去认识人。

渐渐地与暮才知道，这些人里大多是傅致一的朋友，他们对筱筱的身份很了解，倒是对身边的她不是很了解。

他们以为筱筱会是傅家的媳妇之选，却没想到半路杀出了一个陌生的女人，难免多看了两眼。

与暮倒也镇定，虽然心底不喜欢这样的社交，但是来都来了，想着忍忍也就过去了。

好在与暮穿得也不算太寒酸，只不过比起筱筱的受欢迎程度，她像是客人被女主人介绍给一张张陌生的面孔一样。

在这之前，与暮便知道，倘若自己真的进了傅家的门，生活肯定会有所转变。

毕竟豪门不是谁都能进去的，进去了也不代表能适应。

与暮印象里的豪门大多是规矩很多的，每天要早起，按时吃饭，按时睡觉，最好足不出户，待在家里等着丈夫的归来。

那时的与暮不是没想过自己以后或许也会过着这样的生活，但是她觉得以自己的个性是绝对不会熬多久的，况且她跟傅致一相处这么久，他也知道她的个性，应该不会束缚她吧？

可看见现在这样的状态，她怎么有种隐隐的不安？

就在她发呆时，一旁的筱筱也在观察她的神情。

那纠结而不淡定的神态在筱筱的脑海里很快就被自动转换成害怕、担心、不安。

最后筱筱把与暮带到一旁的桌子边坐下，这里已经聚集了三四个人，有男有女，女的很明显就是那种高高在上的大小姐，男人看见与暮走过来先是眼睛一亮，接着听见身边的女人没好气地说："想都别想，她是小傅爷的未婚妻。"

那语气听起来倒不是与暮是小傅爷的未婚妻有多了不起，好像是不屑她占领了这个头衔。

与暮感叹：小傅爷的爱慕者何其多！

坐下之后与暮才发现，这里离宴会主场的距离有些远，要不是有人带路，估计她都不知道这块儿坐着人。

筱筱跟她介绍，那四人都是傅致一的大学同学，不过往日的交集不算太多。名字太多、太复杂，她记不得，只记得那个总是用一副傲娇的神色看她的女人有一个很婉转的名字，她直接在心底称之为高傲女。

听说高傲女从大学开始就在追傅致一，一路追到美国，再从美国追回来，得到的结果就是今天穿着华丽来参加他的订婚宴，女主角还不是她。

就凭借着这样的执着，人家怎么会给与暮好脸色看？

自从听了这个后，本来淡定的与暮更加平静了。

在面对小傅爷的爱慕者时，她已经习惯了淡然处之。她相信，这么多年，在他身上一定发生过许多感人的爱情故事，大多数感人的是另一方的痴情感动到了别人，而作为当事人的他连一点内疚都没有。

这时，那个高傲女叫来了别墅服务员，问与暮要喝什么。

与暮："都行。"

高傲女竟笑了一下："那就来一瓶××年的XO吧，像小傅爷这种人家里是不会有什么平民化的饮品的。"

与暮："……"

等到酒都端上来了，与暮看着酒杯发呆，想着：这局面到底什么时候能结束啊？傅致一你跑到哪里去了，难道不知道你不在我身边，我在这里会很没有安全感吗？

如果换成以前，她早就不管三七二十一，任性地走人了。可现在……

她懂得了迁就，懂得了感情并不是她一个人的事情，也懂得，如果真的爱一个人，真心想要跟他在一起，有些时候的隐忍是必须的。

"哎……朝小姐怎么一口都不喝呢？"高傲女的声音又在耳边响起，拉回了与暮的思绪。

与暮道："不好意思，我不会喝酒。"

"不会喝酒？这可怎么行！小傅爷家里最多的就是酒了，以前他的父亲可喜欢收藏酒了，都是一些特别名贵的。"高傲女说，"况且这眼前的酒也倒了，××年前的珍藏呢！难道你舍得这样浪费了？我想小傅爷都不舍得呢，你还没进门就看不起人家父亲的东西，这样可不好……"

与暮只当对方的声音像风一样吹进自己的耳朵里，然后又飘了出去，她拿起酒杯，轻抿了很小很小的一口。

她会喝酒不错，可这不代表她肚子里的宝宝喜欢喝酒。

面对身边的那位时不时的嘲讽，安全起见，她最好保持但笑不语状态，心中已经盘算着离开。

高傲女看了她只喝了那么一点，显然不会善罢甘休，道："这样秀气的喝法，喝到天亮也喝不完啊。小傅爷又不在这里，你大可以放开胆子喝，装那么秀气也没人看得见呢。"

与暮蹙眉，想着这人还真是给她三分颜色，她还开起染房来了。

"真不好意思，我倒是不知道原来自己这么秀气，亏得你看了出来，我可是本色出演，装都还来不及，就被你看穿了。"

筱筱一口酒差点喷出来，看着高傲女被与暮一句话堵得脸一阵白一阵红的，而与暮则一脸平静。

难不成是近朱者赤，近墨者黑，跟傅致一待久了，与暮也学会了那种淡然到让人看不出她在想什么的地步？

"不过我倒是不知道，原来致一喜欢的是秀气型的？"这句话算是筱筱发自内心的疑问。

高傲女一听，冷哼了一声："谁知道是表面还是什么的？这年代，越是看起来正经的女人，在某方面越是浪荡，说不定正符合了男人这口呢！"

高傲女话音刚落，"砰"的一声，只见与暮手上的杯子被摔在了地上，那杯她口中的××年的XO，一滴不剩地洒在了她的身上，惊得她一声尖叫，怒火直往脑门上窜。

Part 4

高傲女抬起头便要怒骂，却在看见与暮的脸时，什么声音都没了。

筱筱打算叫人过来收拾，虽然自己也不喜欢高傲女说话的语气，但与暮那么直接的行动倒让她吃了一惊。

按道理说，高傲女被泼了酒肯定不会善罢甘休，奇怪的是，她只听见对方一阵尖叫声，却没有响起她想象中的争吵声。

她望去，只见高傲女盯着与暮时的表情，纠结中竟带着一点恐惧，却并没有在朝与暮脸上找到任何可以让别人露出这般神情的表情。

与暮表情淡淡的，一双眼睛看着高傲女，目光却冰冷至极。

让一个人产生恐惧有很多种办法，不需要大吵大闹，也不需要花力气，只要一个眼神，那种叫作气场的眼神，就能将对方逼得一声不敢吭。

这不像筱筱印象中的朝与暮，她应该属于那种沉默的，即使被讽刺生气了也闷不吭声。她不会让别人瞧见她气急败坏的模样，她会装成一点都不在乎，高雅得不得了的样子，那才是自己印象中虚伪的女人。

“××年的XO？”与暮嘴角微微地勾起，“果然不错，被你高贵的礼服给吸收了，也不算太浪费。”

高傲女憋红了一张脸，无法发泄。

“行了行了。”最后还是一旁闷了良久的男人们开始打圆场，“不过是打了杯酒，岁岁平安嘛！”说完就招了一旁站着的服务员过来打扫。

这时，高傲女率先看见一抹修长的身影，脑筋一转，精光一闪，叫道：“小傅爷！你来了！”

与暮背部一僵，不一会儿后，肩膀就被一只手臂给揽住了。傅致一看着这一地的凌乱，低头问与暮：“怎么了？”

与暮还未开口，但听一旁的高傲女抢先道：“小傅爷，你的未婚妻可不得了了，刚刚我好心倒酒给她喝，她居然把酒杯都打碎了。你看看，这不是傅老先生珍藏的酒吗？听说都很珍贵呢！”

真是这个世界太大了，极品处处有吗？与暮冷笑一声，看着那女人，只觉得她化了妆的脸怎么还是那么丑。

她正想着，却感觉一根手指将她的下巴微微抬起，眼前出现他英俊的脸。他不急不缓地微笑道：“这种酒家里多的是，暮暮想打碎多少都可以……”

与暮心里一怔，身体好像被点穴了一般，只睁着大眼睛一眨不眨地看着他，陷进他墨色的双眸里。

在场上无人吭声的场景里，他若无其事地牵着她离开。

他亲昵的姿态，毫不掩饰地向外人宣布他们两人之间的感情，天崩地裂、海枯石烂也不够形容。

与暮当然不懂他为什么要在这么多人面前对她说那么宠溺的话，但不否认他这样的做法成功地消除了她刚才的烦躁和郁结，不过是一句话，将她所有开心的情绪都拉扯了回来，什么豪门、什么禁足、什么不适应刹那间都成了浮云。

后来，与暮拉着他的衣袖，问："刚才那群人都是你的大学同学，你跟他们熟吗？"其实她是想问：你高傲也就算了，怎么连对着大学同学也能傲到那种程度？

"不熟。"傅致一简易答道。

"不信，不熟怎么可能会出现在这里？"

"这里很多人我都不熟。"傅致一失笑。

"那……刚刚看起来他们都对你很热情。"

与暮刚问出这句话就觉得自己可傻了——眼前的人是谁啊，可是小傅爷呢，谁见到他不想跟他装成一副很熟的样子呢？

"这里很多都是住在附近的邻居，都是奶奶熟悉的。"傅致一解释，"奶奶的朋友不多，她晚上喜欢去散步，经常会遇见小区里的人。她在这里住了快十年，认识这么多人不足为奇。"

他嘴角微勾，况且，住在这附近的人大多喜欢主动认识他的奶奶。

"真的吗？刚才那个听说在大学里追了你好久的女人呢？"与暮问，"你以前不是经常接受别的女生吗，怎么人家缠了你那么久你都不答应人家？"

傅致一低头看她。仿佛他今天的心情不错，对于她的问题，他很有耐心地回答："虽然我很随便，但是选择女朋友还是有一定的原则，就算只有一两天也一样。就比如，你的左边有一个烂苹果，右边有一排色泽鲜艳、口感看起来也不错的苹果，你会怎么选择？"

与暮很不厚道地"扑哧"一声笑了出来，他居然把高傲女比喻成烂苹果……果然，跟小傅爷比起缺德，她还是差了一点。

她跟着傅致一走，待到快走到屋子里，她才问："我们现在要去哪里？"

"奶奶她们在客厅里等你。"

"奶奶……"她讶异，迟钝地补充，"怎么还有……他们啊……"

他笑而不语。

与暮却退缩了：“能不能不这么快进去？”

他挑眉：“你想拖到什么时候？”

——不知道，等宴会结束后也不迟吧。

她这么想着，却听见他在耳边轻声道：“丑媳妇总是要见公婆的。”

“……”她无语望他，“我今天很丑吗？”虽然比起这里一些精心打扮的人，她是差了那么一点啦，但是也没丑到那种程度吧？

傅致一却因为她的问题愣了一下，接着竟笑了起来，说了句：“傻瓜。”

与暮很少看见他大笑的样子，不轻浮不夸张，却能引得在场的宾客纷纷回头，一睹他的俊容。

Part 5

在这样的时候，与暮总觉得自己特幼稚，想要将他漂亮的脸藏起来，只给自己看。

虽然心里有顾忌，但最后她还是由着他把自己牵了进去。

让她意外的是，客厅里居然坐满了人，说是party，看起来却像是家庭会议。

那些人大多是跟傅致一奶奶同龄的，全是女的……她脑海里不禁浮现出N个问号，不会这些都是傅致一的奶奶……们吧？

结果她们都不是，她们都是傅致一奶奶在这几年来所交的左邻右舍……清一色的老太太，在见到傅致一的那一刻，她们眼睛瞬间明亮了起来，嘴巴里赞扬世界上怎能有如此美男子，有人还竟然特意戴上老花镜看，然后一番赞扬，站在一旁的与暮早成了浮云。

显然傅致一比较镇定，径自将与暮带到奶奶面前。

然后，所有的人终于发现了她的存在，于是，什么郎才女貌、天生登对的话语又在耳边纷纷响起。

这样的场景让与暮哭笑不得，不过许是因为刚才心情好，又或许是因为傅致一就在身边，她再也没有出现过刚来时那种阴郁无力的情绪。

一大堆人坐在一起，无非问一些与暮的状况，个人的、家庭的。

与暮一一作答，倒是显得很平静、很淡定，给人一种很好的感觉，很轻易就获得在场所有人的好评。

出来的时候，与暮有种终于解脱的感觉，身旁的人嘴角轻勾，她仰头问："你刚刚怎么一句话都不说？"都是别人在问问题，她在回答。

"她们对你的兴趣多点。"

"才怪。"她瞪他。明明是因为他不怎么说话，别人再找不到话题才转移方向主攻她的。最尴尬的时候是，她们知道她已经怀孕了之后，一致认为两个青年太激情蓬发，这么快就怀上了。

与暮当时无语凝噎，而身边的人却依旧是一副气定神闲的模样，好像很赞同她们的话。

看着外面依旧相谈甚欢的宾客，与暮扯扯他的手说："我们还要出去吗？"

"想回去了？"

"嗯。"与暮点点头，不否认，"有些累了。"

其实她也不算累，只是不再想去面对那些人，被当成珍稀动物似的观看。

"那就回去。"

从来没发现他这么好说话，与暮嘴角微扬，发自内心地赞扬："傅致一，你真好。"

这六个字应该算是她说过最动听的一句话吧？

傅致一望着她，目光灼灼。

与暮被他的眼神瞅得奇怪，不禁问："你在看什……"

话还没说话，就被他的吻给吞没了。

这么突如其来的吻，还在那么多人面前，与暮都能感觉宴会上原本热闹的气氛陡然间安静了下来。

她张嘴想说"别这样"，却没料到他的舌头趁机钻了进来。

那样的深吻让她无法招架，想要拒绝的心在他的吻中渐渐沦陷，不知什么时候眼神开始涣散，什么时候心思开始迷离。

最后，她只知道她喘息着倒在他的怀里，要不是他放开她，她一点都不怀疑自己会被吻得晕过去。

然后她就听见耳边传来雷鸣般的鼓掌声，她吓了一跳，放眼望去，只见在场的嘉宾不知道什么时候全站了过来，甚至有人用手机将刚才那激情的一幕拍了下来。

与暮恨不得将脸埋到土里去——不用这么夸张吧，用手机记录下来，他是想要永久保留，没事的时候拿出来欣赏吗？然后，依旧淡然如常的某人只感觉胸口被人咬了一口，低下头才看见她将脸埋在自己的怀里。

他不想承认，但确实好喜欢她这种害羞的表现。

回家的时候，与暮一路上都不跟他说话，像在赌气。

傅致一也一如既往，一点都没有因为她赌气而有所改变。

直到快到家的时候，他才说："与暮……是不是要找个时间去你家登门拜访？"

与暮一路上都在念叨着不要理他，待到听到他的声音的时候还在说不要理他，可是当她过了好半天才反应过来他话里的含义的时候，她猛地回神："你说什么？"

傅致一已经将车停妥，看着她笑道："总不可能我们结婚的那天，只有我这边的亲人在场吧？"

他的意思很明显。

其实这个问题与暮在心里想过，只不过从来没有提起过罢了。

像傅致一这种身份的人，她实在很难开口让他去自己家拜访，尤其是在看见他家那么气派的时候，而自己的家……

她承认自己很不孝，直到现在都没有跟父母说自己怀孕的事情，但有时候不是不想说，只是不知道该怎么说。

如今他竟然主动开口说了……

就在她发呆的时候，他叹息了一声，拥住她的身子，轻声说了一句："有时候真的不知道你的脑袋里在想什么。”

她脸上的表情很明白地告诉他，他的猜测是对的。

他一直都在等她主动跟他提出这个要求，却没想到这个胆小鬼一直都不敢开口。

没办法，眼见婚期越来越近，他只有主动开口。

“对不起……”她闷在他的怀里，眼睛通红，鼻子酸酸的，只觉得难受，抱紧他，再也说不出其他话来。

Part 6

因为婚期越来越近的关系，两个人经过一个晚上的商量，将傅致一去看与暮父母的时间定在后天。

其实说是商量，不如说是每人各退一步。

傅致一是打算把时间定在第二天的，可是与暮以没做好心理准备为由，想要多拖几天，结果明显被傅大少爷看出来，其实是她内心的胆小鬼又出来捣乱了。于是两人各自退了一步，他延迟一天，她提前几天。说起来还是她更吃亏，但是她心里知道这样的让步是他最大的包容。

“真不知道你心里在怕什么。”最后他叹息，有些无可奈何。

他这种拿她没有办法的表情让她在心里偷偷傻笑，却又不禁忧愁地问自己，是啊，她在怕什么呢……

她想起自己在草地上跟高傲女坐在一起的时候，对方说的那些讽刺的话：“你知道小傅爷的家世吗？你觉得自己凭什么配得上他？”

凭什么？要凭傲人的能力和绝美的外貌吗？抱歉，她还真没有。

可是如果傅致一需要的是这样的人，以他的条件大可以找到一大堆。而他选择的是她，便代表她也是有某种资格跟他在一起的。

她从来都不认为一个优秀的男人要找的是门当户对的女人，大家一样聪明、一样完美，还能产生什么激情吗？

她回过神，就看见傅致一洗好澡从浴室里出来，身上只围了一条浴巾，头发上的水没有擦干，滴在胸膛，格外性感。

“帮我吹头发。”傅先生挑眉，下命令。

与暮没好气地说了声：“不！”然后又把脑袋转过去看电脑。

眼前一黑，电脑被合上，她怒瞪某人。某人显得心情很好，重复了一遍：“吹头发。”

一般他说两遍的话就是非做不可的活，如果不做的话……

反正她不知道对别人来说会怎样，对她来说……一定是脸红心跳，会被整得很惨的那种，俗称“闺房秘事”。

“哼。”与暮明显不服气他的威胁，但还是跑下床，找到吹风机，帮某人吹头发。

这人一向爱整洁，洗完头之后，绝对不会让头发一直湿漉漉的。

以前他们之间的关系还没有这么好的时候，一直都是他自己默默吹干头发，直到有一次，他们两人的关系像现在这样好了，与暮闲来无事，又见他刚出浴，便提出帮他吹头发。

就是那次“不明智”的主动，导致的结果是，傅先生发现免费的吹头工很好用，于是每次洗完头发都会让她帮自己吹。

与暮打开开关，吹风机的声音并不算太大，但是在安静的房间里，也只能听见它嗡嗡的声音。

傅致一的发质简直太好了，每次只要帮他吹头发，与暮就恶劣地想要将他脑袋上的头发拔光，植到自己的头上。

与暮的头发不算太差，但是也没有好到这样的地步。谁说女人的妒忌心都是很强的？这句话一点都没错。每天面对这么好的发质，她怎么吹得下去？

就在她胡思乱想的时候，她只觉得身体被什么轻轻咬了一下，吓了她一大跳，她低下头才发现，某人正埋在她的胸前。

虽然天气已经很冷了，但是室内开了暖气，所以与暮只穿了一件简单的薄睡衣，内衣什么的，在家里完全不需要……她站着给他吹头发，胸刚好在他的脸前，于是某人很方便地咬让她比较难受的地方。

第一次……就算了好吧，她就当没看见、没感受到，继续帮他吹头发。

谁知道没过几分钟，他又轻轻地咬了一口，这次是另一边……

“喂！”与暮关了吹风机，瞪他，“你到底想不想吹头发！”

他勾起嘴角，懒洋洋地笑着，笑得太好看，让她连生气都忘记了。

“我发现怀孕之后的与暮变得更可爱了。”

没想到他居然说出这样一句话。

要知道这个冷漠男平时不是正经得要死就是冷漠得要死，这样的话也不是没说过，只是次数太少，遥远得她都不记得了。

“你才知道。”与暮睨他一眼，轻描淡写地说，“以前的我一直都是很活泼、很可爱、很勇敢的。”

“嗯？”

“后来经历过太多事情，感情、社会……总有一些东西会让自己把最初的性格藏起来。”

“我很高兴，我把它挖掘了出来。”

与暮撇撇嘴巴，心想：如果你再让我伤心，说不定到时候我又会藏回去，下一次……就不知道会不会再跑出来了。

“你呢？”她问，“小傅爷是天生就这么冷漠，还是把真实的性格藏起来了？”

他却笑笑，不说话了。

真是不公平！与暮瞪他一眼，重新打开吹风机，帮他吹头发。

这一次，她在生气，气他的沉默，所以伸手在他的黑发上蹂躏，把原本吹得整齐的发揉得乱糟糟的。

“喂……”他表示不满。

喂什么喂？与暮冷哼一声，只当没听见，继续蹂躏。

然后某男伸手一拉，将她的身子给拉了下来。吹风机掉在地上自动关机，她被他反压在床上，隔了一点点不伤害肚子的距离。

“与暮很调皮……”他在她的上面，墨色的眼睛凝视着她，身下的某处也调皮地起了反应。

Part 7

想到自己有身孕，与暮有点担心。

就在她脑海里刚闪过这个念头的时候，她便觉身上一轻，傅致一已经从她身体上下去，在她开口的时候堵住了她的嘴巴。

想要她的感觉不停地喧嚣，可他也知道她承受不了，这矛盾又纠结的心态让他暂时先吻了她再说。

“傅致一……”

她轻叫一声，是想阻拦，却带着一丝不舍。

那熟悉的亲昵触碰，她并不讨厌，反而，那也是她内心所期待的。

虽然不是第一次，但每每这种狂烈的索吻都会让她感觉一颗心要幸福得飘起来。

不知过了多久……

四周万籁寂静，耳边只能听见彼此呼吸的声音。

与暮拥着傅致一，将脑袋埋进他的怀里，此刻一句话都不想说，只想这样抱着他，直到天荒地老。

“傅致一，我发现你变了……”好像在临睡前她有说过这句话，不记得他是怎样回答的，只是隐约听见他不冷不淡地说了一句：“是吗？”

然后她就在他的怀里沉沉睡了过去。

半夜时不知道触动了哪根神经，她从床上惊醒了过来，四周漆黑一片，床上空荡荡的，冰凉的触觉告诉她，躺在身边的人已经离开了许久。

这么晚他会去哪里？

她开了床头的灯，眼睛瞥向一旁的时钟，好像不过凌晨三点。

她起身下床，穿上棉拖，轻轻地拉开卧室的门，看见书房里传来微弱的灯光。犹豫了一下，她还是走了过去，敲了敲门，没有反应……与暮径自推开门。

她微怔，发现他已经伏在桌上睡着了。

明明那么累，还要逞强，真不知道他那么聪明的脑袋是怎么想的。

她正想唤他去床上睡，却见桌子上摆放着一张照片，照片里的女人很熟悉，拍照地点也很熟悉，是他带她去过的海边别墅。而里面的那个女人，是上次她在他办公室里见到的那个相框里的旗袍女子。

她感觉心蓦地抽痛。

"可卿。"梦中他轻声喊那人的名字。

与暮将相框放回原来的位置，转身离开。

视线能触及的都是灯光照射下晕黄的一切，她忽然就觉得没那么暖和了，淡漠是自己的假装，假装不在乎那些自己听见的事情，却发现当面对的时候会那么心疼、那么在乎。

她发现自己原来没有想象中的坚强……

她忽然觉得，如果再被伤害一次，自己再也无法勇敢。

Chapter 2
他的梦

Part 1

后半夜，与暮不知自己是怎么睡着的，即使睡了也不安稳。

她醒来的时候才六点多，宝宝好像难受，肚子饿了。

她抬眸，只见宝宝的父亲睡得很熟。

她抬手轻轻地触碰他眉心的蹙痕，明明呼吸很平缓，证明他睡得很熟，怎么还在睡梦中蹙眉呢？是不是又梦到了什么不快乐的事情？是不是藏着的心情在梦中展露无遗？

与暮轻轻闭了闭眼睛，将自己的修长手臂从他怀里轻轻地移开，轻手轻脚地起了床，出去了。

在浴室里面将自己清理了一番后，她穿上了休闲的孕妇装，打算出门。

肚子已经开始变大了，她穿上衣服都能看见肚子鼓起的样子。

以前与暮经常能够看见怀孕的女子顶着大肚子在路上走，那时候她会特别害怕——若一不小心摔跤了什么的，伤害了小宝贝怎么办？

所以出门的时候，她走路特别慢又特别小心，路过晨练的路人亦忍不住打量她，大抵是觉得怎么从来都不知道别墅区里住了这么清新雅丽的年轻妈咪。

许是怀了孕的原因，跟以前相比，与暮多了一点未知的女人味，及腰的长发被高高地扎成一个马尾辫，脸上因为保护宝宝的小心神情显得特别柔和美丽，惹得一旁看了她好久的情侣之中的一个女孩拉着自己的男友跑到她身边主动打招呼："嘿，你也是住在附近的邻居吗？以前怎么没有见过你？"

与暮有些意外地看着眼前这个陌生又漂亮的女子，笑道："应该平常这个时间我不出来。"

女子眨眨眼睛："难怪呢，我们是刚搬过来的。"她拉拉身边的男子，"这是我男朋友，我们刚才谈论了你好久呢……我说你那么小心地走路，一定是因为怀了宝宝，他不相信。"

与暮看了那俊雅的男子一眼，只见他朝她眨了眨眼，大抵是在说谈论的只有身边这位佳人，而他不过是迁就着回答。

"嗯，你很聪明。"与暮微笑。

"好了，不要妨碍人家了。"男子熟练地将女子手腕上撸得高高的袖子放了下来，"得到你要的答案了，可以走了吗？"

"哦。"女孩子乖乖地点了点头后不忘问，"以后要让宝宝的爸爸陪着一起来哦，这样就不用这么小心翼翼的啦。"

与暮微笑着点头，看着男子将女孩牵走，心下一阵羡慕。

在别墅区前面的早餐店买了一些吃的后，她便打道回府，一进门便看见一抹苍白的俊颜。在看见她后，他有些颤抖，她以为是自己出现了幻觉，还没搞清楚状况，便被他紧紧地抱住。

"傅致一……"她心里一阵惶然，不知道他怎么了、怎么会突然这么失控。

他没有答话，她问"你怎么了"的时候，他仍然这样紧紧地抱着她，她甚至能感觉到他的身体在微微颤抖。

他做噩梦了？她猜测，手不自禁地轻轻拍着他，安慰着。

过了许久，他才放开她：“你去了哪里？”他的语气中带着轻微的责备。

“出去买早餐了。”她说，手上拎着的东西是证明。

他看了她一眼，像在确定她说的话的真实性，最后什么也没说，转身就往楼上走去。

“傅致一……”她忙叫了他一声，看着他挺直的背，问，“你在生气吗？”

他背部僵硬，并没有转头。

与暮走上去，小心地扯扯他的衣袖，道：“抱歉，我离开的时候没有跟你写字条，我以为我只是出去一下，你没那么快醒的。”毕竟他昨天那么晚才睡，“不过我很开心你会因为我短暂的离开而着急。我保证以后都不会这样不声不响地离开了。”她举起手，做出发誓的样子。

傅致一转头看了她一眼，脸上还是没什么表情。

“你知不知道你这样没有表情的样子会让人心里很不安啊……而且……”她还想说什么，就被他一把抱住，下巴抵着她的额头。

“别让我担心。”他轻声说，也不知道自己是怎么了。

清晨在床上醒来没有看见她，他满心慌乱。

那不是平日里的傅致一，跟丢了什么似的，格外狼狈。

“嗯……我不会了，以后都不会了。”与暮轻声安慰，不知道这样小小的插曲竟能让傅致一动气。

她心里不是不开心的，昨日里的委屈在这一刻烟消云散，什么都暂时抛开，不再多想了。

“我买了早餐，我们一起吃吧？”她说，然后拉着他走到餐桌前，将自己买的爱心早餐一一摆了出来。

其实买的早点很简单，温热的豆浆和包子。她本来想要买油条的，但是想到自己怀孕了吃这样的东西大抵不好，而傅致一一向不喜吃油腻的东西，何况他的胃也不允许，她便买了各种包子。

这几日来，他们吃的都是上次在那家很有特色的早餐店点的，今天她饿得也算是时候，不想总吃那里的东西，偶尔换成旧时平民口味的东西还是很不错的。

“我买回来的时候忍不住尝了一个，味道很不错的。”她将一个白嫩嫩的包子夹到他面前，“你尝尝看，一般我觉得好吃的东西，别人都会觉得是美味的。”

傅致一看着碗里的包子，问：“很饿？”

“嗯……”与暮嘴巴里还含着包子，笑着说，“是啊，一大早肚子里的宝贝就在闹了，所以它才是罪魁祸首。”

“嗯。”傅致一应了一声，低头吃包子。

与暮看着他，想要努力搞活气氛，可好像不太成功啊……

某人生起气来真的很难哄的……

就在她犹豫着要怎么才能让他别扭的小情绪跑走的时候，她便见他已经放下了筷子，碗里还剩一只只咬了一口的包子。

原来他根本就没有吃啊……

“不好吃吗？”与暮被打击到了。为什么她会觉得这个包子真的真的很好吃？

“没有……”他伸手扶额，“你吃你的，不用管我。”

与暮这才注意到他的脸色苍白，其实一进门的时候她就发现了，只是那时候的情况有些乱，现在看来，她只觉得他脸色苍白得不对劲。

“你生病了吗？”她问。

“没有。”他想也没想地否认。

与暮不相信，站起身，探过身子想要触碰他的额头，他却手一挥，打下了她的手腕，用了些力道，让她霎时间觉得手生疼。

与暮站在那里，看着他，有些委屈，不明白他究竟在生什么气。

低下头，只见手腕被打得通红，她莫名觉得鼻子泛酸，像是要将心底的委屈都哭出来一般，眼泪就那样不受控制地往下掉。

她的眼泪成功地引起了冷漠小傅爷心里的内疚感，他别扭地道了一句：“别哭了。”却只是坐在那里一动不动地看着她，眼神怪异。

与暮哪会理他，心里难受不发泄，她会想不开，她不想一尸两命，为了这个任性得一点人情味都没有的大少爷。

“与暮……”他有些头疼地叫，实际上他的头的确很疼。

她依旧不理他。

最后他还是妥协了，站起身走到她跟前，看着站在餐桌前哭个不停的她，伸手想要帮她擦干泪，却被她没好气地挥开，力道不重。他这才看见刚才被他挥开的小手上有一道红痕。

他轻声问了句：“疼？”

她抿嘴泪眼婆娑地瞪着他，说不出的委屈。

眼前的小女人真的是朝与暮吗？傅致一失笑，以前的她可不是这个样子，生起气来会撒娇……

“要我道歉吗？”他用额头抵着她的头，温柔地问。

“不用……”她吸吸鼻子，“看在你发烧的分上，我暂时原谅你。”

要不是他自觉靠近，与暮真的不知道这个家伙居然在生病，额头那么烫，难怪脾气不好。

“嗯。”他轻闭上眼睛，没有再多说，只是眉宇间的褶皱证明他很疲惫。

他的确很疲惫啊……好几个晚上都没有好好睡了，也睡不着，即使是神仙的身体也会扛不住吧？

与暮真不知道自己该生气还是该心疼，他是为了另一个女人才把自己折磨成这样的……

Part 2

后来，傅致一被与暮强逼着吃了一个半的包子，然后又被强逼着去床上躺着了。

如果在这样的情况下他还要坚持去书房的话，与暮相信自己一定会找个坚硬的东西敲晕他，然后直接把他给拖到床上去躺着。

阳光已经从落地窗外照射进来，将整个卧室照得透亮。

傅致一躺在床上，看着端着一杯牛奶的与暮从外面走进来。

她的肚子已经微微鼓起，穿着休闲的家居服，比起第一次见到她女强人般的职业装，还真有良家女人的味道。

她的发已经快要到腰间了，倒是长得挺快的。

以前她总说自己短发的时候比较好看，但在傅致一眼里，长发好像感觉也不错。

“一个大男人早餐只吃一个半包子，说出去会被人笑话的。”与暮将牛奶搁在一旁，“还是堂堂四海阁的小傅爷呢！”

好像也没人说过小傅爷就要吃一个半以上的包子吧？

傅致一不言语，看着她像一个老妈妈一样不断念叨着：“既然不吃包子，就一定要把牛奶喝了，牛奶喝了对胃好……”

要不是怕会传染给她，他一定会强吻住那张说个不停的小嘴。怎么办？好不容易从奶奶那边逃脱过来，他好像又招惹了一位“奶奶”过来。

事实上，当与暮看见他的眼神时，她就住了嘴，瞅了他一眼，将杯子塞在他的手上，说：“快喝了吧！”

傅致一难得听话，大抵是怕了她的唠叨，刚喝第一口，她幽幽的声音响起：“我就知道你又要说我像你奶奶了。”

“……”也不知道是牛奶太烫还是怎么，傅致一被呛到了。

“你小心一点啊！”她提醒。

“嗯。”傅致一应了一声，缓缓地喝杯子里的液体。

他对牛奶不感冒，说讨厌不算讨厌，也绝对谈不上喜欢。

所以喝到一半他就喝不下去了，小女人刚刚说下楼去拿什么东西了，他在犹豫要不要乘机将牛奶给倒了。

不过想法一闪，他就见他的小女人走了进来，怀里还抱着一张鸭绒毯，盖在身上很热的那种……

“不想看医生的话，就用被子焐着，出了汗就好了。”她一边将毛毯盖在他的身上，一边说，“上大学的时候，有一次我也是发烧，比你烧得还要厉害，就是用这样的办法，虽然受折磨了一点，但是真的很有效。”

看着她将被子盖好，傅致一开始后悔之前她说要去看医生，被他给拒绝了……

将被子盖好后，她才看见他手上的杯子里的牛奶还剩半杯，问：“又喝不掉吗？”

“嗯。”他懒懒地点头，也不知道是牛奶的作用还是什么，只觉得很困。

他本来以为眼前的小女人肯定不会放过他，念念叨叨非要他喝完不可，却发现自己想错了。只见她将他手上的杯子接了过去，道：“喝不掉就算了，看你的样子肯定很困了，好好休息吧！”

傅致一应了一声，躺进了被子里。

没过一会儿，重重的眼皮就让他不清醒了起来，坐在一旁的与暮只觉得他的嘴巴微动了动，倾身过去听了听，只听见他低声问：“你是不是在牛奶里放了安眠药……”

与暮不自在了起来，好在他已经迷迷糊糊睡了过去。

是啊，她的确在牛奶里放了一点点安眠药，并不是计划已久的，只是在冲牛奶的时候突然想起来的。

谁让这个男人为了别的女人每天都烦得睡不着觉，病成了现在这副样子！如果她不用安眠药，相信除非他病晕了，不然就算睡着了，也会因为梦而不安稳吧？

与暮坐在床边，看着他的睡颜，大抵是被子和暖气的作用，他的额头上有少许细密的汗珠，好在眉头终于不再皱起了——这应该是场无梦的好觉吧。

看了许久，与暮揉了揉眼睛，却不想起身，忽然就好想一辈子这样看着他，那样婴儿般的睡颜实在是让人恨不起来。

仿佛想到了什么，她忽然站起身往书房里跑去，不一会儿手上便多了一支铅笔和一个素描本。

阳光很充实，四周很静谧，与暮总觉得这样的时光是人生中最奢侈的，所以应该要用什么东西给记录下来。

于是，在这样一个阳光明媚的上午，与暮画着那个睡梦中的人，心思平静而淡然。

Part 3

傅致一很久都没有睡得这么熟了，一觉睡到晚上，什么梦都没有，浑身舒畅极了。

傅致一睁开眼睛的时候，就看见昏暗的房间里一抹小身影靠在对面的沙发上，不禁蹙眉：这个家伙是嫌家里病了一个人还不够吗？

他起床，也不知道室内的温度开到了多少，就算只是穿着一件单衣也觉得很热。

他走到与暮身边，将她从沙发上给抱了起来……她好像重了一点。

然后听见有什么掉在地上的声音，他低头一看，是个画本。

他倒是不知道原来她还会画画。

他将睡熟的她搁在床上自己刚才睡觉的位置，轻轻地替她盖上了被子，然后看见覆盖在外面的那床鸭绒被，想了想，还是将它掀开搁在了一旁。

虽然盖那么多层对病人来说很有用，但是对她来说应该会有些累赘。

他睡了一觉，热度虽然退了，身上却因为出了太多汗而黏腻。

傅致一一向是个爱干净的人，转身便往浴室走去。

脚不经意间触碰到刚刚掉在沙发边的本子，他愣了一下，捡起来翻了翻，原本平坦的剑眉在他看见内容后不禁蹙了起来……

与暮醒来后，意外地看见傅致一居然在楼下看电视。

这绝对是匪夷所思的事情，以至于穿着休闲服、顶着一头乱发的与暮站在楼梯口盯着楼下的人看了良久。

傅致一发现楼梯上站着的小人儿，朝她招招手。

与暮真心觉得那样的动作像是在召唤他心爱的小宠物，但是她还是乖乖地下楼走了过去。

她好像已经习惯了那种窝在他怀里的感觉，感觉就像整个冬天都变得很温暖。

“明天早上九点的飞机。”傅致一的声音低低的，很温柔。

“嗯？”她看着宽大的屏幕上放着的《晚间新闻》，一时没反应过来。

“你没放在心上。”他轻拧了拧她的鼻尖，语气责备。

“不是……一下子没反应过来啊。”她摸摸自己的鼻子，“你别捏了，本来鼻子就不怎么挺，再捏就扁了。”

接着像是想到了什么，她抓过傅致一手腕上的手表看了一眼，懊恼道：“我都忘记跟我爸妈说一声了，万一明天他们不在家，我们就白去了。”

相对于她的担忧，傅致一的表情依旧淡然：“你爸妈经常不在家？”

“也不是，他们都退休了，有时候白天都会各自出去玩的。”说着她就从傅致一怀里爬起来，趴到一旁的沙发边，拿起电话给家里面打了个电话。

很快那边便接了起来。

对于与暮的电话，对方好像一点也不奇怪，反倒是与暮打完了电话之后，脸上露出奇怪的表情。

她因为觉得太过于奇怪而沉思，然后被某人不容反抗地抱起。

最近他好像特别喜欢抱着她，像抱娃娃一样，他问：“怎么了？”

“没……”她想了一下，道，“我已经跟我爸爸说了，他说我妈去外面打麻将了，等她回去就跟她说。不过奇怪的是，他说今天收到了一大堆不知道谁送过去的东西，大多是一些营养品，而且很贵重，加起来得要好几万……”

她说完，没得到身边人的回复，于是抬头看着他。

他脸上还是那种高深莫测的表情，但是在察觉她的探视之后，他淡淡地回了两个字：“聘礼。”

然后与暮不能镇定了——果然是他送的啊！一送就送那么多，那么贵！

“你怎么事先都不跟我说一下呢！”她小小地抱怨。他这样唐突，她怕会吓坏自己的父母。

他们家就一平民家庭，当然不能跟他这豪门大少爷相比，那些钱对他来说根本算不了什么，可是对他们家来说，已经很多了。

“怎么了？”他不懂她脸上懊恼的神情，“不喜欢？”

“没有……”她叹息，“我只是怕吓坏我爸妈，以为我傍上富豪了，他们会担心。”

他沉吟，这一点他倒是没有想到，只是觉得既然要去见女方的父母，在这之前，一点诚意还是需要的。他说：“这些都是奶奶的意思。”

把责任推到别人身上，傅大少爷一向做得不着痕迹，连自己的奶奶也不放过。

“奶奶也知道我们明天要过去？”

“嗯。”奶奶知道不足为奇。

“那奶奶也同意我们在一起了吗？”

“对于你那天的表现，她觉得不错，再加上她马上就可以抱孙子了，没有不同意的理由。”

“你这样说会让我以为都是因为我怀了孕，你们才好心让我进门的。”

他看着她，轻笑。

“干吗笑得那么隐晦？我就知道是这样的对不对？”问这个问题的时候，她内心其实是有期待的，期待傅致一会否认，可也是担忧的，担忧傅致一又沉默。

然后她就听见他叹息了一声：“你想要听什么答案？与暮，你知道，如果不是怀孕，我是不会想这么早结婚的。但是这并不代表我是因为你怀孕才想跟你结婚。如果一点感情基础都没有，我也不会选择你，知道吗？”

“嗯，我懂。”她重新将脑袋埋进他怀里。她知道，这已经是他能回答的底线了，而她也得到了自己想要的答案，只要不全是因为她怀孕才结婚，只要他对她是有一点感情的，她就满足了。

就在她发呆的时候，她只感觉脖颈后被某人咬了一口，又疼又麻的触感让她闷哼了一声。

是不是她的错觉，为什么她会觉得这一口里面包含了些许恼怒的情绪？

“傅致一……”她不确定地叫了一声。

“与暮以前很喜欢画画？”他的声音不紧不慢在耳后响起。

“嗯……”她不明白他怎么突然问起这个。对于她的爱好，他从来都没过问过。

“画上面都是男人……”

“……”

“都是同一个……”话说完，他又在她脖子的另一边咬了一下。

与暮这才想起自己在他睡着的时候偷偷地画下了他的睡颜，不怕死地说：“也不是一个啊……后来又加了一个……”

那个时候她跟谭勋在一起，两个人经常会一起去图书馆。那时候的她啊，总是觉得他好帅，尤其是认真时候的样子，所以她就忍不住动笔画下了，没想到一画就画了那么多。后来她忘记撕下来了。而且她不过是画了几张画而已，跟那人没什么瓜葛吧……

但是……

“傅致一……别这样……”她纠结得像只被老虎抓的兔子似的到处乱钻。怎么没有人告诉过她，傅大少爷吃起醋来喜欢乱咬人呢？!

Part 4

第二天早晨九点的飞机，坐在飞机里的时候，与暮还在犯困。

好在他们坐的飞机并不是与暮想象中的那种有钱人把飞机都包了，整个机舱里面就他们两人。

与暮晕晕乎乎地睡了一阵，睁开眼睛发现居然还没到，一看表，原来才睡了大约四十分钟的时间。

她扭头看向窗外，满眼的云层，阳光照射下来，仿佛天堂就在眼前。

“醒了？”身边的人清淡的声音传来。

她转头看去，应了一声，眼睛似乎还不能完全睁开，迷迷糊糊的，看在别人的眼里只觉可爱。

“怎么好像没睡醒的样子？”他挑眉，有些想笑，“很困？”

“嗯……”她点点头，的确很困啊。

经过两个小时的航行，他们终于抵达了与暮家乡所在的城市，城市离她家小镇还有一段距离。

小傅爷不愧神通广大，即使在这里都能有他的私人车，让与暮不得不在心底疑惑，他们俩坐飞机来的，他的司机是不是提前一天已经在路上了。

事实证明，他们的确是提前一天来的，就连叶凡也来了。

这家伙好像整天都无所事事，随叫随到，并且永远一派乐观懒散的样子。

不知道为什么，与暮看见叶凡的时候心情就会变得很好。想起他喜欢瑶瑶那么多年，却始终只远远地看着她幸福就满足的神态，她又特别佩服。

“你怎么也来了？”她笑着问。

“来提前学习一下怎么见家长。”叶凡摇头叹道，“早知道有一天你们会在一起，那次过来的时候就应该让致一直接把家长给见了算了，省得又要来一次。”

“你这样说，那以后每年我跟致一就不需要回来了吗？”与暮瞅他一眼，毫不愧疚地打击他，“难怪瑶瑶不要你，她才不会喜欢这么不尊敬长辈的年轻人呢！”

因为这句话，叶凡懒散的眼光里总算有些不同的情绪了：“朝与暮，你这个小女人是故意的吗？故意揭我的伤疤。这样缺德的事情做多了，小心以后致一不要你。”

“哼！”

“别哼！”叶凡走到傅致一身边，哥俩好地攀住他的肩膀，“别以为嫁给了我家小傅爷之后就高枕无忧。离婚听过吗？小三听过吗？虽然我们小傅爷能够把持住不出轨，但是那些女人可把持不住，要是碰到一个激烈的，用手段把致一迷晕，硬是乱来，我看你怎么办。”

“少无聊！”傅致一没好气地将他横在自己肩膀上的手臂挥开，径自拉过与暮的手，往车边走去，头也不回地对他说，“你坐后面那辆。”

这算是惩罚吗？

与暮看着站在不远处的某人黑着一张脸，在心里偷笑。

不过话说小傅爷也是万分没良心，再怎么说人家也是因为他才来的，就这样把别人抛弃了是不是有些过分？

看着跟在后面的那辆黑色大奔，与暮情不自禁地笑出声。

身边的人从文件中抬起头：“笑什么？”

这家伙可忙了，见未来的岳父岳母的路上都还得看文件。据说这些文件都是小倩托叶凡给带来的，这几日傅致一很少去公司，一大堆的文件等着他签字。

不知道为什么，刚刚面无表情的某人，在见到她笑的那一刹那，脸色好像又暗了几分。见她看着自己没说话，他干脆放下文件好整以暇地瞅着她：“笑什么？”

问第二遍了……

有危险啊……

与暮呵呵地笑：“没什么啊，就是看见身后跟着的大奔觉得很好笑。”

“很好笑？”他冷冷勾起嘴角，“我发现你每次看见叶凡都会笑。”

“……”

“看见他心情很好？”

“呃……”

“要不要让他直接搬到别墅来？”

“……”与暮吞了吞口水，小傅爷心思细腻也就算了，还喜欢说这种冷笑话吗？

她笑呵呵地坐到他身边，讨好地抱住他的手臂：“我只是觉得叶凡这个人很好玩，所以每次看见他都觉得很开心。但是比起你，我还是觉得每天能见到你，我会更开心。”

傅致一显然不吃这一套，眼睛里还是浓浓的不屑：“倒不知道你的嘴巴什么时候变得这么甜了。”

与暮想说他还真的不知道，以前她在追谭勋的时候，嘴巴可没少甜，什么讨好的话啊，幼稚的事情都做过。那些个事件里总有一件事感动了谭勋吧，所以才在她经历了九九八十一难，都快要放弃的时候，他答应跟她在一起。

当时自己是怎样的心情呢？就像期盼了好久的东西终于得到手了，之后三天都像梦游一样，不敢相信。

她叹息一声，摇摇头。她是怎么了呢，怎么总是容易想到过去？是不是真的太老了啊？

正犹豫间，她就感觉脖颈处被咬了好大一口。

比昨晚上那口还大，都是她给惯的。

然后某傲娇傅先生很嚣张地威胁：“以后在我面前，再想其他男人试试！”

Part 5

与暮想以后都不能在傅先生面前发呆了，不然铁定又被咬。

但说她一点惊喜都没有吗？那是不可能的。

在这段感情里，与暮一直都在小心地防备着，甚至连最坏的打算都做好了，要么就是淡然地跟他结婚，婚后大家过各自的生活；要么就是她承受不住，独自带着宝宝离开。她经历的感情不多，但是一次也能让她记忆深刻。

爱情这东西，真是一种毒药，陷进去一次，抽身出来之后，就再也不想碰了。

与暮常想，她这辈子会不会就真的碰不到一段靠谱的爱情。她都二十六岁了，虽然平常不怎么会提起，父母着急的时候她也是淡淡的态度，但心里还是会有些在意的吧！

毕竟，任何一个女人都不希望自己孤独一生，即使是短暂的念头，在看见路人两抹身影相伴的时候也会想要一个属于自己的身影依靠的。

她叹息了一声，这样纷乱的思绪已经很久没有了。

人有时候就是这样，明明处于幸福之中，却开始担忧它会在什么时候以什么姿态跑掉。

与暮转过头去才发现已经到了小镇，淳朴的乡亲们看见两辆豪华车不由纷纷转头，有些人甚至特意开窗将脑袋伸出来看。

大概再过一小时，她带着有钱未婚夫回来见父母的消息就会传遍小镇吧！

地方小就是这么容易传播八卦。

司机似乎轻车熟路，不用她指明方向便直接开到了她家小区里。

在他们快到时，母亲已经跟她打了电话询问，态度比她还着急。

她都能想象，昨天晚上母亲打完麻将回去之后听见这消息定是一脸兴奋样，估计一整晚都没睡好。

等他们下了车之后，母亲一路兴奋地将与暮和未来女婿领了进去。一进门与暮才看见家里已经坐了邻居家的三姑六婆，电视打开了，热闹万分，一看这架势就知道，母亲铁定到处宣传了一番，然后引得邻居来见识她未来的女婿如何……

她犹记得当初带谭勋回家的时候，也是这番场景。

与暮有些担心地看着一旁的傅致一，他一向喜欢冷寂的环境，这番热闹，又被那么多人赤裸裸打量着，真怕他会一个不爽掉头就走……

好在尾随在身后的叶凡一进来，看见这番情景先是一愣，然后打趣道：“与暮家的亲戚可真多，都是专程过来看未来女婿的吗？”

这人一向有调节气氛的潜能，不一会儿，原本只有电视喧哗声的客厅充满了欢声笑语。

与暮偷偷地打量了一下傅致一的脸色，好在他并没有像自己担心的那样，而是表现得像谦谦君子，优雅有礼。

结果，与暮母亲看着傅致一是怎么看怎么喜欢，一大群三姑六婆也一个劲地夸赞。

当然，在这之前，与暮母亲也把女婿送来的聘礼说了一下，并不是炫耀，不过是被问得有些不好回答，干脆就实话实说了。

这样子自然会被问到工作的问题，傅致一只是淡淡地回了两个字“商人”，便不愿意再吐露。

傅致一不愧是四海阁小傅爷，就算面对一大群比自己年龄大很多的人也能用他独有的霸气将他们镇住，让他们想详细地问又不自觉地住了嘴。

一番热闹下来，与暮已筋疲力尽，后来被父母单独给叫去谈话，才道出了自己怀孕的事实。

二老也算是开放的家长，只不过对于自己女儿这样的事实还是有些接受不了。

在他们眼底，自家的女儿自然是好，但是傅致一也不是等闲之辈。见过不少官场达人、商场精英的朝父不由替女儿担心：“他是因为孩子跟你结婚，还是真心爱你，与暮，你搞清楚了吗？”

与暮不敢回答，其实是不知道怎么回答。

精明的他们自然也能看出，那么优秀的傅致一，实在是没有看中她的理由，如果说她长得美若天仙也就算了，偏偏她也没什么姿色，在那些袅娜娉婷的美女中也只能算是中等的而已。

后来与暮也不知道跟父母谈了什么，只是骗他们说自己能确定傅致一是真心爱自己，想跟自己结婚的，并不是因为孩子。

她并不知道自己以后会为这句话付出什么代价，当时的她只是想，即使以后她过得不幸福，这也是她选择的，她宁愿替傅致一的不爱背负那样的欺骗。

出门的时候，她意外地看见不远处的一抹身影，他倚靠在墙边，看见她从房间里出来，嘴角勾勒出淡淡的弧度。

她走向他，仰起头看着他在逆光中看不清表情的俊脸，然后低头，将脑袋抵在他的胸前，疲惫地叹息了一声：“原来带你见家长这么累啊……”

他没有说话，只是用手指轻轻抚顺她的发，有些懒散。

然后与暮的小手渐渐地爬上他的腰，将他抱住，她想好好珍惜他在自己身边的这一刻。

她觉得自己应该是要糟糕了，渐渐恋上他的味道和在身边的那种依赖感了。

她靠在他的怀里，声音闷闷的："傅致一，你不高兴了吗？怎么都不说话？"

Part 6

与暮感觉到他轻抚自己头发的手指一顿，随后他抱住她，轻叹："你太敏感了。"

是啊，爱上这样一个人，怎么能不敏感呢？她最傻的就是明知道这是一场无望的爱情，还固执地陷了下去。有时候，什么道理啊现实啊她都知道，只是自控太难。很显然，她没做到。

她从他的怀里抬起头来，笑道："累吗？不累的话，带你去参观一下我从小长大的地方？"

他轻轻扬眉："好啊。"

下楼的时候他们才发现，客厅里的邻居们不知道什么时候都走了。

与暮不由想起还有一个应该出现的人，仰头问身边的人："叶凡呢？"

"他人缘一向很好。"他牵着她的手往外面走去，俨然一副主人的样子，"所以你不用替他担心。"

那言语间冷漠的态度让与暮又无言以对。她不过就是问一下嘛，他干吗那么在意啊！这里是她的家，她尽地主之谊问问他的朋友，确定是否安全，其实也不算是越线吧？

出去时，与暮才体会到他口中的"人缘好"是怎么一回事。

短短几个小时，叶凡便跟与暮家附近的邻居相谈甚欢，隔得远，与暮还能听见有热情的婆婆拉着他的手问他现在有没有相好的对象。叶凡在这方面处理得游刃有余，脸上露出慵懒迷人的微笑，连五十岁以上的婆婆都抵挡不住。

与暮正看得有趣，只觉脖子上一疼，转头看去，就见傅致一不悦的眼神在控诉。

与暮只觉好无辜，为什么她以前要在他面前表现出一副一见叶凡心情很好的模样？而她也当真不知道原来大少爷是这么小气的一个人。

与暮跟着傅致一一起走出了小区，好在天色已经暗沉了下来，街上的人并不是很多，三三两两地走过，也会好奇地打量与暮以及她身边的人。

没办法，他光芒太盛，那是黑夜也遮挡不了的。

站在小区外面，傅致一看了眼陌生的环境，问："朝小姐，请问考虑好了要带我去哪里参观吗？"

与暮回神，想了想说："有一个地方，跟我来。"说完就拉起他的手往右边走去。她那样自然，仿佛他们已经做了很久的夫妻。

而傅致一一点也不讨厌这种"老夫老妻"的状态。

与暮带他去的地方是小镇上唯一一个有旅游景点的地方，那是一个很遥远的塔，爬上去需要很久的时间，层层的楼梯像是没有尽头似的延伸到黑夜里，直至看不见。

就在与暮刚上第一个阶梯时，傅致一一把拉住她，她扭头，有些不明所以地望着他。

"想上去？"

"对啊，带你看看我们小镇的全景。"

"下次吧。"

"为什么？"

"怀孕的女人爬塔……你听说过吗？"

与暮沉吟了一下："没关系吧？这都有路呢，我们走一下休息一下不行吗？

我好久都没有爬上去看看了，真有点怀念。”

傅致一声不吭。

“可不可以啊？”与暮不是一个喜欢撒娇的女人，可是在自己喜欢的人面前就会情不自禁地装出那副无辜又可怜兮兮的样子，尤其是有求于别人的时候，“就一次嘛……我以前最大的心愿就是跟自己喜欢的人爬上塔，然后看我们小镇上的万家灯……”

她话还没有说完，就被某人很突兀地打横抱起。

她惊呼一声，本能地用手去抱他的脖子，瞪着眼睛看着他：“你……你干吗啊……”

“不是想要上去吗？”只说上半句，不言下半句的傅致一又回来了。在她来不及问什么的时候，他已经抱着她直接登上了楼梯。

“别人都是背着的……”某人很不知好歹，还小小地抱怨了一句。

抱着她的某人睨了她一眼，眼神在她的目光下游移到她已经凸起的肚子上，沉默。

然后……

与暮也沉默了……她为什么总忘记自己怀孕的事实呢？

果然小傅爷就是小傅爷啊，心思缜密，心比女人还要细。

原本与暮以为以傅致一的体力爬不到二十多级梯子应该就会很累的，谁知道竟爬了一半也没见他有要将自己放下的意思。

看着他额头上隐隐的汗珠，与暮有些不忍心，道：“傅致一，把我放下来吧。”

他望着她，挑眉。

与暮临时反应过来：“我突然想起，站在这里看风景也是一样的。你先放我下来嘛。”

傅致一不置可否，倒是听她的话将她放了下来，然后将黑色的风衣脱掉。

与暮眯眼，他里面穿着灰色的衬衣，下身是休闲裤，极其简单的搭配却总能显示出他男性的魅力。许是因为刚刚运动过，衬衫被汗水打湿贴在身上，隐隐显出他健硕的胸膛。

与暮脑海里不禁浮现出以往黑夜里的种种，脸腾地一下就红了起来。

“在想什么？”大少爷的语气有些不满，怎么一回家这家伙就整天神游？

“没……没想什么啊……”

与暮赶紧收回花痴的心，带着傅致一走到一边空旷的场地说：“你看看，那就是我们小镇，虽然没有在顶上看得远，但是视野也是很不错的对不对？”

那些风景在傅致一的眼底倒不算什么，他一直都纠结于与暮的神思游离，看着她兴冲冲地跟自己介绍自己家乡的小镇，很不满意！

小镇比他还好看吗？！

Chapter 3
我喜欢你

Part 1

这不满意的后果便是傅致一对着与暮滔滔不绝的小嘴巴一口吻下去。

与暮当场被吻愣了，眼睛里除了他闭着眼睛皱眉的神情，还有那看不清的星星。在这样一个地方被吻是多浪漫的一件事情啊。

她闭着眼睛，缓缓享受这样的吻。

她不禁搂住他的脖子，眼睛却是睁开的，想要将这一刻的情景深深刻在脑海里。

“我喜欢你……”然后她便听见了这样一句话。很青涩的表白，仿佛眼前的这个男人不是那个叱咤商场的男人，仅仅只是一个表白时都会羞涩的少年。

很久以后，与暮总是会想起这样的一个场景，那些情节和对话虽然都已过去，但是都记在她的脑海里，证明他曾经爱过她，这样就够了。

那时候啊，她还是有些浪漫的小心思吧，在他说喜欢自己的那一秒，她以为会是永远。

后来吻够了，与暮在他的怀里休息了一会儿，便拉着他站在一旁的大岩石边，指着遥远的地方说："这个塔建了没有几年，以前跟朋友上来，每次看见下面的万家灯火，就想着总有一天要跟自己喜欢的人上来看看……"说到这里她顿了顿，然后才抬起头，仰视着他道，"不过后来听很多人说，凡是来过这里的情侣最后都以分手而告终。"

她的语气平淡得听不出任何起伏，沉静的眸中波澜不惊。傅致一勾勾唇："所以你跟谭勋分手了。"

"……"她摸摸鼻子，这不是她想要的答案好不好？

"还是你想要证明你勇气可嘉，第二次上来希望能打破传说？"

"没有啊。"她可没那么大的胆子，"我只是怕我们家乡太小，那些充满乡土气息的建筑入不了傅先生的眼。"

傅致一"哼"了一声。

下楼梯的时候，依旧是傅致一抱着她，比上来的时候走得还慢，是因为她考虑到下楼梯不需要太多的体力。实际上如果不考虑心疼元素的话，被心爱的人这样抱着，仰头就能看见俊脸跟星星实在是很浪漫的一件事。

与暮窝在他的怀里，不自觉就哼起了歌："我要一步一步往上爬，在最高点乘着叶片往前飞，小小的天流过的泪和汗，总有一天我有属于我的天……"

她低唱的时候，傅致一并没有打扰。

说实话，就连他自己也十分喜欢现在彼此的相处模式，与暮这种小女孩似的的态度并不是一朝养成的，要将她这种状态慢慢挖掘出来实属不易。

如果他们能一直这样……他相信结婚后的生活应该不会太难过。

原来世界上真的有日久生情这一说。

这是傅致一抱着与暮下楼梯，感受着怀里的温暖的时候，他脑海里浮现的一句话。

其实身边有一抹温暖也算不上什么特别坏的事情。

他们回去的时候已经不早了，小镇上的人都睡得很早，基本上九点多大街上就没什么人了。

与暮看着走在一旁的人，他的步调永远不急不缓，风衣已经穿上，黄色的灯影更显得他修长挺拔、玉树临风。

与暮挣扎了好久，终于鼓起勇气走过去牵着他的手。

情侣之间牵手实在是太寻常的事情了，可是他们之间从来都没有过这种平民化的约会……

这能叫约会吗？

与暮在心里想，幸好啊，他没有不适应地一把将她的手给甩掉。这样的感觉真的很不错，两人不需要说话，就这样牵着手一起走，地上的影子被拉得很长。如果有相机，她一定会把这一刻给记录下来。

不知是不是她老了，她总觉得要趁着年轻的时候用相机记录下一些东西。

走到家门口小区的时候他们才发现墙边立着一个身影，也不知道在那里站了多久，看见他们俩后，他直起身子，朝他们不急不缓地走来："终于约好会了？你们两个可以再没有良心一点。"

傅致一自然是哼都懒得哼一声了，倒是与暮笑嘻嘻地说："我看你跟我们家邻居聊得那么投机，就没舍得打扰啊！"

"是没舍得打扰我还是不想让我去打扰你们？"

"是你自己要跟来的。"在与暮想不到用什么言语安慰眼前满脸伤心的人的时候，身边某人淡漠的没有情绪的声音响起。

然后在他还没开口的情况下，傅致一便拉着与暮往小区里面走去。

——够绝情的啊！

与暮想着，回头只见叶凡一脸欲言又止的表情，到最后居然露出一个得意又傲娇的表情……

她眨了眨眼睛，确定自己没有看错。

直到傅致一跟与暮走进了屋子，看见客厅里坐着的那个人，不只是与暮愣住了，身边的人似乎比她还要僵硬，原本牵着她的手无意识地抓紧，那样的力度几乎像要将被牵在他手心里的那只小手给捏碎。

“傅致一……痛……”与暮皱着眉头轻叫了一声。

他手一僵，然后看都没有看她一眼，轻轻地将她的手放开，转身就要离开。

与暮刚想叫住他，已经有一个人先于她开口：“傅致一……”

只见傅致一的身影一僵，女人有些低落的声音传来：“你就这么不想见到我吗？”

他站在原地，没有说话，也没有回头。

与暮看着他们两人的样子，只能看见女人略微忧伤的表情，就连忧伤也是那么美啊……

这个人她怎么会不熟悉呢，听也听过不少次了，照片也见过几次……她就是传说中的向可卿吧？

与暮扯扯嘴角，转身离开客厅，把空间留给他们两人。

只是为什么在关门的那刹那，她的心会那么痛？

Part 2

与暮一转身，便看见倚在门口的叶凡，估计他们进来的时候他也跟着进来了，只不过是站在门口。看样子他应该早就知道向可卿在里面等着了。与暮想起刚刚傅致一拉着她离开的时候，他脸上欲言又止的表情。

“我是不是应该事先告诉他？那样也许你现在就不会这么难受。”叶凡走近，目光闪烁。

“都不知道你在报复谁呢！”与暮摸摸自己的脸，“我表现得有那么痛苦吗？”为什么该看见的人却看不见？

“只有经历过的人才能看出来。”叶凡颇有感慨，“当初我看见某人跟别人在一起的时候也是这样的表情。”

与暮轻笑一声，伪装的一些东西，像被拆卸了下来似的。她无力地走到院子里，看着已经凋零了的桃树，道：“我在他跟我提出结婚的时候，就知道我们不会幸福太久，但是没想到居然这么短。那天……你跟他说的那些话其实我都听见了，可我还是答应了他，只是觉得人生那么短，想要的东西不去尝试的话，到头来肯定会后悔的。况且，我还怀了孩子，只想在孩子出世之前替他做些什么。”

叶凡看着她的背影，该怎么说？这个女人，他第一眼见到的时候，就不觉得讨厌。

别看叶凡平时一副脾气好到天下人尽可接触的模样，实则他的心里精明得很。

什么样的人是他想要的，什么样的人只是泛泛之交，他心里都掂量着，只不过表面上还是一副友善得不得了的样子。

所以，傅致一是别人巴结的对象，他呢，人际关系不用靠裙带关系都能好得不得了。

“我早说过，爱上傅致一的女人都注定要受伤的。”叶凡勾勾唇，“你还算是好的，没见过以前那些女人，傅致一这男人绝情起来可是让她们又爱又恨。不过第一次知道有你这个人出现开始，我就知道他对你跟对其他人不同。”

“怎么不同？”

“就比如一开始是他先招惹的你，而不是你招惹的他？”

“……”

“或者，以我多年的观察，你是他第二个那么用心对待的女人。”一般这种情况下，女人都喜欢问“那么第一个呢”，所以他很识相地继续说，“第一个人其实不用想就知道，是可卿姐。”

“可卿姐……为什么你每次都叫她可卿姐？她比你们都大吗？”

“嗯。”

“看起来还真不像。”

“是挺不像的。这几年我跟傅致一都在长大，只有可卿姐，看起来更像我们的妹妹。可事实上她比我们大了五岁。”

“五岁？”

“嗯，所以你能理解为什么可卿姐不能接受傅致一吗？”

她沉吟，倒是不知道原来那么美的女人也会在意别人的看法。

“你想错了。”她没有说话，但叶凡已能猜出她的心思，“并不是可卿姐怕流言，她是不想因为她自己让傅致一背负那样的名声。”

“听起来很伟大？”

“的确，但是傅致一跟你一样，不能理解。”

“嗯？”

“他认为他自己都不怕，她担心什么。因为这样，她离开他去选择别的男人，所以他恨她。”

“所以可卿姐走了之后，傅致一开始随意地找女人，只要是漂亮的女人送上门，他一概不拒绝，玩玩就甩？”

“差不多，只是这些女人有个共同点，长得像可卿姐。”

“难怪了……”与暮摸摸自己的眉毛，难怪在第一次见到向可卿的照片时，她会觉得有些眼熟，原来是自己长得有点像对方啊……

其实也不算长得像，只是她们眉尾都有一颗不是很明显，但是照相都能看得见的痣。

叶凡转头看见了她的动作，了然于心。对傅致一那么了解的他怎么会不知道那颗痣的故事？

“如果是我的话，有这么一个男人对我动心，又这么专情，我才不管别人会怎么说，先双宿双飞了再说。”

“当时一定有很多女人也这么想。”

“我们都这么自私，所以才被惩罚爱上不该爱的人。”与暮说着，突然就觉得有点累了，“还好这个时候站在旁边的人是你不是别人，我不用假装微笑，伪装成很开心的样子。”

“那我也不介意借你个肩膀……”

他转身，话刚说完，就见她毫不客气地把头靠了过来，正巧因为他转身，她的脑袋抵在了他的胸膛上，一时间他身体一僵，但很快就缓和了过来。

安静的院外只有月光静静照在地上，叶凡两手垂在两边，还真是第一次遇见这样的情况，手都不知道往哪里摆。

“你要不要唱首歌哄我开心？”这时，垂着脑袋抵在他胸前的某人低低地说。

叶凡刚想问唱什么，就察觉到了她声音里的哽咽，想了一会儿道：“跟你讲个笑话吧。”

“嗯。”

“一男孩对一女孩说：‘我追你好不好？’女孩红着脸害羞地说：‘讨厌，好啦……’男孩高兴地说：‘那你跑吧！’……”

周围安静了半秒，然后与暮“扑哧”一声，抬头，脸上已没了泪痕，只双眼红红的：“这是什么笑话啊，有够冷的……”

刚说完，就听见客厅里传来声音，她转过头，只见向可卿从里面走出来，而立在旁边的一抹身影，仿佛已经站在那里看了许久……

Part 3

与暮此刻一点纠结、难过都没有，甚至连辩解也不着急。她望着那抹身影，眼神却是空洞的，那种望着一个人，神思却不在其上的感觉，往往让人最难懂亦最难受。

接着他朝着她走过去，深黑的眼直直盯着她，经过她身边的时候，牵起她的手就往门外走去。

与暮任由他牵着自己走在黑夜里，那依旧苍白的月色忽然就失去了温暖，凉凉地挂在天边。

其实月亮一直都是冰凉的吧，那种暖暖的感觉只是错觉罢了。

与暮低低的声音带着无名的情绪：“你要带我去哪里呢？”

听到她这句话，他奇异地放慢了脚步，看着冷冷的夜，忽然就茫然了。

是啊，他应该去哪里？

眼前是陌生的环境，他有种莫名的心慌。

这是多久没有过的情绪了？他原本以为再也不会见到她，这个女人，一出现便能扰乱他的心绪。多年前，她能那么绝情地离开，这时候就不应该回来。

他对她避而不见，她倒好，找到这里来了。

傅致一有些烦躁地松开与暮的手，脸上没有隐藏的情绪让与暮知道原来刚才自己多想了啊……

他根本就没在意她跟叶凡之间会有什么。

也许换成之前还会在意一点吧？现在向可卿来了，他心里在意、关心的只有向可卿吧？

与暮嘲讽一笑，觉得自己真是有点贱了，居然怀念起那个会因为别的男人吃醋而咬人的傅致一了。

感觉脸上有些凉凉的湿意，她抬起头，才发现刚才还星星满天，现在居然下起了小雨。

她嘴角一勾，笑得有些忧愁——这是在演电视吗？伤感的人加上伤感的景，老天配合得可以。

她看着站在眼前的人，伸到半空的手，没有碰到他的衣角便垂了下去："下雨了，回去吗？"

依旧是低不可闻的声音，可是她能确定他听见了。

半晌没有得到他的回复，与暮说："那我先回去了。"

她不想感冒，不想让肚子里的宝宝有事。她这样告诉自己。

她刚转过身，没走几步——

"与暮……"身后传来一声轻微的呼唤，她脚步一顿，还是没忍心丢下他一个人。她刚转过身，就被拥进一个凉凉的怀抱中。

"傅致一……"她轻叫了一声，想哭。

如果隔得远，她还能够控制住自己的情绪，偏偏这么近的距离，他的味道、他的体温以及他的怀抱都让她难受得想要哭泣。

她已经变得很胆小了，胆小到甚至不敢去想有一天自己会从他的身边离去。

他沉默，将她拥抱得更紧，那样的姿势仿佛相对于她，此刻的他更怕她会离去。

与暮一点都不讨厌这样的力度，甚至贪婪地喜欢着。

今天发生的事情太过突然，突然到她觉得自己若是再不珍惜跟他在一起的分分秒秒，那种她想留住的幸福就会完完全全地被别人给夺走。

这个拥抱保持了许久许久，久到那样的小雨将她的眉目打湿，久到她以为他会这样抱着她直到日出。她知道他很爱那个女人，曾经一度被她认为没有心的他，原来不是没有心，只是一颗心已被奉献给了另一个人。

很多年后，与暮才知道，原来再冷漠的人、再出色的人最终也会败在感情上，向可卿就是傅致一的劫，只要她一出现，那个神人一般的傅致一就被打回了原形。

她的眼泪终是忍不住掉了下来，原来，太爱一个人，真的会因为他难过，自己比他还难过，那一瞬间好像全世界都要毁灭了。

傅致一明显被她吓到了，看着她泪眼婆娑的样子，问："你怎么了？"

谁知道她竟"哇"的一声哭开了，像个小孩气的，泪水狂涌，边哭边指责："你马上就要跟我结婚了，怎么还可以为别的女人哭，你到底有没有诚意结婚啊！如果你那么喜欢他，干脆跟她求婚好了。不就是傅太太的位置吗？有什么了不起，你以为我稀罕吗？她一出现，你就那么失魂落魄，你有没有想过我的感受啊！你怎么能那么自私！是你先招惹我的，是你先招惹我的！你怎么能这样……怎么能这样……"

她话还没有说完，就被他堵住了嘴巴。

被吻得癫狂的那一秒，与暮在心底想：可恶的男人，每次都这样逃避责任，你以为吻完了就没事吗？没经过别人同意的吻难道不算是非礼吗？

她觉得自己好生气好委屈，可是在他那样无助的吻里，她不忍心推开他。

原来傅致一也会有无助的时候，他不是真的无所不能，不是什么都不在乎。他也会露出小孩一样迷茫而可怜的神情，而那种神情该死地扯痛了她的心。

那一秒，与暮甚至想：你要是爱她就去爱吧，就算你要对这场婚姻反悔，就算你要抛弃我回到她的身边，我也不会恨，真的不会恨……

Part 4

两人站在雨中有多久，与暮记不起来了。

她唯一的感觉就是傅致一好难过，然后她比他更难过。绵绵细雨一直在下着，她几乎哭得什么都看不见，可就是能感觉到他很难过。

回去后，两人住的是与暮的房间，幸好父母都已经进房间睡觉了。

先洗好澡的与暮看着一头湿淋淋的傅致一从浴室里出来，他忘记了平日里的优雅，竟然就那样坐在床上准备躺下。

“等等。”与暮忙阻止，然后走到浴室去拿了毛巾，接着跪在他的身后给他擦拭他的头发。

与暮擦着擦着动作就慢了下来，他凌乱的头发更显出他的英俊，也给冷漠的脸上增添了几分暖意，这样的男人，也会为一个女人痴情呢……

心里始终还是有些惆怅的，擦拭着头发的手渐渐就停了下来，她呆呆地看着他，不知道在想些什么。

就在这时，一股力道抓住她的胳臂，把她带进怀里。

与暮一惊，本能地在他怀里挣扎着，但是根本就敌不过他的力道。

“让我抱抱你。”他说。

“与暮……”他低低的、有些痛苦的声音在她耳边响起，“有你在真好。”

他们在小镇上只待了一天一夜，第二天便启程回宁市了。

看得出与暮的母亲有些不舍得，临走的时候就差没眼泪汪汪相送。

与暮以前从没见过母亲这样，就连她第一年因为律师事务所刚开，事情繁多过年没回来，都没见母亲主动打个电话。

她知道，自己这一趟回去，便是要嫁人了。

那是一种怎样的心境，自己一手带大的女儿就要送给别人了，虽然不像古代那般回家一趟还要对方的允许，但总会让人感觉不舍的。

与暮临走的时候跟父母说："我会好好照顾自己，你们也是。"

回去两个字就像是看不见的将来，她甚至不知道他们的婚礼能不能如期举行。

回程的车上，气氛跟来的时候截然不同，司机换成了叶凡，虽然还是同一个人，但是与暮这次看见他没有如以前一样有开心的心情。

对于那个晚上的事情，傅致一跟与暮好像达成共识般，皆绝口不提。

只不过不提归不提，那些曾经发生过的事情再怎样也不能当成没有发生过，一路上，与暮都坐在靠窗的位置，明显保持了防备的距离。

是她还在责怪他吗？没有。只是那种说不出的心境让她不想伪装好心情。她现在需要的是安静，静静地听着耳机里的歌，看着窗外陌生的风景，发发呆，什么都不想，就是一种容易满足的幸福。

刚上车时，叶凡还试图调动气氛，不过见两个当事人好像都提不起什么兴趣，他也就很识相地闭了嘴，开他的车。

坐在右边的傅致一看似在翻阅文件，可迟迟没有翻开一页证明他的心思并不在那之上。

偶尔，他也会抬起头往与暮的那个方向看，她脸上淡淡的表情在光晕里几乎透明，那样脆弱消瘦的样子好像一眨眼、一不注意就会消失不见。

这样的场景，让他很烦躁，但是表面上他依旧是冷漠的神情，他低头看着文件，好像什么事也没有，好像心疼只是一种错误的感觉。

后来，与暮总是想，为什么遇见跟向可卿有关的事情，他就可以在她面前把心事表现得那么明显，而碰到她的事情，他宁愿伪装也不愿意在她面前泄露一点情绪。

在飞机上的时候，他们之间依旧一点交流都没有，与暮在飞机上睡了一个小时，发了一个小时的呆，飞机便降落了。

顶着一个肚子来回飞行真的是一件不太好受的事情，一到家里，与暮便洗澡上了床。

这一次，她没有如同往常一样去关心傅致一晚上要看文件看到多晚，要不要准备夜宵。

也许那么多夜晚的阅读只是因为太想一个人睡不着而已。与暮不知道自己现在是在赌气还是什么情绪，也许是不想自己太多情吧。再次爱上一个不爱自己的人的感觉真的很糟糕，她很讨厌这样的自己，所以稍微收心，控制住自己不要那么八婆多事，这样会让她心里好过一点。

虽然很累，但在飞机上睡了那么久，现在还能睡，她就真是猪了。

她拿着耳机听了一会儿胎教歌，就感觉手机在振动，从床头拿起手机一看，是李瑶打来的。

她接起，手机里传来李瑶有些担忧的声音："与暮，你怎么才接电话呢？我打了你好多个电话，都快把我给急死了。"

"怎么了？"她明明刚刚感觉到手机振动就接起来了。

听到她这么平静的声音，对方倒是一愣，对自己的担心、着急有些不理解了："与暮……你没事吗？"

与暮轻笑："我应该有什么事吗？"

"哎……看来是我多想了。"那边悬着的心好似终于放了下去，"我还以为那什么向可卿因为命不久矣才回来，傅致一肯定会跟她天涯海角私奔呢，没想到大少爷总算还有些良心，没有……"

她的话还没有说完就被与暮打断："命不久矣？瑶瑶，你说这话什么意思？"

"嘿！你别告诉我你不知道向可卿得了癌症还是晚期的事情啊！电视里都这样演的，这女人大概也就是用病来博取小傅爷的同情吧，想让他逃婚跟她在一起！"

“癌症晚期？”与暮一惊，“这是怎么一回事？”

那边的人迟疑了半天才支吾地问：“与暮，你是真的不知道吗？”

“我不知道，什么都不知道。”

“难道说她根本就没有跟傅致一说？不可能啊……那她回中国的目的是什么？”

一连两个问句，没有人能回答，相比较起来，与暮脑袋里的问题比她还多：“你先别管傅致一知不知道，你先告诉我，你是怎么知道这回事的。”

“就……连年告诉我的，他以前跟向可卿很熟吧……至于是什么关系我也不知道。反正就是向可卿没救了才回中国，说是要来看最后一眼的，我以为……她是知道傅致一要结婚的消息故意回来破坏的。”

Part 5

“癌症晚期……”与暮握着手机的手居然会因为一个陌生人的病症而不稳，“就是……绝症……没得救了吗？”

“是啊，如果能救，她也不会回来吧。”李瑶哼哼一声，说得绝情，“你看她整天戴着一顶帽子，估计是头发都要没掉了。可是你说这女人吧，只要一化妆就一天仙，何况她姿色在那里呢！难怪连小傅爷都会被她迷得不行。”

与暮当然知道傅致一那么喜欢一个人肯定不是因为她的姿色，应该是有着想忘又忘不了的过往吧。

“但是与暮，我要提醒你啊……如果那女人没有跟傅致一说的话，你可别傻傻地跑去乱说一通。你这孩子就是太傻太善良了，像那什么什么谭勋，搞外遇，也就只有你才会那么轻易地放过他，还帮他搞定事务所的事。唉……真不知道该说你痴情呢还是傻……”

耳边是李瑶啰里啰唆的声音，这一次，她没有回嘴，只是觉得难以呼吸。她该怎么做……

如果傅致一知道了事情的真相，他们还可能在一起吗？

她本以为只要等到结婚了之后，就没事了……

那些侥幸……又能停留多久？

在这宁静的夜晚，与暮却变得心烦意乱，电视机里原本微弱的声音在她耳里也显得吵闹了。与暮关了电视，走到落地窗前，有些失神地凝视着窗外，今天的夜没有月亮，星星也失去了踪影。

她靠在窗前，脑海里浮现的是第一次来这里时自己的样子，那时候的自己是多么的排斥啊……

她总觉得自己这辈子跟这么豪华的别墅格格不入，可是住久了，竟也有些亲切的感觉，真不知道以后回到以前的公寓会不会住不习惯。

迪欧已经被傅致一送去了他奶奶那边的别墅给傅妈养着，据说奶奶很喜欢迪欧，每天晚上都会带它去遛弯。与暮虽然有些不舍，但是怀孕了自然不能再碰宠物了。

所以，孤独还是会有的吧，一个人的时候总会出现。

叹息一声，她转身打算休息，却意外地与开门的那个人四目相对……

彼此都有些措手不及，一时间好像都找不到话题，最后还是与暮笑笑，道："正想上床睡觉……"

傅致一看着她有些飘忽的笑容，脑海里是她刚才靠在窗边孤独的背影，心仿佛被什么触动了一般，只觉难受。

可他一向是不擅长表现情绪的人，所以自然传达不了任何信息给与暮。

他沉默地将门关起来，去浴室洗完澡，关了水，习惯性地拿毛巾擦头的时候听见外面传来播放电视的声音。

原本想要将头擦干净的手停在了半空，顿了顿，他将干燥的毛巾放回了原位，顶着一头湿发就出去了。

她正躺在床上看电视，见他出来只是瞄了一眼，然后又将神思放在电视上了。

傅致一坐在床边一会儿，身后的人却完全没有反应，像是有些……赌气？

他掀开自己那边的被子就要躺下去。

“等一下……”她还是没忍心开了口，在他看过来的时候，她已经下床去浴室将毛巾给拿了出来，搁在床上，“你先把头发擦干啊，这样睡很容易……弄湿床单的！”她本来是想说很容易感冒的，但是不知为何，她就是不想表现出那么关心他的样子。

谁知道那人睨了她一眼，直接将她搁在床上的毛巾扔在地上，然后躺下，关灯，睡觉！

“哎！”与暮莫名其妙地看着被抛弃在地上的毛巾，郁闷极了。

最后她还是不忍心他那样睡觉。那样肯定会不舒服吧？他那么爱干净的一人，因为跟她赌气，像个孩子似的……

她弯腰从地上把毛巾捡起来，伸手推推他：“把头发擦干。”

“……”闭着眼睛的某人没反应。

“头发湿了睡觉很难受的。”

“……”他依旧没反应。

“我帮你擦干……”

“……”他睁开眼睛，黑黑的眼睛一眨不眨地盯着她，薄唇抿成一条线。

与暮叹息，他怎么越活越像个孩子了！

看着这男人好不容易坐起身，她脱了鞋子半跪在床上，寻了适合的角度，帮他擦头发。

他头发虽然不长，但是用毛巾擦是擦不干的，擦了一会儿后，她转身想要去拿吹风机，却不料竟被他忽地从后面给抱住了。

她身体不由得一僵，感觉到他抱的力度并不算太大，大抵是不想伤了她的宝宝。

她站着，他坐着，将脑袋抵在她的腰间，让她有些不适应：“傅致一……放开……”

“不放。”他语气坚定。

“傅致一……”

“不放！”

她叹息：“我只是去拿吹风机。”

“……”他沉默了，却还是不放手。

与暮没办法，让他抱了一会儿，然后转身，低头，看着他没有什么表情的脸，只见他眉头有些褶皱。

面对这样的傅致一，她真的是一点办法都没有了，想绝情、想闹脾气、想赌气，都不知道如何下手。她只想抱抱他，希望他不要这么痛苦，就算……就算变回从前那个绝情嚣张的傅致一都无所谓。

她从来都不知道，原来自己也能这么伟大啊，这就是爱上一个人的代价吗？

“傅致一……你告诉我，我到底该怎么做。”她的声音轻缓而缥缈。

Part 6

傅致一说：“不知道。”

他很少说这三个字。这是商场上的人最讨厌的三个字，充满了茫然和不确定，那不应该是在他傅致一身上应该存在的。可是对于她，他真的不知道该怎么做，或者说该用什么方法去面对。

然而就在这样的不确定里，他们的婚礼如期举行。

她不知道别的女人嫁入豪门是怎样的程序，对她来说，好像只需要坐在那里，等着化妆师把自己打扮得漂漂亮亮的就行，她甚至不用去费心挑选婚纱、项链，一切都有傅致一帮她打理妥当。

婚纱虽不是她自己选的，但是看见它的第一眼，她就很喜欢——经典的纯白色，香肩半露，装点着白金、钻石与刺绣花，优雅华贵。听说这是本地一位很有名的设计师设计的，根据她的肚子，在那一块做了很特别的设计，让她的肚子看起来不会大。

李瑶是最早一个过来的，正巧看见她在那里试婚纱，一个没忍住，眼泪居然掉了下来。

这可吓坏了与暮，还以为发生了什么事。谁知那家伙居然“扑哧”一声笑了出来，她说：“傻姑娘，我是太高兴了！”

闻言，与暮一颗悬着的心才放了下来。

后来，李瑶将傅致一请来的专业化妆师队伍给赶了出去，将自己带来的百宝箱往与暮眼前一摆，抱怨道：“难道你忘记我以前学过什么吗？你不是答应过我，你结婚的时候，妆一定是我帮你化吗？”

李瑶大学的时候对化妆深有研究，曾经还在校外报班学习。

那时她们和所有的女生朋友一样，偶尔会聊到以后结婚的话题。

与暮记得自己那时候喜欢谭勋，不过得到回应的希望渺茫，而李瑶喜欢陆连年，更是连希望都未曾有过。

有一次，两人走在一起的时候，李瑶看着一对新人来他们学校取景拍摄，便问：“与暮，你说我们什么时候会结婚呢？”

那时候与暮刚跟谭勋闹了一顿脾气，便没好气地说：“我怎么知道，又没人愿意娶我。”

李瑶却说：“我们来做个约定吧，我们之间谁先结婚，后结的那个就要做伴娘。我觉得吧，我们之间肯定是你先结婚，你都有谭勋了。”

“……”

“如果你结婚呢，一定要请我当伴娘啦，还有我要帮你化妆哦！”

犹记得那个时候青春年少，说得与暮心中生出了花来，仿佛明天就能跟谭勋结婚。只是这么多年了，她的确是先结婚的那个，但是也已经脱离了最初的设想……

两人似乎都想起了往事，最后李瑶笑道：“好啦，别感伤了，要想想至少你还有人愿意娶呢，我呢，结婚遥遥无期。”

“谁让你眼里只有陆连年一个人。”与暮也不安慰。

两人相视，皆笑出声。

李瑶化妆用了三个小时，用她的话来说就是：“这应该是我这辈子以来花的时间最长的一个妆。”

出门的时候，李瑶拉着她的手说：“我们都喜欢上不该喜欢的人，不是我们的错，是天下的男人太浑蛋！所以你也要自私点，不要那么伟大。结婚了，傅致一就是你的人了，你不管用什么手段把他留在身边，都没有人有资格说你。你别再那么傻，不懂争取自己想要的，知道吗？”

与暮点点头，别看李瑶表面上每天都很快乐的样子，实际上因为背负第三者的罪名，她比任何人都难受，心里承受的压力特别大。她不是天生的乐观派，只不过一直都在为一个没有未来的人支撑着，为那个丝毫看不见结果的爱情。

两人出门时，新郎和一大群人已经在外面等着了，这样的婚礼并没有像其他人那样闹的。

许是傅致一之前有交代，毕竟他本就是喜欢静的一个人。

然后与暮就看见那个站在门前的人，他穿着白色笔挺的礼服，静静地站在那里，仿佛站了很久很久，从她出来的那一刻起，视线便在她身上。

与暮觉得自己那时候应该是最幸福的人，因为他的视线只落在她身上，眼中只有她一个人。

站在人群之后的向可卿看着那个女孩，长发松松绾起，没有过多的装饰，只在头顶别着纯白的头纱，淡雅的黑眸，粉挺的鼻梁，瑰色的双唇，轻柔的阳光照射在她身上，仿佛给她镀了一层金。

向可卿不是第一次见到她，实际上在国外的时候就已经见过她的照片——不算顶级漂亮的女人，却是很适合傅致一的。

美丽的眼瞳里闪过一丝安慰，总算……她看着长大的傅致一有了自己真心喜欢的女孩子，她应该替他高兴的。

只是她心里还是有些小小的失落吧……

当初离开的时候，她就知道那个倔强的男孩大概一辈子都不会原谅她了，果不其然啊……

此刻，她眼前的这个男孩已经成了一个真正的男人，全副心思都在朝与暮身上。

在众人的催促中，他走上前，将与暮打横抱起，动作并不暴戾，温柔得不像是傅致一的作风。

那一刻，所有人的目光都凝聚在他们身上，而与暮的眼底只有抱着她的男人……

那一刻，她真的是幸福的。

Chapter 4
婚礼

Part 1

当傅致一将与暮抱下阶梯的时候，人群不由自主分开了一条路。

向可卿真的不是故意的，她只是想要躲在人群里亲眼看看傅致一的幸福，并没有要来打扰，可是当傅致一抱着与暮走下来的时候，她一下子失神，人群分开的那条路直接将她暴露了出来。

傅致一对她是何等敏感，一抬眼，便看见站在那里的她。

她穿着很平常，依旧戴了一顶鸭舌帽，虽然帽檐压得很低，但是傅致一就是能一眼认出是她。

高大的身体如被点穴了般僵立在了原地，总是这样，只要一看见她，傅致一就轻而易举丢失了风度。

被他抱着的与暮自然能第一时间感应出他的僵硬，顺着他的视线看去，便看见了站在那里同样僵硬的向可卿。

与暮是有点生气的：这个女人看起来一副成熟的样子，该不会也是幼稚地来闹场的吧？

如果不是的话，她明明知道自己的出现对傅致一来说会造成多大的影响，为什么不乖乖地待在家里，要出现在这里？

相对于与暮只是心里生气，作为伴娘的李瑶已经忍不住冲上前去，打破僵局："我还以为是谁呢！原来是向可卿啊……你也是来参加小傅爷跟与暮的婚礼吗？你瞧瞧，他们两个是不是特别般配？"

此时，傅致一已将与暮放了下来，一双眼睛并没有看向可卿，当然，也没看与暮。

向可卿看了傅致一一眼，脸上露出一抹微笑："嗯，很般配。"然后大方地走到傅致一面前，道，"致一，恭喜你。"

她的大方是装出来的！不知道为何，与暮就是能那样肯定，可即使是伪装的，那也没有关系，只要她今天不是来破坏的，她怎样伪装，与暮都不会介意。

傅致一却不说话，一双漆黑的眼睛重新看向她身，意味不明。

现场的人大多知道傅致一跟向可卿有过一段情，具体来说是风华绝代的小傅爷被别人不屑一顾，可是他们不能懂的是，为什么当年不屑一顾的人，要在他的婚礼上出现。

这些人都是傅致一的朋友，别看他平时冷漠，不爱说话，真心的朋友却不少，见到这幅场景，基本上站在与暮这边。

李瑶就是他们这些人的代表："时间已经快到了，要是错过时辰就不好了。向可卿，祝福你送到了，小傅爷也收到了，你现在是不是能离开了？"

向可卿知道自己是不受欢迎的，只是没想到会弄成这样尴尬的境地，她有些抱歉地说："看来我是真的不应该过来，抱歉……我现在就……"

"如果不赶时间的话，欢迎你去婚礼现场。"

在场的人包括与暮都诧异地抬头望着那个淡然开口的人，他脸上并没有什么特别的表情，目光却从向可卿身上移到了与暮身上，他说："你是我姐姐，我跟与暮需要你的祝福。"

与暮好想说，不需要，她一点都不需要！她巴不得眼前的人赶紧消失，她真的受不了这种感觉。如果他不能给她一场想要的爱情，那么能不能给她一场她想要的婚礼？她真的不希望这场婚礼出现任何插曲，这一秒就已经足够了，她不想还有！

所以，当傅致一牵起她的手欲走的时候，她却停留在原地，不愿动。

他转头，望着她，她的眼睛始终是看着他的，她觉得自己从没有像此刻一般如此坚定："我不希望她去！"

她甚至能听见人群倒吸气的声音，仿佛在说：小傅爷邀请的人，你也敢拒绝！

所以……拒绝又怎样呢？最坏的后果也不过是他不要她了，牵着另一个女人走。

"与暮……"却不想他叫了她一声，眼神里满是复杂的情绪，似乎不相信她会说出这样的话，像个任性的孩子。

而此刻这个任性的孩子依旧很执着、很任性，她看着他的眼睛重复了一遍："傅致一，我并不希望她出现在我们婚礼上。"然后转头对着向可卿说，"抱歉，可卿姐，我不喜欢你。"

傅致一忘记了，他从一开始注意到与暮就是因为她的固执和倔强，说白一点就是心里想什么就说什么，讨厌绝对不会说成喜欢。

陪伴在他身边的那些日子，她将自己的性格藏了起来，渐渐变得温顺淡然，但这并不表示她已经完全蜕变成另一个人，只要她还是朝与暮一天，那些原始的性格就会隐藏在她身体里，蠢蠢欲动。

傅致一显然不是那么好说话的人，他也不会为她退一步，像一个新郎该有的宠溺样子说"你不喜欢就不请"。他只是用很冷很冷的眼神看着她，不言不语，站在那里，不管时间流逝，用沉默逼她答应。

一时间，气氛又恢复了沉闷，李瑶却不敢走上前了，傅致一的眼神太恐怖，她相信，此刻不管谁过去招惹他都不会有好下场的。

她带着丝希望向身边的伴郎叶凡看去，只见他轻轻摇了摇头，并不言语。

叶凡是了解傅致一的，他心底还放不下可卿姐，所以才会赌气地让她去参加婚宴。

这样的表现极其幼稚，若不是因为太爱，他又怎会丢失了小傅爷平日里的沉稳作风？

相反，叶凡更赞同与暮的举动……也许到了现在，了解傅致一的不仅仅是他一个人，还有她。

Part 2

就在气氛纠结、尴尬的时候，一道轻轻的声音响起，这一次，她是对着与暮说的，说得很真心："真的很抱歉，我本来只是打算在人群里看一眼就走的，没想到会变成现在这样子。我知道自己不受欢迎，也没有资格祝福你们什么。但是我还是希望你能好好对致一。他这人性格是别扭，但是只要……"

"相处了这么久，我想不用可卿姐教，我也知道傅致一是什么性格。"与暮本能地打断她的话，她有恶意也好，好心也好，与暮就是不喜欢她说这些。难道她不知道这样的话听在别人耳里就像她向可卿是全天下最了解傅致一的人一样？那自己呢？自己这个将要成为傅致一老婆的人又算什么？

向可卿真的是无心的，或许她看起来成熟，可是当自己一直喜欢的小男孩终于要娶别的女人的时候，她真的在刹那间脑子里一片空白。

很久以前，她一直觉得傅致一是个可怜的孩子，他身上背负的东西已经太多，她不能成为他的负担。她是爱他的，真的是爱他的，为了让他死心，她去了国外，和一个老外结婚。老外对她很好，他明明知道她的心不在他身上，还愿意配合她演这出戏。

可是那时候的她没有想过自己回来后要面对的是这样的一种境况，或许是她潜意识里还有一些把握，那个她一直爱护着的致一这辈子非她不可，至少在三十岁之前，他爱的人依旧是她。

当年的伟大导致了如今的自私，她甚至有些期望傅致一能够陪她走过这段最后的日子。她这辈子没有什么遗憾，唯一的遗憾便是没能跟他在一起。

医生说她最多只有三个月的时间，她回国的时候是任性的，想什么都不管不顾，跟傅致一在一起，只有这三个月的时间，让她自私这三个月。

可是她忘记了，她的年龄在增长，这几年的时光也在流逝，很多事情已经不是当初的样子，而当年那个一遍一遍哀求着她不要走的致一早已变成一个成熟而有魅力的男人，最重要的是这个男人是恨她的，而他身边也出现了别的亲昵身影。

“对不起……”她低低地说，就像做错了事的孩子。

明明她的年龄比与暮更大，与暮却感觉自己在欺负一个无辜的妹妹。

“真的很抱歉，我看我还是先离开好了。”说完，她就转身落荒而逃，她没看见的是，在她的身后，某个身影习惯性朝前跨了一步。

“傅致一！”那个唤住他脚步的声音是一直在一旁冷静看着的叶凡发出的。

叶凡只是叫了一声，眼睛看着傅致一，却没有说话。聪明如傅致一，他不会不知道自己要是在这个时候追过去，最后会导致怎样一个局面。

傅致一停住了脚步，回过头看着与暮，却发现她眼神空洞，她的眼睛看着未知的地方，不知道在看什么，或许什么都没有看。

也许他并不知道的是，他在脚跨出去的那一刹那，与暮耳边“啪”的一声，好像什么东西掉了的声音，那样的沉重，压得她有些喘不过气。

如果不是叶凡叫了他一声，他是不是真的会不顾一切地追上去？

那她呢？她算什么？

还是说其实这么久以来，她在他心里真的半点地位都没有，只要向可卿一出现，他的世界就被打乱，除了他的向可卿，他的心里就再也藏不下任何人？

“与暮……”

傅致一在看见她眼底那一抹空洞的时候，竟有些慌。

他伸手想要去触摸，却没想到她像是瞧见了什么可怕的东西，往后退了好大一步，一双迷茫的眼睛里满是防备的神色。

于是那双手刚伸到半空中，又垂了下来。

几乎是一秒钟的时间，他又回到了那个冷漠无情的傅致一，好像刚才什么事情都没有发生过似的。他走上前，一把将与暮抱起，一言不发地往加长林肯边走去。

那时候的与暮觉得浑身都失去了力气，连挣扎都显得那么无心，她躺在他怀里，抬头，眼前就是他尖瘦的下巴。

她忽然就想起了第一次见到他的场景。

与暮忽而幽幽地开口："傅致一，我记得第一次见你的时候，正是我跟谭勋闹分手的时候。"

他的手一僵，步伐却依旧沉稳。

他不言语，她也不介意，只是看着他的下巴继续说："我刚刚在想，如果我那时候没有冲动，没有为了一时的骄傲跟谭勋分手，如果他低声下气地来求我和好，我答应了他，是不是我现在就不会这么痛苦。"她勾勾唇，"他虽然不好，虽然背叛了我，但是至少曾经爱过我，你呢？傅致一，你爱过我吗？"

她不等他开口，又道："以前我总觉得结婚对一个女人来说应该是一辈子最幸福的事情，为什么现在我却这么难过？傅致一……我真的感受不到幸福，一点点都感受不到。"

此刻，她已经被他抱进了车里，安静而诡异的气氛让前面的司机感觉压抑。

傅致一看着她，目光寒冷："你想说什么？"

她很冷，却一点都不害怕，只是依旧很轻很轻地说："这婚，我们不结了好吗？"

Part 3

她是看着他的眼睛说的，在这样的情况下，她一点都不想逃避。

如果说眼神能杀死人的话，她这刻大概早就被冻死了吧？可世界上哪有那么多如果，傅致一的眼神虽然阴寒，却还不至于冷到足以杀人的地步，顶多会让人很有压力。换成以前她也许不敢面对，现在呢，从失望过渡到绝望，绝望到极点，心中剩下的便只是疲惫。就像一个得了绝症不得不死的人，世界上还有什么是能让她感觉可怕的吗？

后面跟着的车队因为前面的车没有启动，整个车队停在原地许久。叶凡猜测傅致一跟与暮在车里肯定出什么事了，掂量了一下，最终下了车往前面跑去。李瑶不放心，自然也跟着去了。

敲了敲门窗，里面半点反应都没有，叶凡干脆将门拉开："出什么事了？"

他心中担心，可没人给他答案。只见与暮低着头，傅致一的眼睛却盯着她，像要在她身上盯出一个洞。

李瑶忙道："怎么了？怎么了？与暮你没事吧？"话里的意思好像是生怕她被傅致一给欺负了。

与暮摇了摇头，不太想说话，那句"朝与暮，你什么意思"还在耳边回响，那样的声音里带着冷漠与失望。

她很奇怪自己会心疼，居然还会因为他声音里的失望隐隐作痛。

可她更不懂的是他，这句话应该是她反过来问更恰当不是吗？到了现在，难道他还能把所有的错都推到她身上？

从一开始到现在，她都是从别人口中听说他跟向可卿之间的事情，他从来没向她解释过。向可卿回来，他们见面，他的失控，到了最后依旧没有一个解释，她连旁观者都不算。

什么意思，她能有什么意思？

李瑶看着傅致一眼底几乎喷出火花，生怕他会对与暮做出什么暴力的举动，下意识走上前想要将与暮从车里拉出来。

却没想到傅致一比她快一步，将与暮搂进怀里，"砰"的一声，门自动关了起来。

李瑶一愣，吓坏了，连忙冲上去开门，没想到门却从里面被反锁了。

她着急死了，生怕傅致一会对与暮做出什么事情来。

傅致一那眼神可不是假的，恐怖得能吓死人，她丝毫不怀疑要是与暮一个没得了他的心意，会被他施以暴力。

她用力地拍着窗户，可是玻璃纹丝不动。这车是傅致一的私家车，玻璃连子弹都打不穿，何况是她一女子的手拍。

最后还是叶凡将她给扯住，她好像这才想起身后的人一般，抓着他的手臂像找到了救命草："叶凡，你快叫傅致一开门，他想对与暮怎么样啊！"

"别急。"叶凡稳住她的情绪，"放心，致一不会乱来的。"

虽然他不知道发生了什么事情，他也能清楚地感觉到傅致一的怒气，但他就是能肯定傅致一不会乱来。

傅致一是谁，就算是在盛怒的情况下都能控制住自己，何况眼前的人是朝与暮。

他们站在外面，瞧不到里面发生了什么事，只能看见加长林肯在缓缓启动，于是后面跟着的婚车队也开始慢慢地行驶。

"瑶瑶，没事了，我们上车吧。"他低头看着一脸担忧的李瑶。

"真的没事吗？"她还是不放心，看着逐渐远离的林肯，一颗心七上八下的。

"叶凡，发生什么事了？"不远处，西茜和西洁两姐妹也跑过来询问。

李瑶茫然地看了她们一眼，随即目光又回到了那辆远离的林肯上。

还是叶凡比较镇定，给了她们一个让她们放心的笑容："没事，我们都上车吧，婚礼继续进行。"说完手轻轻地拍了拍李瑶，对上她的眼神的时候，脸上露出了一个让她安心的笑容。

平日里的叶凡都是懒散的，百个笑容里一大半是假的，也只有面对李瑶的时候，才会露出真心的笑容，那种认真的，带着男性认真的特有魅力。

李瑶被他的笑容一迷，有些尴尬，低下了头。

然后，一双修长的手出现在她面前，她抬头，就听见他磁性温润的声音："瑶瑶，相信我好吗？"

她一怔，点头，将手放在他的手心里。

李瑶一直都知道叶凡的心意，可面对有些人、有些事，注定要愧疚的。

如果那些年不是她先认识陆连年，先把感情全给了他，她一定会对叶凡动情。他是那么好的一个男人，等了她五年，没有结果的五年，她甚至连一点点希望都未曾给他。

可每一次，只要她有困难，他赴汤蹈火都会帮助她。

就像上次她求他帮忙连年的事情一样，她甚至不用求，只是在他面前哭得稀里哗啦的，他就会温柔地告诉她说："瑶瑶，别怕，一切都有我。"

李瑶有的时候觉得自己真的很自私，在困难的时候就想起他，在幸福的时候，连他偶尔像朋友似的约她出来吃饭，她都会拒绝。

她抬头，看着蓝天，明明是这么晴朗的一天，为什么周围的空气会这么沉闷？

好在，一路畅通无阻地来到了酒店，酒店是在水一方。李瑶忽然就想起第一次带与暮来这里的时候，那时候傅致一也在，她还以为之前他们不认识，没想到……她叹息，与暮一定想不到，自己最后结婚的地方会是这里吧！

与暮是没有想到，她坐在休息室里，没有表情地看着落地窗外那一片海，像极了一个丢了魂的新娘。

而她的新郎则半蹲在她身边，握着她的手，有些痛苦地道歉："与暮，对不起。对于今天的失控，我很抱歉。"

她的目光从海边转移到他的身上，淡淡地看着他。刚才在来的路上，她什么都没有想，脑海里是空白的，他不答应不结婚，她也逃不出他的囚笼。

"傅致一……你那么骄傲的一个人，为什么总要对我说对不起？"她低喃，她宁愿他是那个不可一世的四海阁小傅爷，也不希望从他嘴里听到这三个字，这三个字说出来的时候，她总是会想起一段很痛苦的回忆。

"我不知道该怎么向你解释她的事情，她的回国很突然，我以为我能够心平气和地面对，今天……"

"你不用向我解释。"她摇摇头，打断了他。在她家里见到向可卿的那次，他就欠她一个解释。如果那时候他不那么骄傲，不那么冷漠，告诉她他的心事，她不知道自己现在是不是就不会这么痛苦、这么难以理解，至少……她不会这么失落。

或许从一开始，她就期盼错了。在她听见叶凡在书房里说的那段话的时候，她装作什么事也没有，装成一副不在意的样子，她试图争取什么……

李瑶说她在谭勋的感情上没有争取，可是她忘了告诉自己，有些东西不是自己的，努力地争取，到手的只是慢慢冰凉，并且为此日日心痛到无以复加。

“与暮……”他轻唤，“我向你保证，我们结婚后，我不会再见她，以后我的世界里只有你……我保证……”他将她拥进怀里。事事都能保证头脑清醒的傅致一，在此刻是这么的无助。

他不管别人怎么想，他现在只想抓住唯一的一根救命草。有人说，每个人都有一段酸涩的过往，只是他们都在拼命让自己看起来不那么累。

傅致一一路走到现在不是不累，他也需要一些支持他的原动力。

很早的时候，他还是一个被人嘲笑没爹没娘的孩子，那时候他唯一的支撑就是奶奶，奶奶从丢弃他的父母手上捡了他，好生抚养。全世界没有人要他这个弃儿，只有奶奶要，所以他要努力活下去。小时候没钱上学，他跟着叶凡混在最后一排旁听，没少被排挤，没少被嘲笑，可是他不在意，他知道自己想要的是什么。后来被父母接了回去，他直接上初中，并且成绩拔尖。他并非不恨自己的父母，但他更知道自己必须讨好他们，让他们明白自己的价值，这样他才能让奶奶过上好生活。

傅致一小时候除了叶凡，没有任何朋友，就算是叶凡，他也不会主动找叶凡说话，说心事更是天方夜谭。

叶凡虽然热情，但毕竟年龄小，自然不知道那么小的傅致一就会有心事，所以当向可卿出现时，她就像一道光，将傅致一的黑暗驱散。

向可卿比同龄人要成熟，她会很耐心地跟傅致一说话，也许是她温柔的微笑，也许是她多于常人的关心，总之，她是用一颗真心对待傅致一的，那是他生命里除了奶奶以外让他感觉最温暖的人。

而傅致一就像一个找到亲人的孩子一般，依赖上她了。

即便她最后那么绝情，即便傅致一那么恨她，在他的心底，她也还是那么重要的一个人。

Part 4

但这些，与暮都不能理解。

旁听者的感受永远都没有亲身经历的人那般深刻，何况她连旁听者都不算，他们之间的事情她什么都不知道，永远都是从别人口中听到。

看着她一点反应都没有，傅致一感觉到一种深深的无力感，仿佛自己说什么都得不到信任。

他不是那种会用甜言蜜语哄女人的人，一股子烦躁从他心底升起，他问："到底要怎样，你才能不这样？"

不这样？是怎样呢？与暮垂眸，心又莫名被扎了一刀："傅致一，到现在你还认为所有的错都在我吗？"

他一怔："我没有……"

"傅致一，不属于我的东西，我不要，不是真心给我的，我也不要。"如果她注定这辈子都拥有不了爱情里的幸福，那她宁愿不要。这样没有尽头的纠结真的太难受，一次两次可以承受，太多次，她会害怕，会将勇气都磨灭了。

"我是真心的。"这五个字他说得有些低落，好像又回到了几年前的那一天，在机场，他像一个无措的孩子一样祈求那个女人别离开。那是怎样的一个傅致一，卑微得连他自己都不认识。可是最终她还是走了，不管他说什么都留不住。

"可我真的感觉不到我是重要的。也许，只有当你受伤的时候，你才能看见我的存在。"除此之外，她什么都不是。

"不是这样……"他眼中闪过一丝什么，倾上前堵住了她的嘴。

她闭上眼睛，明知道现在的傅致一没有那么多理智跟她说这些，却还在期盼他能说出一些让她有所期待的话。

心很疼啊……原来被喜欢的人吻着的时候也会这样疼，因为他吻的是她，心却不在这里。

像赌气一般，她将自己的嘴巴闭得紧紧的，不让他侵入。

他松开她，微微退开，看着她倔强的神色，心一紧，眉头浮现无数条刻痕："与暮，你知道吗，没有任何一个人能够像你一样给我一个家，也没有人能像你那样接受我的自私……"

她一怔，眼泪跑了出来："你怎么能这么自私！因为我爱你，你就可以这样欺负我了吗？因为我对你好，所以你就可以无视我的难过，不断地伤害我吗？"

"对不起，我承认我很自私，贪图你的付出，可是我控制不了自己，我只知道我现在要你，只要你一个人在我身边。"

"为什么只有我……向可卿也可以……"

"她已经是过去……"他说，"今天要跟我结婚的是你，我的新娘是你，以后要跟我一起过的人也只能是你……"

"可是……"如果……如果你知道向可卿只剩下三个月的生命，你还会说这样的话，还会说那个以后要跟你一起过的人是我吗？与暮没有说下去，那句"可是"像是无音调的声音悄无声息地穿过傅致一的耳膜，留不下痕迹。

他在她耳边温柔地哄着："一直没有告诉你，你的倔强是我心动的原因。说不出是什么理由，跟你接触了这么久，从陌生到熟悉，你要相信，我是喜欢你的。我想跟你一起生活，你想住公寓也好，想住别墅也好，不管房子大小，家务都不用你做。我喜欢每天你叫我起床，你要是喜欢也可以帮我做早餐。你知道我的胃不好，有你照顾我，你是不是会比较放心？还有，虽然我不喜欢小孩，但是只要是你生的，我都喜欢……"

"傅致一……"她眼泪不停地掉，怎样都忍不住，只因为他的话让自己感动。方才的委屈和难受，在他的话语中，没志气地瓦解。

他从来都没跟她说过这些话，他居然在心里小小地计划着他们的将来，那些个未来的日子里，他的世界有她的存在，仿佛以后的生活中，每一个细小的镜头都有她的出入。

不需要什么甜言蜜语，一个女人在听见这些话的时候，她的心能不融化成一片吗？

与暮的心又疼又温柔，任由泪水湿了他胸前的西装衬衫。

他感觉到她的颤抖，轻轻退开，发现她满脸泪水，叹息一声，伸手拂去她脸上的泪："哭得妆全花了，想做世界上最丑的新娘吗？"

可是，他的温柔换来的只是她哭得更厉害了。

"你……你干吗要跟我说这些！你是故意的，故意让我狠不下心！"她哽咽着，声音一颤一颤的。

"是故意的……"他俯身靠近她，吻吻她颤抖的睫毛，轻声道，"因为，这些话只对你说。"

傅致一的温柔，终于击溃了她所有的防线，她什么都再也说不出口，看着他温柔地帮自己擦拭着眼泪，轻吻自己的唇。她知道自己傻，就因为这些，以前所受的委屈都可以不去计较。她真的不舍得，不舍得期盼了这么久的婚礼真的没有了。

她决定相信，相信他最后一次，也给自己一次机会。

当李瑶不放心地敲门进来，看见与暮满脸的泪痕时，她着实吓了一大跳。可是当她又看见傅致一半跪在与暮身边帮与暮擦泪，温柔地哄慰的时候，她又是担心又是茫然。

傅致一是什么人，这样温柔地哄人简直是奇迹。

可是她不懂，既然他不舍得与暮流泪，干吗还要做出那些让人伤心的事情？

别说与暮是这一场闹剧伤心的女主角，就连她这个旁观者都觉得剧情太虐心，总感觉这场婚礼八成举行不了了。

可婚礼还是如常举行了。与暮挽着父亲的手走上红毯，在父亲将她的手交付于傅致一的那一刻，她什么都没有想，只有一个声音在告诉她，要好好记得，记得这个时刻。

曾听人说，一场婚礼最能让人泪流的莫过于这样的场景——一个女人在这世上最重要的两个男人都在她的身边，她知道将手放进另一个男人手里的含义，那代表她已经是别人的人，再也不能像待在家里那般任性，也不能像结婚之前那般倔强，在婚姻里，只有彼此包容对方的不足，才能更长久。

很多年后与暮都会想起自己第一次当新娘时的感受，那么纠结又难受的遭遇，却在他那声“我愿意”里面化成灰烬。

当他掀开她眼前的白纱，亲吻她的时候，她的眼泪忍不住就掉了下来，隔得很远还能看见李瑶开心又难受的样子，开心大抵是因为她终于当新娘了，难受大概是因为觉得她又糟蹋了精致的妆容。

可是她不管啊，她就是很想哭，是开心的那种哭。那真是一场糟糕的婚礼，新娘哭得不成样子，一旁的新郎无奈又怜惜，早知道会让她哭成这样，就不结婚直接领证好了。

虽然傅致一对女人不怎么上心，但他也知道穿婚纱是一个女人最大的心愿。

那天与暮抛的鲜花，最后接到的人是李瑶，她不否认自己有私心，希望下一个幸福的人会是李瑶，那应该是她美好的祝福。

最后因为考虑到与暮怀孕不适合太闹，所以直接省去了闹洞房。

实际上就算与暮没怀孕，只要有傅致一的地方，也闹不起来。他站在那里就有一股气势，别说闹他了，就是在有他在的空间闹都需要很大的勇气。

晚上洗完澡坐在床上抱着枕头发呆的与暮，脑袋一直都是一会儿清醒一会儿模糊的，好像直到现在都不敢相信，就这样……她就这样成了“傅太太”吗？

她忍不住拿出那个前几天领到的结婚证，反反复复地看着上面的照片和名字，多么简单的一个证件，将两个人结合在一起，简单的几个字里又包含了许多故事。

与暮闭上眼睛，深呼吸了一口气，不管以前如何，既然已经走到了这一步，她就应该忘记以前，好好经营未来。

她这人一向没有什么壮志豪情，能有一份好工作，每天下班回来做好饭后都有一个人会准时回来陪她一起享用，就已经足够了，这样的小日子比起曾经的风风雨雨真的是太幸福了。

想到这里，便听见浴室传来开门的声音，她忙将结婚证收了起来，看着傅致一全身湿淋淋地从里面走出来。

她本能地下床去拿毛巾跟吹风机，可刚掀开被子，就被他拦住了。她不解地对上他的眸，却听他说："我自己来就好。"

他变得有些细心，好像是在弥补什么，对她很好，可是那种显而易见的讨好让她有些不适应，但她也不揭穿。她笑笑说："傅致一，我只是怀孕，不是生病了，何况帮自己的丈夫吹头发是我应该做的。"说完，她就跑到柜子边去拿吹风机，脸奇异的红，"丈夫"两个字第一次从她口中说出来竟是这样甜蜜又羞涩的感觉。

她依旧如往常一样帮他吹头发，这个时候的他会显得特别乖，坐在那里一动不动。与暮跪在床上，比坐着的他高出那么一点。

她喜欢从这个角度看他的样子，长长的睫毛，高挺的鼻梁，漂亮的下巴，还有隐隐可见的锁骨。他总是喜欢吻她的锁骨，说很好看，却不知道原来他自己的也那么漂亮。

吹着吹着，她便感觉他轻轻地将自己的腰给揽住了，她低头看了他一眼，放任他孩子般的动作。

直到将他的头发吹干，关了电源，她才开口："傅致一，头发干了，可以睡觉了。"

“不想睡。”他说。

“那你想干吗？”

话刚说完，她就被他抱了起来，坐在他的怀里。

“想抱抱你。”

她不说话了，任由他抱着自己。

最近她越来越贪恋这种感觉，彼此什么话都不说，就这样抱着都会让她幸福感油然而生。

不过抱久了倒是会有些发麻，她在他的怀里挪了挪位置，轻声问：“傅致一，你不开心吗？”

“没有。”

“那你在想什么？”

“没什么。”是真的没什么，他就是想要抱抱她，沉默就好。

“嗯。”与暮轻应了一声，没有多问，心里不是不失落的，他宁愿这样沉默着也不告诉她心事。

许是感觉到怀里的小人儿在胡思乱想，傅致一亲亲她的额头：“真的没什么，就是不想说话。”

“嗯。”她也不斤斤计较，“那你一个人沉默吧，我要睡觉了，屁股都坐麻了。”说着就从他的怀里爬起来往被子里钻。

他也不阻拦，看着她把自己塞进被子里露出两只圆圆的眼睛，轻笑：“睡得着吗？”

“睡不着，但是被窝里更舒服。”她说，“你要不要进来发呆？”说不定发着发着就睡着了，他最近的睡眠质量一直都不怎么好。

“与暮，今天是我们的新婚夜。”

“……”

“你这是在邀请我吗？”

“……”

哪有！她瞪他，没好气地说一声：“当我什么也没说！”一翻身，不理他。

没想到他却无赖地趴了过来，漆黑的眼闪闪发亮：“与暮，说了怎么可以当没说？”

Part 6

那晚，他最终还是没有碰她，而是温柔地抱着她。

自从怀孕以来，她的身子就不是很好，胃口本来就不怎么大，吃了的东西好像全部被肚子里的孩子吸收去了，一点肉都不长。

用她的话来讲就是，等以后宝宝一生出来一定是胖墩墩的，健康得不得了。

他倒是不那么想，就算生出个小瘦子来，傅妈也能把他培养成她口中胖墩墩的模样，倒是她自己，这么瘦，顶着个大肚子，肯定很难受。

与暮窝在他的怀里，不是不能感觉到他某部分的反应，虽然她已经很安分地待在他怀里一动不动，可是十几分钟过去了，那里还是没有小下去的迹象。

“傅致一……”她轻叫了一声，却怎么都说不出那个词……

“嗯……”他应了一声，音色正常，一点都不像是难受的样子。

与暮以前就听说过，男人有了欲望的时候如果不解决是一件极其难受的事情，而且她也听说过，解决那方面的除了可以这样这样……还可以那样那样的……

“傅致一……如果……你忍不住的话，我可以帮你的……”一咬牙，她狠心说完，脸顿时烧红一片。

她还是第一次这么主动提出帮男人做那样的事情，还是用……

说完之后，她都不敢看他的眼睛了。

旁边半晌没声音，然后只听“扑哧”一笑，她抬头，就看见傅致一含笑的表情。这男人要换成是女人的话肯定是个祸水啊，怎么能笑得那么好看！

“笑什么笑！”她恼羞成怒，“不要拉倒！”

她推开他，转身背对着他，有些赌气的意味。

却不想，她刚转过身，就被他从身后抱住。

“与暮……谢谢你。”——谢谢你陪在我身边，谢谢你对我这么好，谢谢你在我失意的时候没有决绝地转身就走。很多的谢谢，他都说不出口，只有三个字概括。他不是那么矫情的人，亦说不出那么动听的话。

可是与暮能听出里面的深情，没情调地笑道：“别肉麻啦！”实际上她心里是甜的。她不祈求他能像爱向可卿那样对她至死不渝，但是只要这般就足够了。

人的一生那么长，贪图得太多真的会很累，而她已经没有那么多力气了，只要不被亏欠太多，她也能接受了。

“傅致一……”她看着前面未知的某处，背向他的怀里拱了拱，“你那么聪明，帮宝宝取一个名字吧。很想知道像你这种天才会取怎样的名字！”

“我不是天才。”傅致一失笑，很多人都认为他的成功是理所当然的，其实背后的努力和辛酸只有他一个人知道。

上天不会制造那么完美的一个人，人要成功，都要经历一个很艰难的时期，而那段时期是他铭心刻骨却从不会提起的往事。

傅致一一直认为，这世界上没有白赠的东西，想要得到自己想要的就必须努力，一步一步去实现。

他从不认为靠天生的运气就能水到渠成，那些曾经受过的苦和嘲笑并不是幻想。当他站在现在的这个位置遥想当年的时候，很多辛酸都是一笑而过，这个世界的丑恶他看得太多，从来不会有天真的期盼。

“致暮，好吗？”他说。

“致暮？傅致一的致，与暮的暮吗？”她眨眨眼睛，莫名有些想哭。

“嗯。”鼻间是她的发香，傅致一说，“小时候看他们取名字都是把父母的名字组合起来的，致暮，一暮，一与，你觉得哪个好？”

“好像在做选择题。”与暮抱怨，“傅致一，你真懒。”

“取名字本来就是一件很麻烦的事，这样比较简单。”

“那就……一暮好了，傅一暮不管女生还是男生都适合。”

“嗯，小怪物。”

“呃？什么？”她没听清楚。

“以后家里会多出一个小怪物，很吵。”

“喂！”她转过身，瞪着他，“那是我们的宝宝，不是小怪物。”

“嗯。”他只是觉得小孩好吵，跟小怪物似的。

傅致一应了一声，将她的小脑袋摁进怀里，用命令的口吻说：“睡觉！”

她有些不懂，干吗把她摁得那么紧啊！她刚想挣扎，才发现刚才逐渐小下去的东西又大了……

“傅致一……”

她叫得讶异，他不耐烦地低哼一声：“闭上眼睛，不许说话。”

“你要不要去洗个澡……”

“……”

“好啦……我不说了，睡觉。”

于是，这个新婚夜，他们什么都没有做，只是抱着彼此，睡觉。

不知不觉已经是冬天了，寒冷的天从深秋就已经开始暗得非常快。

墙壁上的挂钟显示是七点。

傅致一刚刚打电话回来说，大概七点半就能回来。

婚后的生活比她想象中的平淡却幸福，因为怕辐射，家里所有的电脑和手机他都禁止她用了，他每天回来的时间会通过座机告诉她。

而与暮也已经习惯在沙发上一边看电视一边等他的电话，偶尔她也会织织毛衣。

她是刚开始学的，技术实在不怎么样，但是不管怎样，这也是她的第一次，她想要在傅致一的生日到来之前织一件毛衣作为礼物。

傅致一的生日在冬天，一个寒冷的季节。

她是偶然间跟叶凡聊天的时候知道的，后来又跟傅致一提起过要怎么庆祝，谁知道他却像谈论一件不重要的事情，说他从来都没过生日的习惯。

叶凡说，在认识向可卿之前，没人知道傅致一的生日，就连傅致一的父母都不知道。后来，向可卿来了之后，知道了，就把自己的生日当成是他的生日，每年都会拉上他一起庆祝，比起自己来，那样的生日party，他更像那场party的唯一主角。

那样好的一个女人……难怪他会爱上。

Chapter 5 往事并不如烟

Part 1

那晚，傅致一做了一个梦，梦见了从前。

那是一个冬天，白雪纷飞，宁市的冬天每年都会下一场很大的雪，用大人的话来说就是瑞雪兆丰年，傅致一却很厌恶。这样的冬天本就很冷，家里简陋得没有暖气，每次奶奶的手脚都会被冻得通红，下了这么一场大雪就意味着要化雪，化雪时温度会极低，他实在受不了奶奶那么冷还要替他暖被子，把他更冷的脚丫放在怀里焐热。

于是他拿了自己打工存的几百块钱，想要去找叶凡家里的管家，问问认不认识会装暖气的叔叔。叶凡家的管家是个很好的大爷，很喜欢小致一，总觉得他很懂事，是个难得的好孩子。

他刚出门就碰见叶凡来找他，说今天是可卿姐的生日，让他一块过去庆祝。

那时候傅致一虽小，虽没过过生日，但是也知道生日是怎么一回事。他自然是说不去的，那些有钱人的庆祝从来都跟他没什么关系，他不想去掺和，也没兴趣去祝福。

叶凡可不是他那么想的，平时可卿姐不管是对自己还是对他都那么好，那个时候叶凡认为，可卿姐把这么“重要”的差事交托给自己，是对自己无比的信任！作为一个以后要成为顶天立地的大男人的他，怎么能让可卿姐失望？所以几乎是连拉带拖的，他就是不放傅致一走。

结果傅致一一个恼火，直接将他踹开，他没防备，被踹倒在了地上，两人皆是一愣。

结果傅致一还没反应过来，就听见叶凡哭号的声音：“傅致一你居然敢踹我！你太没良心了！我对你那么好，你居然踹我！”说完一把鼻涕一把眼泪往身上抹，那时候还在下雪呢，雪落在他的脸上，跟鼻涕混在一起。

傅致一只觉得脏，本来还残留的一点同情心都没有了，扭头就往叶凡家的管家屋子里跑。

叶凡坐在地上哭得更大声了，从小能惹他哭的人也就只有他口中没心没肺、自己还对对方那么好的傅致一了。

傅致一来到大爷屋子门外的时候，大爷正在一个人煮火锅吃，打开门一看见是他，先是意外，看见他穿得单薄，英俊的小脸被冻得红彤彤的，忙拉他进去烤火。结果傅致一拒绝了，傅致一拿着那几百块钱塞给他，很着急地让他帮忙。

大爷先是一愣，听了他的话之后，又是感动又是叹息，感动是因为这孩子真是个贴心的孩子，他奶奶总算没有白把他养到大；叹息是因为这样一个冬天里，实在是没有人愿意跑这么远来装这样的东西。

就在他想能有什么办法的时候，只见不远处一辆黑色轿车开了过来。

他一抬眼就看见漂亮的可卿小姐牵着一个哭得鼻头红红的人……那不是他家叶凡小少爷吗？

大爷忙跑过去问怎么回事，后来知道了，竟有些哭笑不得。

这小少爷在家里是天生的霸王，平常他不欺负别人就万万岁了，可是自从跟傅致一做了朋友之后，经常被傅致一欺负得眼泪一大把。大爷也不知道这两个人是怎么回事，只知道他们家少爷整天喜欢跟在傅致一后面，傅致一怎么甩也甩不掉。

后来是向可卿把傅致一带去的，条件是保证他晚上一回到家，家里就有温暖的暖气。

那天是向可卿的生日，富家大小姐过生日的时候一向是有很多人庆祝的，况且向可卿长得这么漂亮，自然不用愁没人帮她庆祝。她偏偏要将傅致一带去，亲自开车过来接人，可见在她眼底傅致一是怎样一个重要的人。

那是傅致一第一次看见那么大的蛋糕。

他以前不是没有看到过蛋糕。他小时候就长得漂亮，在班上听课的时候，也有不少偷偷暗恋他的女生，大抵是听说他家里很穷，所以喜欢得就更加明目张胆，仿佛因为他很穷，所以被她们喜欢应该是一件很荣幸的事情。

傅致一第一次看见生日蛋糕的时候是班里一个漂亮有钱的女生过生日那天，当时班里每个男生都送了生日礼物，除了他。

但是那女生还是分了一块生日蛋糕给他，可他看都没看一眼。

傅致一这样嚣张，那些不懂事的孩子自然看不下去，有人嘲讽，有人鄙视，不知道是谁说了一句："别理他，他这样的穷鬼一看就知道没见过生日蛋糕，真不知道跩什么……"他话还没说完，傅致一就将一蛋糕砸在了他脸上。

当时还有一个帮凶便是叶凡，但是班上那么多男生，他们才两人，再怎么能打，最后还是被打得鼻青脸肿。

后来，傅致一差点被校长下令不能再来免费旁听，那时候傅致一的眼泪一下就掉下来了。那是傅致一第一次流泪，也是遇见与暮之前的唯一一次。他知道自己的莽撞和不懂事毁了自己唯一可以努力的方向，如果再给他一次机会，他保证任由别人怎么笑他，怎么说他是穷鬼、是没人要的孩子，他都不会再动手了。

好在最后叶凡的父亲出面处理了这事，傅致一还能继续在课堂上旁听。

其实一开始叶凡的父亲是说要帮他交学费的，被他拒绝了，他要求得不多，只要能旁听就好。他不想欠人太多，他怕自己还不起。

自从那件事之后，傅致一便在心底发誓，以后无论做什么事情都不能冲动，他不再把不重要的人说过的话放在心上，小小的他渐渐地培养了一颗跟那年冬天一样冰冷的心。

Part 2

傅致一从梦中醒过来的时候，天色还没亮，不过五点多。

闭眼，再睁开，沉黑的眸子里已经看不见刚从梦中醒过来时的混乱情绪。

他想要起身，才发现身边的人还窝在自己的身边，一只小手轻轻地搭在自己身上。

一种无名的温暖不着痕迹地蔓延开，方才梦到的过往消失无踪。

他探下身在她的额前吻了吻，睡梦中的她似乎还有些意识，翻了身找了个更舒适的位置继续沉沉睡了过去。

傅致一嘴角勾出一抹连自己都没有发现的笑，起身，下了床。

他透过没有关上的窗子不经意瞥见外面的白亮，细看过去才知道外面下了雪。

难怪他又梦到一些不该梦到的东西。

他放轻脚步转身出门，将门关上了，也挡住了外面的寒意。

与暮醒来后看见床边已经空了的位置，先习惯性地发了一会儿呆，然后起床，洗漱后走了出去。

下楼后，她意外地听见厨房里的声音，好奇地走过去，才看见穿着灰色衬衫的傅致一正在锅边煮早餐。

他穿着一件灰色的条纹衬衫，袖子被挽起，下面是一条白色的休闲裤，头发懒懒地耷拉着，带着居家的优雅样。

傅致一将一碗粥盛起来，一转身便看见站在门口看着自己发呆的与暮，眉毛微挑，倒也不惊讶："站在那里做什么？"

"好奇啊……小傅爷今天心情很好吗，这么早就起来弄早餐？"

她想从他手上接过粥，却被他拒绝了："大肚子的人乖乖在一边坐好。"说完就越过她，将粥放在桌子上。

看着他居家好男人模样的动作，与暮心都柔化成水了，她走上去，忽然从后面抱住他，将脸贴在他的背上，也不说话。

只有她自己知道，她是真的好爱好爱这个男人。

有时候人就是这么奇怪，在一场感情失败的时候发誓以后再也不要爱上任何人，可是后来碰见了一些事、一些人，还是不受控制地走向毁灭。

“怎么了？”他也不动，配合地让她抱着。

她摇摇头，贪恋了一会儿就撒开了手：“没有……就是觉得今天的你特别帅。”

他转身，轻轻拍拍她的脑袋，像哄小孩子似的：“在这里坐着。”说完就又往厨房里走去。

与暮曾经看过一段话，说一个爱你的男人会在他任何有空的时间，为你做一顿很美味的饭菜，让你像个幸福的小女人一样什么都不需要操心，给你一种一切都有他在的安全感。

与暮在餐厅外等了好一会儿都没有看见傅致一出来，心里奇怪，便起身往厨房里走去。

她刚走到门口就听见里面说话的声音，可以听出傅致一不太高兴，好像是因为公事，对方想要傅致一过去，傅致一不愿意。

是了，她都差点忘记了，今天是他们新婚的第二天呢……换成别人的话，这个时候应该是在休假度蜜月吧。但因为她怀孕的关系，两人就决定哪里都不去。

其实她只要有他陪在身边，在哪里都无所谓的。

原本他们打算今天去傅致一海边的那栋别墅休息半个月，工作也都安排好了，让叶凡接手，不知道是因为什么事情，今天又有电话过来，对方的语气听起来好像非得傅致一亲自过去一趟不可。

眼见傅致一已有些不耐烦，她走到他面前，轻声道：“有事的话就去忙吧，我在家里等你。”

傅致一停了一下，隔着听筒，与暮还能听见对方焦虑的声音。

傅致一冷淡地说了一句“我马上过去”，就挂了电话。

与暮也没有问什么事，只是说：“反正别墅离这里不远，我们晚上再过去就好了。”

傅致一看着与暮时目光竟有些闪躲，可最终还是什么都没说，亲亲她的额头，说会早点回来。

如果与暮那时候知道他是因为什么事情出去，大概不会那么善解人意地让他出去吧？但是有些事情也说不定，就像她没想到傅致一刚出去，她就接到一个很久都未联系的人的电话。

出门的时候她才发现外面在下雪，下得很大，满眼的雪白。

那辆熟悉的车子就停在门外，看见她出来了，车子的主人从车上下来，朝她走了过来。

他的穿着还是没变，依旧是深色的大衣，雪落在他的发间和肩膀上的徽章上，他一如既往的帅气。

与暮出门的时候本来想跟傅致一打个电话的，后来想想，他那么忙，就不去烦他了。何况她觉得自己肯定会比他早回来，就作罢了。

两人坐着谭勋的车子来到市里一家餐厅，原本这样的见面应该在咖啡厅的，但考虑到孕妇不能碰咖啡，便改了地点。

这样来自身边的贴心让与暮自己都觉得自己好像不是怀孕而是得了重症一样，事事都让人迁就着。

她没有想过谭勋今天会来找她，对于她，这个曾经深爱过也痛恨过的一个人，怎么说在她心底也算是很重要的人。

如今彼此都已找到各自的幸福，淡然地做朋友也没有什么不好的。不管以后怎样，他永远都会存在于她的记忆中，那些曾经有过的好的坏的，也都会化成一种记起来只会一笑而过的记忆。

只不过此刻的谭勋看起来似乎又瘦了些，与暮看着他明显有些疲惫的脸，不禁问："最近很忙吗？"

他没回答，而是从口袋里拿出一个小盒子，递到她面前："没有机会亲眼看你穿婚纱的样子，但还是祝你新婚快乐。"

与暮说了一声"谢谢"，望着那个小盒子，却一直没有伸手去接。

Part 3

他笑："怎么不打开看看？怕我藏了炸弹？"

与暮沉默，有时有些东西打开会比炸弹还要可怕。

"谭勋，什么东西我都能接受，只是这个……你知道的，我不能……"

"这不是你一直都想要的东西吗？"

"我曾经是想要……但不是现在。"

谭勋"嗯"了一声，摸索着去找打火机点烟，刚点着又好像想起了什么，有些烦躁地把烟摁灭。

"抱歉，我忘了你怀孕……"

与暮沉默地看着他的动作，心里猜测最近是不是发生了什么事情让他心情不好，但是……跟桌子上的戒指又有什么关系？

是的，不用打开，与暮就知道盒子里装的是什么东西。

那是很久很久以前她一直期盼的东西。

那时她刚毕业，和其他女人不同，她早早地便想结婚，想要一个属于自己的温暖的家。可那时的谭勋创业心大，这也是大多数男人跟女人之间的区别。

记得那时候她总是拉着他的手说："阿勋阿勋，什么时候才跟我结婚啊……要是你不想那么早结婚就送我枚戒指也行啊……让我想结婚的时候知道你有那份跟我结婚的心就好了。"

那时候的谭勋觉得送戒指是一件很重要的事情，不能没决定好就送出去，那不单单是个礼物那么简单，还是一份承诺。所以每次看见与暮那期盼的眼光的时候，他总是会找理由躲避。

那时候的他连未来都看不见，怎么下定决心给她一份承诺？

可是现在，明知道她已经结婚了，他送这个又能怎样？

谭勋心底泛起一股烦躁，他也不知道自己是怎么想的。昨天是她结婚的日子，可是新郎不是他，他连去参加的资格都没有。跟客户经过商场的时候碰巧看见了这枚戒指，于是他想也没想就买了下来。

原本一直犹豫不决的一个东西，在已失去了它价值的时候，他才买得那么果断。可又有什么用？除了自欺欺人地想象一下，他还能挽回一些什么？

“谭勋，你……没事吧？”与暮看着他眉毛都要皱在一起了，出声问道。

今天出来，她是把他当成老朋友的。

说实话，过去的事情在与暮心底真的已经成了过眼云烟，对他，她也会像对一个朋友一样关心和安慰。

但仅此而已。

与暮正问着，恰巧看见一个熟悉的人影，竟是沈书枝，她还挽着一个男人。

她远远看见了与暮和谭勋，对身边的男人说了一句什么，那男人也看了过来，接着两人便往这边走来。

与暮看了一眼谭勋，他没有什么反应，倒是她自己比较意外。她之前一直以为他跟沈书枝是在一起的。

“谭先生，真巧！”

那男人先打了招呼，与暮看过去，是一个中年男人，偏胖，没有什么特征，跟平常在电视剧里见多了的大老板一个模样。

没有想到，沈书枝最终是跟这样的人在一起。

“嗯。”谭勋应了一声，显然不怎么想说话。

倒是沈书枝笑笑说：“朝小姐，好久不见。”

“好久不见。”与暮站起来，微笑。

沈书枝打量了她一眼，道：“还没恭喜朝小姐新婚快乐。肚子里的宝宝几个月了？”

“谢谢，三个月了。”

“哦，对了，怎么没见小傅爷呢？你挺着大肚子一个人出来，他放心吗？”

“他有事去公司了。”

“这样啊……可真是大忙人，新婚的第二天就去工作了呢！”

“嗯……”与暮微微一笑，倒是不知道怎么搭话。

只听沈书枝笑道：“不过男人嘛，都是这样，都以事业为重。朝小姐可算是幸运的呢，不像有些男人，为了事业连自己的女人都可以送出去……你说对吧。”她转头，看向的是自己挽着的那个男人。

那男人看了她一眼，笑得尴尬。

与暮虽不知道在她身上究竟发生过什么事情，但是隐隐也能感觉出气氛有些不对劲。

好在最后还是什么事都没发生，沈书枝说完之后就挽着她男人走了，从头到尾都没有看谭勋一眼。

而谭勋的脸上亦是淡淡的神色，看不出什么情绪，仿佛这一次见面，他的眼中只是眼前的人，刚才的小插曲只如空气。

“已经三个月了……”明明已经猜测到了答案，但是他还是忍不住问出口，“你们结婚之前就……”

与暮怎么也没想到他会问这样的问题，脸红了一下，直视眼前的白水杯，道：“嗯……结婚之前我就怀孕了。”她从来没想过未婚先孕的事情会发生在自己身上，但要不是这孩子提早到来，她和傅致一也不会这么快有结果，她也会一直在爱与不爱中徘徊不定吧……

那一低头的温柔，含蓄的爱意，像一把刀一样毫不留情地插进谭勋的心底，甚至还不抽出，像玩游戏一样一下一下用锋利的刀锋将他凌迟。

当初那个在他身边一遍一遍发誓，只有娶到她才能碰她的与暮，在碰到另一个男人后，却把自己的身心都交付了出去。

那个曾经陪伴了他那么多时日，在他忙碌的时候抓着他的手嚷嚷着“阿勋，难道我在你心底就一点比不上你的工作吗”的与暮，现在在他面前眼神那样平淡，她的爱已经全部给了另一个男人，一丁点都没有他谭勋的份。

是他当初太自以为是，以为她非自己不可，才会导致此刻自己的心像是被碾碎一般疼。

胃又开始痛了，那种令人窒息的抽痛总让他以为下一秒就会痛死过去。

其实他早就应该绝望了，也已经绝望了。

可是人就是那么奇怪，明明早已经祝福了、放手了，可是在知道她要结婚的时候，他的心又是那样的不舍与不甘。从此她就只属于别的男人，与他谭勋再也没有关系，这样的想法充斥着他的头脑，让他无比的愤怒与妒忌。

Part 4

谭勋并不是这么晚才得知她怀孕的事情，只是，他在自我欺骗的时候以为自己真的能撇清过去重新开始。

可是当知道她要结婚的时候，埋藏在心底很久，他以为不触碰就不会萌芽的东西在一瞬间就迅速蔓延胸口，像一根被注射了病菌的蔓藤一样将他紧紧地裹住，让他变得手足无措。

与暮看见谭勋忽然捂着心口，眉毛都纠结在一起的样子，一愣，忙起身走过去问：“你怎么了？哪里不舒服吗？”却没想到他忽然一把将她抱住，她一时间愣在那里，双手都不知道怎么放。

她是站着的，他是坐着的，他将脑袋轻轻地搁在她挺着的肚子上，低着头，让人看不见他的情绪。这动静虽不大，但是两人的姿势还是收到四面八方投射过来的目光，与暮更加不好意思了，想挣脱，他却抱着不放。

“谭勋……你别……”她刚想说，就感觉到手上滴落了一滴液体。她讶异，声音哽在喉咙，不知道该说什么。

他……怎么哭了？

与暮从来没见过谭勋这个样子，就算是当初创业那么艰难的时候，她都没见过他这样子。在她的印象里，他从来都是坚强优雅的，什么事情他都看得特别淡、特别开。

“谭勋，你别这样。”她不知道怎么安慰他，两人现在的关系实在让她说不出什么好听的安慰话。

而人就是这样，换成以前，她大概会急得像热锅上的蚂蚁，只想搞清楚是怎么一回事，因为那时候她爱他。

可是现在呢？她已经对他没有了朋友之外的感情，除了奇怪以及尴尬，还带着一份担心，真的再也没有其他什么了。

最后，谭勋送与暮回去之后，与暮还不知道他今天在餐厅里哭的原因。

是因为公司最近的状态不好吗？还是刚才见到沈书枝跟别的男人在一起让他伤心了？

她不是没有问，但每次他都沉默，或是当作没听见一样转移话题，次数多了，她便也不问了。

她不知道的是，送她回家之后，谭勋一个人开着车来到他们以前的大学，一个人待了许久，手上的烟从停车的那一刻起就没有间断过。

自从跟与暮分开之后，他便过得不好，一点都不好，像是弄丢了什么，心也像是空了。

他从来都不知道原来她在自己心里那么重要，可又能怪谁？

那个时候他自以为是，失去了才发现原来一直陪在自己身边的人那么重要。

他不止一次被沈书枝骂，骂他犯贱。他就是贱，他爱的女人都已经结婚了，他还买戒指做什么？

回到家的与暮心态显然没有他那么纠结，她早已从过去走了出来。

现在能出现在她心底的除了肚子里的宝宝，就是宝宝的父亲。

从客厅到卧室，灯都没开，证明傅致一还没有回来。

与暮想去卧室里换套衣服再跟傅致一打个电话，打开门却闻见一股浓郁的酒气，她不适应地皱了眉，还没来得及开灯，就被黑暗中的一个影子抓住，唇被酒气堵住。

与暮心一紧，本能地挣扎，可是抓着她的人不放手，强势的吻仿佛要将她的灵魂都吻出来。

与暮只觉得胃里一阵翻涌，她用尽全力一把将他推开，跑进浴室里面呕吐。

怀孕的人总是对一些不适应的气味很过敏，并不是针对任何人。

她吐完整理了之后，走出浴室，才发现房间里的灯不知道什么时候被打开了。傅致一站在窗前，红着一双眼，他身边的桌子上放着一个已经空了的酒瓶。

“怎么喝酒了？”她语气是询问着，动作却好像不需要他的回答，径自走过去想要帮他收拾。

他却伸手将她拽到自己的怀里，不让她逃跑。

“傅致一……”她不安地在他怀里扭动，“别这样，你喝醉了。”

她从没见他喝醉成这样子，有些野蛮任性。

她更怕他这个样子会无意伤害到自己肚子里的宝宝。

“为什么这么晚回来？”

“我出去见一个朋友。”

“为什么不跟我打电话？”

“我想你在忙，而且我以为自己会比你早点回来，所以就……”

她话还没说完，就被他吻住，又是一个缠绵的吻，吻得她几乎不能呼吸。

与暮不是讨厌他的吻，只是讨厌他这样像个小孩一样无理取闹，加上他满身的酒气让她难受死了，心里不禁有些烦躁，她用了大一点的力道想要推开他，可这一回，他似有防备，如石头一样纹丝不动。

“傅致一！你醉了，先放开我！”

他却不理，抱着她，满身的酒气：“你今天去见谭勋了！”语气里带着没有隐藏的怒意。

与暮被困在怀里，又难受又要耐心地解释：“我是去见他了，他也算是我的朋友之一，我没有骗你。好了，你喝醉了，先去洗个澡。我去弄点夜宵给你垫垫胃。”

她猜他这么晚喝酒肯定没吃饭，要是不好好伺候一下，晚上铁定又要胃疼了。

她现在怀孕了，每次晚上都极难醒过来，他要是到时胃疼，怕没人照顾他。

可是喝醉了的他哪里是那么好说话的，抱着她的手就是不松开，眼睛猩红猩红的，像极了一个可怕的魔王。

他不放开她也不说话，只是将她肩膀上的毛衣往下面扯，露出雪白的皮肤，然后毫不留情地在上面咬了一口。

“疼……”与暮站在原地不敢动，生怕他做出什么可怕的举动。

可是他没有再做更进一步的举动，只是将脸埋在她的肩膀上：“与暮……”声音低哑而难受。

她感觉到他和往常有些不一样，心莫名一紧，问：“傅致一，你怎么……”

“向可卿病了……”他像是很艰难才将这四个字说出来。没有人知道里面隐藏了怎样的情绪，与暮却知道他是那样的痛苦，心跟被人捶了一下似的。

“你都知道了……”

傅致一一顿，几乎癫狂般抓着她的肩膀：“你什么意思？你早知道这件事，为什么不告诉我？”

“为什么要告诉你……”——告诉你，然后让你去她身边吗？

“为什么？嗬……朝与暮，你说为什么？她是我最重要的人，你说为什么！”

最重要的人吗……

明明开了那么大的暖气，为什么她还感觉冷风刺骨？

从一开始她就错了是吗？她不应该有期盼的，她能在他身上期盼什么呢？曾经以为抓在手间的东西原来只是轻沙一捧，风一吹就散了。

事实上，李瑶之前说的并不对，向可卿比他们想象中还要糟糕，她得的并不是癌症，而是艾滋病。

用李瑶的话来说就是：“在那么开放的国度，染上这样的病是多正常的事情。但是千万别让小傅爷知道，不然以他的那种喜欢，他肯定会义无反顾地陪在她身边，万一也沾染上了这种病……不过这种病好像是要做那种事情才会……所以……”

她念念叨叨的时候，与暮却没有心思听，一双眼睛没有焦距地看着某个地方，心不在焉。

她伸手在与暮面前挥了挥，道：“与暮？”

她叫了好几遍，与暮才有反应，怔怔地看着她，茫然地问：“怎么了？”

“应该是我问你吧？你最近睡得不好吗？眼皮下好大的黑眼圈，感觉憔悴了不少。”

“还好吧……”

“什么还好啊！我跟你说，女人在怀孕的这段时间最需要保养了，不然小心以后变成黄脸婆哦。要真成那样，小傅爷身边那么多诱惑，你怎么赢得了呢！”

赢吗？她好像从来都没有赢过吧？

她笑，有些悲凉：“不用赢……也赢不了。”

“什么意思啊？”

与暮这才正眼看着她，有些痛苦地说：“瑶瑶……我不知道自己该怎么办了，傅致一已经好几天都没有回来了。我的预感很不好，我觉得我要把他弄丢了……”

说着她的眼泪就往下掉，毫无防备的李瑶被吓了一大跳，忙坐在她身边着急地问：“怎么回事？与暮，你怎么了？先别哭，说说发生什么事情了！”

可是与暮说不出话来，只是哭，眼泪不断地往下掉。

Part 6

晚上，她在家等了他很久。

已经不知道多晚，他才回来，并没有在意在客厅等着的她，径自从她的身边经过，往卧室走去。

“傅致一！”她站在他身后，幽幽地叫住了他。

“如果有什么事，明天再……”

她却执着地打断了他的话：“傅致一，如果你后悔跟我结婚了，只要你告诉我你后悔了，我们马上离婚，我不会缠着你的。”

他僵直的身体转过来，冷冷地回视她："你想离婚？"

从头到尾就不是她想好不好？有谁在刚结婚的时候就会想离婚？如果不是他这样的态度，她会那么想吗？

"结婚是你决定的，离婚你也可以决定的……"她不想这样，觉得自己卑微到了尘土里。

"你到底要我怎么办？你看见过可卿现在躺在床上的那个样子吗？你怎么可以隐瞒我？可卿都病成那样了，我还跟你结婚，你知道我觉得自己有多可笑吗？"

"那我呢？你有没有想过我的感受？从向可卿来了之后，你满心都是她。傅致一，是你告诉我我值得你这样对我，是你让我每一次想要后退的时候坚持往前走，为什么现在你把责任都推给我？什么时候你能站在我的角度为我想？我也是人，我也是有心的。傅致一，我不奢求很多，但是能不能拜托你对我公平一点？"

她不想指责他的残忍和自私，如果换成是她，也许她也会内疚，可是……他能不能在心底稍微有一点她的分量？她想要的只不过是那么一点点，为什么他都那么吝啬，不愿意给她？

"如果你要一直这样怪我恨我，我真的好怕我坚持不住。难道你一点都不能感受到我坚持到现在是因为我爱你？如果你能感觉到，你能不能回报给我一点点，让我至少不要这么绝望？你能不能……不要仗着我这么喜欢你，就一次又一次地无视我，伤害我？"

要说完这些需要多大的勇气，与暮不知道，她只知道自己快被憋死了，她实在受不了每天被他当成空气一样放在家里。她不想当一只宠物，等到主人想起来的时候过来逗弄两下就心满意足。

很多事情如果不说出来，他永远不会知道。

与暮觉得自己的境遇已经够惨了，她没那么伟大，什么事情都藏在心底。可是说出来了，如果对方没有任何回应呢？

与暮看着沉默很久的傅致一，渐渐变得失落。

她垂着脑袋，喃喃地说了声："抱歉，当我什么都没说过。"

"对不起……"他却忽地从后面抱住他，"我知道自己很无耻，我放不下可卿，可我也没有办法放开你……"他的声音低低的，很低很低，却一句一句如同针锥一样刺进她的心里。

与暮摇着头，一脸的难以置信："你不能这样的……不可以……"她想要挣脱他的怀抱。这不是她想要的。他没有打算放下向可卿，却还要跟她在一起……这算什么？他把她当成了什么？

"你放开我，傅致一，我不要这样……我不要这样……"

她的动作那么大，他好怕会伤害到她。

可是他一点办法都没有。这几天他不是没想过回来，可是向可卿病成那样，他真的放心不下。

他是对她残忍了一点，可人就是这样，越是对自己好的人，越会在对方面前放纵自己。他不是真的想伤害她，也许只是想要短暂地逃避。

医生说向可卿只能活三个月，她需要他，他只想用这三个月的时间去陪她。在他看来，与暮能跟他走完这一生，这一生的路那么长，三个月的时间她应该能给的。

可是他不是女人，不知道在女人的感情世界里，即使一个小时、一分钟她们都会好小气，何况是三个月。那是怎样一个概念？把自己的丈夫让给别的女人三个月，不是一件很可笑的事情吗？

可是与暮没有反抗的机会，最近几天睡不好、吃不饱，让她原本就消瘦的身体承担了太多，终于在今晚情绪不稳定时晕了过去。

Chapter 6 不要碰我

Part 1

“傅太太身体太虚弱，有严重的贫血，这样下去不但对宝宝不好，连她自己也……”

隐隐约约的声音从卧室的门缝中传进与暮的耳中。

已经醒过来有一会儿的与暮怔怔地看着门缝外一个穿白袍的身影和穿黑色衬衫的他。他们之间的感情演变到现在，好像真的变成了一种折磨。

她真的好想找个方式宣泄，可是人生总是有那么多无奈，期盼太远，现实太残忍，她没那么大的力量，可以依照着自己的性格去做自己想做的事情。

她闭上眼睛，不想想那么多，只想让自己短暂地休息一下，却感觉到耳边传来些许振动声。

是傅致一的手机，上面闪烁着两个刺眼的字——可卿。

可卿、可卿，叫得可真亲切�……

她拿起手机，按下接听键。

她没有开口，她在等电话那端的人开口。

“致一？”电话那头的女声熟悉又陌生。

“向可卿，我是朝与暮。”

对方显然一怔，半天才吐出一句：“与暮？”

“我是朝与暮。”她回答，无名的怒气浮现在心底，她说，“难得你还知道我是谁。”

“与暮……”

“别叫得这么好听，我跟你没那么熟。”她不带感情地说，“如果你还记得我的名字，就麻烦你再想一下我是谁。虽然我真的很同情你，但是能不能拜托你不要用病来纠缠傅致一？以前是你放弃他的，现在你有需要了，就回头来找他，你不觉得自己这样很自私吗？”

她握紧手机，如果向可卿此刻出现在她面前，她确定自己会毫不犹豫地上去给对方一巴掌。如果不是向可卿的出现，她现在不会沦落到这种境地。当初向可卿离开的时候，就应该想到这个结果。凭什么当傅致一好不容易快要走出来的时候，向可卿又出现在他的面前，破坏他终于平静的心境？

“谁允许你接我的电话？”这时，与暮只觉手上一空，手机已被夺走。

待看见手机上显示的名字时，他眉头一蹙，转身走出了房间，与暮隐隐还能听见他声音温和地唤她：“可卿……”

与暮闭上眼睛，转头，看着窗外已经升起的太阳，不管在她身边发生了什么事情，外面的太阳还是那么大、那么耀眼。在她最悲伤的时候，还有人在笑；在她最孤独的时候，别人依旧是成双成对的。她不是今天才知道，这个世界从来都是这么残忍，不会因为你一个人难受，全世界都为你默哀，该笑的笑，该庆祝的庆祝，他们依旧欢乐。

傅致一这通电话接了很久，久到与暮的心已经麻木。

他接完电话进房间时，她正在看电视。她觉得很可笑的是，现在自己居然有心情看电视。

以前在大学里喜欢看的那些港台偶像剧，现在她已经没了兴趣，倒是更偏爱综艺搞笑类的节目，每次不开心的时候看一遍，总会在那一小段时间里忘记所有的烦恼，笑得特别开心。

有时候碰上特别不开心的事情时，她还想，要是持续看上几天，是不是这几天就会一直处于开心的状态。可是人就是那么感性的动物，在那仅有的几分钟广告里，你都会想起那些让你心痛的事情，以致刚才大笑过的欢颜好像只是自我欺骗的一个假象。

待到傅致一走过来，蹲在她身边的时候，她正因为电视里主持人耍宝笑得很开心，然后听见他有些疲惫的声音："与暮，感觉好一点了吗？"

她怔了一下，将目光从电视转移到他身上，轻笑了一下："感觉好像比你要好一点。"

得艾滋病的人又不是她，她怎么会不好呢？倒是眼前这个问她好不好的人，状况比她还糟糕吧？她倒是不知道原来哄病人是这么累的一件事情。

只是听说艾滋病会传染呢！她是没有关系，万一伤害到了宝宝怎么办？

这般想着，当傅致一的手触及她肌肤的时候，她条件反射般地躲开："不要碰我！"

那样的惊呼让傅致一眉头一皱。

她自己也是一愣，然后说："不好意思，我有点神经质，你不用理我。"说完又将目光转移到电视上，一副"我已经不想说话"的淡然漠样。

很久了，自从爱上他之后，她从来都没用过这样的姿态对他，更别说别人了。凭傅致一的性格，他一定会转身就走，这辈子都不会主动跟她说话了，可是现在他只是坐在她身边，什么都没说，沉默得像空气。

整个房间里安静得只能听见电视机里面的声音，夹杂着与暮偶尔跟着一起呵呵笑的声音。

与暮在努力地将身边的人当作不存在。可是他一向气场很强大，她怎么能当他不存在？

她努力地想要把心思放在电视上，可不管怎么努力就是做不到，最后她不干了，丢了遥控器就要走。不管去哪里都好，她就是不想他在身边，莫名其妙地被影响心情。

她刚站起身，手就被他拉住，她条件反射般地要将手抽出，却发现他抓得很紧，几乎抓痛了手。

“与暮，别这样！”

别这样？那他想怎样？让她委曲求全当作什么事情都没有，只要他哄哄就得谢主隆恩般地告诉自己至少他还会哄她，至少他还知道他已经结婚了，还有个妻子的存在？

不！她不会把自己看得那么低，即使再喜欢他，她都不会把自己看得那么卑贱。

没了他不就是从此以后一个人过吗？没了他，不就是少了一个人对自己好吗？反正从头到尾他就没对自己有多好，她有什么好怕的？

“放开我！”她挣脱不了，忽然就大声吼了出来。他一怔，似乎没想到她会这么恼怒。

与暮却笑：“我这样多好，你自由了，想去找谁就找谁，全世界不管谁得了艾滋病，你都可以一个个去照顾。我不会困住你，更不可能让你变成你口中所谓的浑蛋。这样是不是证明了你很伟大？如果还不够的话，我们就找个时间去把婚离了，你就不用再怕这世界别人还在承受痛苦的时候，我们在这里很欢乐。全世界的人民都会赞扬你的无私，说不定还会竖起一块石碑去歌颂你的仁慈！”

傅致一抿着唇，额头有青筋跳动：“你知不知道自己在说什么？”

“我当然知道我自己在说什么。我就是这样，你不喜欢没关系，我也没要你喜欢，就这样！”说完，她用力地抽出自己的手，就算抽痛了都不想跟他有任何的碰触。

——傅致一，是你把我逼成这样的！

后来，与暮始终都不怎么回忆那段日子。

只是偶尔有一次跟陌生人谈心的时候，她笑笑说，曾经她也那么爱过一个人，改变了自己，找不回原来的影子，甚至尖酸刻薄，像极了泼妇。最痛苦的是，明明知道这样是不好的，只会让对方更加厌恶，可她就是改不了那样的状态，像是灵魂被控制了，在不知不觉中变成了嫉妒的玩偶。

那真是一段她极想忘记的日子，可是事实就是这样，越想忘记的事情越不能忘记，仿若化成一生的耻辱去缠着你，缠绕得你夜夜后悔不已。

傅致一回家的次数开始变得多了，不过再也不能在与暮心中激起一点点涟漪。

他们在家的大多时间是沉默的，有时候坐在同一个空间里，都是各自做着各自的事情。

与暮明显在冷落他，他不是不能感觉出来。

但是要他像别的男人一样去安慰她，他做不到。

是他有错在先，可是他已经低头了，他不懂为什么她还要摆出那种姿态来面对他。

记得那天他说以后每天都会多抽点时间回家陪她，那已经是他最低的姿态了，却被她毫不犹豫地拒绝："你回不回来跟我已经没有关系了。"

什么叫没有关系？难道真的要离婚她才满意？

每次看着她大着肚子一个人去做产检，看着她无视桌上的餐食，自己在厨房里忙碌，他不是不心疼的。他是喜欢她的，这样还不够吗？

耳边传来零碎的整理东西的声音，他抬头看去，就见与暮已经穿戴整齐准备出门。

每周她都会去做产检，偏偏每次她选的都是他忙或者不在的时候，所以直到现在他都没陪她去过一次。

他不是没要求过医生上门，每次医生来了，她却走了。

"等我。"在她要出门的时候，傅致一忽然开口。

与暮一愣，看了他一眼，没说话，脚步也没停止，继续往外面走。

傅致一低咒一声，拿了外套穿上，跟了出去。

最近宁市的天气非常冷，寒风刺骨，与暮戴着帽子，穿得圆滚滚的，像个球似的。

她刚下了楼梯，手就被人蛮横地拉住。

她本能地挣脱，可自然是挣脱不了的，纠缠了一下，就随他去了。

不过说真的，虽然她心里还有气，但是在这样的寒风里，有一个坚实的背影帮她挡着风，真的是很温暖的一件事。

她想起以前自己独自面对这样的寒冷，表面上看起来不介意，实际上心里还是有些失落的。

很早的时候，她每次看见别人的丈夫陪着妻子去做产检，她都希望自己的丈夫也能陪在身边。

不过那时候他好忙，估计连产检这回事都不知道。

后来向可卿出现了，他就更无暇兼顾她。

这般想着，她已经被他带进了车内。车内暖暖的，空气也是干干净净的，空间那么大，她平时坐的公交车跟这就是没法比，一个天上，一个地下。

可是她在心里告诉自己，这样的机会自己只能有一次，以后还是自己一个人去做产检好了。

太多的好现在已经不适合她，她只想脱离那种失了安全的慰藉，她只想做回以前独立的朝与暮，什么都自己一个人，虽然偶尔会孤独一点点，但是总比被伤害要来得好一些。

她就这样胡思乱想了一番，回过神的时候才发现一双沉默的眼睛一直看着自己，里面藏着难以言说的情绪，她看不懂，也不想懂。

微微调整了一下姿势，她歪着脑袋在座椅上准备休息一下。

这么舒适的环境不好好利用一下，真的很可惜。

刚闭眼没一会儿，她便感觉脸上有轻微的触感，耳边低低柔柔的声音响起：

“我们一定要这样下去吗？”

那样温柔的声音像电流般击中她的心，让她的心脏猛地一跳。

她睁开眼，便陷进了那双墨色的眼睛里。她知道……她一直都知道，这几天他都在隐忍跟妥协。他这样的人从来就不会道歉，也许连“对不起”三个字怎么写都不知道。

如果做错事了，他就像一个孩子一般沉默着。

可就是那样的神情，总会莫名地牵扯她的心，让她心疼和难受。

所以，她唯一能做的就是视而不见。她想起谁曾说过一句话：对别人仁慈就是对自己残忍。她不知道为什么会用在自己跟傅致一的身上，她只是觉得，如果自己再像以前那样不断地退让，只会让自己的地位越来越低，到最后受伤痛苦的永远都只是她自己。

所以，当她明显地感受到身体内的妥协因子又在蠢蠢欲动的时候，她坐起身，眼神清澈地看着他道：“傅致一，让我和你变成现在这样子的人一直都不是我。”

他那么聪明，什么话都不用说得太明白，有时候不想承认只不过是他不想低头承认自己有错罢了。

可是即便所有的错误都是他引起的，那又怎样？他傅致一在她朝与暮面前就没有虚伪过，从头到尾，他都坦言自己很自私，从头到尾都是她朝与暮自己给自己挖了个洞，陷进那样的感情里，企图改变什么。

到最后她能改变什么呢？什么都不能！是她把自己看得太高，以为自己在他心底占据了多重要的位置。

但是，没有关系了，吃一堑，长一智，虽然她不够聪明，摔了两次才懂得了一些事情，但以后她再也不会了！

Part 3

又是一路无话，傅致一和与暮来到医院的时候，已经有好几个孕妇在排队了。

每个孕妇都有自己的另一半陪在身边，其中有一对是因为每次都跟与暮来的时间差不多而熟悉起来的。

那个女人是个很开朗的人，见到与暮来了，热情地打招呼。

因为刚才在车上两人又闹得不愉快，所以与暮走在前面，也不管身后的人有没有跟上。走在后面的傅致一已经跟她有段距离了，那女人自然是看不见他的。

“与暮，上次回去之后有没有觉得不舒服啊？虽然是差点摔着了，但是还是让人担心。你都不知道你当时的脸色，那么苍白……哎……我说你家那位是怎样呢？就算再忙也得抽空陪老婆来做产检啊，你肚子都这么大了，他还真放心你一个人跑来跑去的？”她说着，只觉身边的男人不停地用手肘碰她，她不耐烦地回头瞪了两眼，见他没反应，干脆一跺脚，“你干吗呢？”

男人什么也没说，只是微微扬着下巴，女人朝着他看的方向看去，这一看不要紧，只见在场的妇女目光不知什么时候都落在了那人身上，正议论纷纷。

女人擦亮眼睛，心里一声惊叹，她这辈子都没见过这么标致的男人啊！那长相，那气质，那神色，啧啧啧……

只见他一只手轻柔自然地搭在与暮肩上……

恰巧里面的护士念到了那个女人的名字，她几乎想都没想，拉着自己的丈夫就往里走去，一边走一边还不忘记抱怨：“天啊，那是与暮的老公吗？怎么可以帅成那样？难怪整天都不愿意出门，如果我是与暮，也不舍得让自己这么漂亮的老公出来亮相给别的女人看……但你也真是的，看见她老公在为什么不早跟我说？害我刚才说了那么多……”

然而她没看见的是，在她转身之后，与暮便不适应地动了动肩膀，试图将傅致一搭在自己肩膀上的手弄开。

可是他稍微一用力，她不仅没挣脱开，反而整个身子都贴在他身上，耳边是他淡淡的声音：“你摔跤了？”

与暮没说话，如果她真摔跤了，恐怕此刻也不会站在这里了吧？

她上次只是在产检后出门的时候不小心滑了一下，不过幸好她早有准备，没有造成太糟糕的场面。

这也得感谢他，如果不是他那样对她，她也不可能让自己变得那么独立，也不可能事事都替自己着想，连摔跤都摔得那么有防备。

这些，她已经不想跟他提起了。以前他没有关心过她，现在她也不需要了。

她好不容易树立起的防备，不想又因为他而倒塌。

“说话！”面对她的沉默，傅致一不满意，很不满。她现在是什么意思？将他视为空气，无论他做什么，她都一点反应都没有？

与暮不是感觉不出他脸上的怒气，可她除了有些无力和烦躁之外，毫无其他感觉：“没什么，都过去了。”

是啊，都过去了，不要总议论已经过去了的事，那对她来说并没有什么值得回味的。

“朝与暮！”他咬牙轻声道。

虽然脸上带着盛怒，但是彼此间那么亲密的距离在别人看来就是很亲昵的一种姿态，人群中有“偶像剧女”对身边的丈夫发出感叹：“你看人家老公多体贴、多温柔，自从我怀孕之后，你抱都不抱我一下。”

男人忧伤了，中间隔着那么大圆滚滚的西瓜似的……不是他不想抱啊，只是怕一个不小心动了“西瓜气”怎么办？

然而被“宠溺”的女主角没有她那种想法，与暮轻轻闭了闭眼睛，很镇定地说：“我说过我自己一个人就可以了，你陪我来之前，我是自己一个人，以后我也会是自己一个人。你陪在我身边，我只会觉得很厌烦，所以如果你仁慈一点的话，就请离开吧！”——不要再给我过多的温柔，我承受不起，我想……也许有别人会比我更需要。后面那句话，她在心里缓慢地叙述，心很疼……却是给自己不能回头的忠告。

与暮觉得现在的状态真的很糟糕，她必须这样才能让自己坚强起来，只有把傅致一想得很坏，把自己想得够可怜，才能让她独立，不再奢望依靠任何人。

傅致一没有来得及对她发脾气，就有护士念了她的名字。趁着他没反应过来的时候，与暮一个人快速走了进去。

傅致一随之跟了过去，里面的护士讶异地问他是谁。

傅致一说："我是她丈夫。"

他凌厉的眼神和冰冷的态度吓得护士一声都不敢吭。

每次帮与暮产检的都是妇产科主任，就是上次那个刚正不阿，第一次见她就毫不留情地批评过她的女医生。

说来也巧，后来与暮来医院产检的时候很意外碰到了她，也不知道她的态度怎么就转变了，对与暮没了以前的刻薄，看起来更像是一个关心女儿的母亲，约好与暮每次来都由她亲自检查。

两人认识有一段时间了，所以与暮的状态，她是一清二楚的。

她是没有见过大名鼎鼎的傅大少爷是怎样一个人，但从与暮的情况看来，他也算是一个挺不负责的渣男。

不可否认的是，当她一抬头看见门口那个优秀到晃眼的男人时，她心里的确震惊了一下，总算能理解与暮为何深陷感情了——那样一个男人，即使是年轻时候的自己也会把持不住。

但是……

"真是难得，第一次看见傅先生抽空陪傅太太来产检啊……"再优秀的人此刻在她眼底不过是一个不负责的丈夫，不嘲笑一番可不是她的作风。

Part 4

面对女医生的嘲讽，傅致一如没听见一般。

产检完了之后，与暮站起身的时候，他才从后面走上来，像一个贴心的丈夫将她扶住。临走前，女医生才好心地嘱咐："自己的老婆，不管怎样都要多关心才是，不要等到有些东西失去了才后悔莫及。"

傅致一头也没回，挽着与暮出门了。

刚出门便接到了电话，他看了手机一眼，沉默地接起。

与暮不想听的，可是他的手挽着她，不让她离开，他的声音一句不落地传进了她的耳朵里。

她是真心不想听这些事情的啊，可是耳朵就是那么敏感，心再怎么不想听，那些话还是会一字不落地传进耳朵里。

说来也巧，两人出门的时候，在大门口居然碰见了给傅致一打电话的人。

那是个很年轻的姑娘，穿着白色的长毛衣、牛仔裤，围着粉色毛织围巾，长发及肩，浑身散发着青春的朝气。

她很远便看见了傅致一，大喊了一声，往这边跑来。与暮恍惚间就看见了自己大学时的样子，那时她也是这样的张扬活力。

时间真是摧残人的东西啊，与暮在心底感叹，相比较起来，现在的自己该是怎样的臃肿与难看，难怪怎样都得不到别人的喜欢。

那女生跑过来，目光就像长在了傅致一身上一样，眼睛扑闪扑闪的："傅致一，你怎么就来医院了啊，是来看小姨的吗？"

"我带妻子来产检。"傅致一答，表情里没有过多的情绪。

那女生好像才发现与暮的存在，眨巴眨巴眼睛，将与暮从上到下打量了一遍："你就是傅致一的妻子朝与暮？"

与暮看着她，不点头也不摇头。事实上，她除了欣赏眼前的人年轻之外，没有任何想搭理对方的冲动。

那女生见她不作声，纠结了一下，转向傅致一："她怎么都不理人？"

傅致一没回答，只是朝与暮介绍："这是可卿的外甥女王璇。"

与暮沉默，表示自己毫无兴趣。

王璇奇怪地看了与暮一眼，没搭理，对傅致一说："傅致一，你是来看小姨的吗？小姨今天胃口又不好，我让家里做了她平时喜欢吃的一些东西，她都吃不下。"她拎起手上的袋子说，"所以我就去买了粥回来给她喝。你跟我一起去病房吧？每次只要你在，她都能吃下东西，小姨最听你的话了！"

这些话听在与暮的耳里该是怎样的难受，她移开目光，原本以为自己的心可以平静了，却没想到还是会因为这样的话而阵阵抽痛。

"你把粥送过去就好了，我就不过去了。"傅致一简略答道，挽着与暮就要离开。

王璇却扯住了他的袖子："既然都到楼下了，你就上去看看嘛。小姨真的很想见你，要是你不去，她一天都会不快乐的。"

与暮看着她扯着傅致一衣袖的那只手，想着若不是他平日里放纵，就算是轻微触碰他的衣角，那也是不可能的事情。

她也算是过来人了，从王璇眼中透露出的那点心思她不是看不见。在这种花季少女的眼中，傅致一是何等的高不可攀，动情也是理所当然的事情。

"你想去就去吧，我自己回去就可以了。"与暮不想在这里浪费时间，好不容易开口说了句话，让大家都解脱。

却不想傅致一根本不放开她："好，你陪我。"说完，几乎是强迫地带着她跟上自己的脚步。

有时候傅致一真的觉得女人是一种奇怪又难懂的动物，不知道她们究竟在想什么，他明明是随着她的心情，顺着她的意，偏偏她总是不领情。

小傅爷一向没什么耐心，听见她那样说，火气不知道从何生起，也就野蛮了起来。

到了病房门口，与暮看着华丽而安静的走廊，感慨果真是向可卿，住VIP病房就算了，还是那种特级的，甚至连家庭影院都配置了。

躺在床上的向可卿听见脚步声，转头，在看见穿着隔离服的傅致一那一刻，眼睛一亮，待看见他身后的与暮后，眼神变得复杂了。

与暮在心中冷笑。

"与暮，很高兴你来看我。"她坐起身，说得诚恳。

与暮看着她不语，也不知道自己从什么时候开始变得不想说话，不想搭理人……不想搭理那些她讨厌的人。

面对她的沉默，向可卿倒是不介意，笑笑说："傅致一，与暮是孕妇，挺着大肚子不容易，你还是快带她回去休息吧。"

傅致一"嗯"了一声，看了眼桌子上已经冷掉的饭菜，刚想说话，就被王璇抢了先机："小姨，傅致一是专门来看你的呢，听说你不吃饭，他可是很担心呢！"说完朝傅致一眨眨眼，似乎在说：我骗骗小姨，你可千万不要拆穿我哦！

"小璇！"向可卿轻斥，"跟你说了多少遍，要叫叔叔，怎么可以这么没礼貌？"

"可是傅致一看起来不像叔叔啦，更像是哥哥！我们学校的女生都觉得他好帅好优秀，还很嫉妒我能认识他呢！"

在她说话的时候，与暮试图将自己的肩膀从傅致一的束缚中挣脱出来，他看着与暮，不让。

最终她叹气："我只在房间里走走。"

傅致一犹豫了一下，才将手放开。

"与暮阿姨，你要是累了的话，可以在旁边的沙发上坐着哦！"

王璇的声音传了过来，与暮看都没看一眼，在心底笑：一个是哥哥，一个是阿姨，差距还真是大。

她当作没听见，走到了窗台边，看着外面的景色，感受阳光倾洒在脸上的舒适感，自然看不见身后王璇因为被自己当成了空气之后没好气的一张脸。

Part 5

就在这时，向可卿的主治医生带了两个护士走了进来，一行人叽叽喳喳，与暮就当是小鸟叫了，她站的这个位置算是离病床最远的了。

虽说她很早就知道艾滋病传播的几个途径，没有想象中那么恐怖，但是她还是觉得必须自我保护。

好在病房够大，像这种大型的重点医院，能住进这种病房的屈指可数。

就在她发呆的时候，身后响起一声惊呼："哎呀！怎么让孕妇进来了呢？万一被传染了……"

那是一个新来的小护士，话还没说完就捂住了嘴巴。

主治医生瞥了窗边的人一眼，在进来的时候他就看见她了，如果估计得没错的话，应该是傅太太。

他虽然不理解，但对小傅爷的事情也是有所耳闻的。

自从向可卿住进来之后，医院里的那些小护士就八卦了好几天。

医院里有专门给重型病人安排的隔离区，像这种艾滋病人是需要隔离的，可是隔离的第一天就被上头下令送到了这里，并且这一带VIP病房都被隔离了出来，四五个豪华大房间都是空着的，别说晚上，就是白天也安静得连根针掉下的声音都能听见。

也是这个原因，除了傅致一身边的人可以自由出入，其他人都需要经过门外留守的穿着黑色西装的人验证身份才能进来，自然就没有人敢提醒说孕妇最好别进这里了。

小护士们纷纷被勾起了八卦的心，都说躺在床上的美人一定是小傅爷的心上人。

可这四海阁小傅爷近月结婚的消息也被记者给挖掘出来，在宁市传得沸沸扬扬的。

于是有人开始幻想，床上躺着的人也许是小傅爷的情人，因为背叛小傅爷，遭了天谴，得了这种病，最令人难过的是小傅爷也不介意，什么都给她安排最好的，照顾得无微不至。一下子小傅爷在她们的眼中更加光明了起来，又帅又多金，关键还痴情！

“小傅爷，如非必要，还是别让傅太太进来吧，孕妇的抵抗力一般比常人要差，虽然不会出什么事情，但是以防万一还是……”检查完后，主治医生在走廊的尽头对送他出来的傅致一说。

傅致一应了一声，也觉得不妥。

在外面跟医生谈了几句，再进去想要将与暮带出来的时候，他才发现窗前空荡荡的，哪里还有她的影子。

目光在房间里扫视一圈，转移到病床上，向可卿也没见人影，只有王璇一个人在那儿收拾东西。

似感受到他的眼光，王璇说：“小姨上厕所去了。”

“与暮呢？”

“她走了啊。”

“走了？”傅致一蹙眉，“什么意思？”

“就是走了啊。”她眨眨眼睛，表情无辜，“刚才你一出去，她就跟了出去，难道你没看见她吗？”

“怎么了？出什么事了？”从洗手间里面走出来的向可卿看见傅致一脸色不对，奇怪地问。

“小姨……那个阿姨走了啦……”

王璇话还没说完，便见傅致一转身往外面走去。

“哎……”她急忙跑上去拦住他，“傅致一你要去哪里？”

他目光冰冷地扫了一眼她抓住自己衣袖的手，她手一颤，莫名其妙地心慌了一下，胆战地将自己的手缩了回去。她掂量了一下，刚想说话，只觉耳边一阵风，留给她的是一个冷傲的背影。

王璇撇撇嘴，瞪着一双委屈的眼睛看着走到身边的向可卿：“小姨，你看他，怎么可以那么冷漠！”

向可卿叹息一声：“小璇，是你没礼貌了。你告诉我，为什么要对与暮做出一副充满敌意的样子？难道你不知道她是你致一叔叔的妻子？”

“我知道啊，可那又怎样？她根本就配不上傅致一，她那么平凡，一点特别之处都找不出来。”

“这是你的看法，并不能代表所有人都是这么想的。她能让傅致一喜欢就说明她比别人在傅致一心里的地位重要。感情的事情不是外人可以评论的。”

王璇撇撇嘴，一副很不以为然的样子。

向可卿看着她，迟疑了一会儿，最终还是问出了口：“小璇，你告诉我，你是不是……喜欢上你傅致一叔叔了？”

王璇没想到她会问得这么直接，脸倏地就红了，低下头，一副小女生的模样。

向可卿看着她那样子，心如明镜。

像傅致一这样的男人，就连大龄女人都抵挡不住他的魅力，何况是眼前这种情窦初开的小女生。

“小璇，你听我说，马上制止这个念头！他是你叔叔，只能是你叔叔，你懂吗？”

“为什么只能是叔叔啊！我看得出，他不是很喜欢他老婆啊……”无知的孩子总是充满莫名其妙的自信，大抵是觉得自己年轻，资本摆在那里。

向可卿却不赞同地摇头，眼色深沉：“他只是不喜欢把感情摆在脸上而已，如果他真的不喜欢与暮，刚才不会那么着急。”

是的。

傅致一从来不喜欢将感情摆在脸上给人看，可他这次是真急了，在医院外面找了一圈都没有找到与暮的影子。

开车回去的路上，他连闯了好几个红灯，平时一个多小时的路程半个小时就到了。

他到家打开门，却发现里面空空荡荡，玄关处安静躺着的专门为她定制的棉拖鞋证明她根本就没有回来过。

Part 6

其实与暮没有跑远。她顶着一个大肚子能去哪里？这个城市那么大，却连她的容身之处都没有。

恰巧在她走出医院的时候，李瑶打了电话过来，她便让李瑶把自己接走了。

听了与暮的遭遇，这一回李瑶却没有风风火火地想要拉她去找傅致一理论什么，只是感慨道：“爱上没心的男人的女人都是找虐，就像我大学时看的小说，总是觉得里面的女主角怎么那么傻，世界上又不是没其他男人了，为什么就非他不可。哎！你别说，世上人多又怎样，‘他’这个男人就只有一个，谁又能代替，还就非他不可了。你说我凭什么看不起那些书里被折磨得死去活来的女主角，现在的我们不就是那种死样子！这才是生活！不这么真实，怎么会有那么多女人为爱情去自杀？爱情就是世界上最毒的毒药！没有爱过的人，永远都不知道那种舍不得的挣扎有多难受！”说完还骂了几句脏话。

与暮知道，李瑶只有在心情不好的时候才会说脏话，以自己对她的了解，应该是她跟陆连年之间又发生什么事情了吧。他们这一对也是命苦，明明彼此相爱，却怎样都不能在一起。

后来，与暮才知道事情根本就没有她想象中的那么简单。

这一次，反对李瑶跟陆连年在一起的人是李瑶的父母。以前李瑶年龄还小，他们任由她在外面玩也就罢了。女人嘛，尤其是漂亮的女人，一生有几个男伴是很正常的事情，她父母也不是那么不开明的人。

可眼下李瑶的年龄也不算小了，家里不是没有准备给她介绍对象，以前她都拒绝，后来厌烦了，她直接说这辈子除了陆连年她谁都不要。

再怎么说，李家也算得上是一个富裕之家，生意虽然没做到全国连锁那么大，但也能算是宁市里面上层的那种，他们怎么能够忍受自己的女儿去当别人的备胎？玩玩也就罢了，如果是动真格的，他们可不干。

就这样，李瑶被强迫去参加各式各样的宴会，如果她不同意，家里人就禁止她出门，让她哪里也别想去。

一般女人要是碰到这样的事情，第一个就是找自己心爱的男人。

可从一开始到现在，都是她在像大姐姐一样照顾陆连年，很多棘手的事情都是她在帮他处理，他就像个没长大的孩子，这样的事情对他来说除了增添烦恼，多一个人担心，或许更多的是让两人之间以后多些嫌隙，什么好处都没有。

事实上，正中了李瑶的想法，陆连年就是一个富二代少爷，那些上流社会的宴会，他也经常出现，两人的碰面不可避免。当他亲眼看见李瑶的父母在帮她介绍对象的时候，心底怒气便瞬间爆发了出来。

有些男人就是这么自私，自己给不了别人幸福，不能在别人面前确定自己女人的地位，可是看见她跟别的男人打交道的时候又会生气，霸道得没有道理。

虽然李瑶有耐心解释过，但是这样不断地相亲、不断地相遇总会让彼此之间产生裂痕，在那些解释了一遍又一遍的日子里，裂痕不断地扩大。

两个人每天除了争吵就是争吵，陆连年的不信任让李瑶很无奈，到最后已经成了一种厌烦。

像是对自己的孩子一般，一开始总是会谦让，可是久了、疲了就会生气。

与暮跟着李瑶来到她住的地方的时候，才发现里面干干净净，没有了任何男性物品。

许是察觉到她的心思，李瑶毫不在意地说："前两天他搬走了，连带他的东西一起收拾走了。也好，眼不见心不烦。"

"嗯。"与暮点点头，也不知道怎么安慰她。原本她自己这几天的心情也是极差的，忽然又听见李瑶的遭遇，心底一阵无奈。不知道是这个世界怎么了，还是她们真的不好，所以在感情上才会经历这么多痛苦的事情。

"也好，这段时间你也好好地想清楚，到底是跟自己喜欢却不能结婚的人在一起好，还是找一个爱自己的结婚比较好。只是瑶瑶，你已经看到了我的路，不要重复了才好。"

"我知道，不过你也别这么悲观。从今天开始你就在我家好好住下来，你现在大着肚子，可得每天都有人陪在你身边。先别去想傅致一了，就让他着着急。你每天保持好心情，准备迎接宝宝的降生吧！"

与暮勾勾唇，心底却一阵迷茫。

着急啊……他会吗？

就这样，与暮在李瑶的家里住了下来。

两人许久没有过这样的生活：每天早上一起出去吃早餐，顺便买菜，就当作是陪孕妇走走；中午李瑶负责做饭；下午与暮听着胎教歌睡觉的时候，李瑶就在书房里上网。

一切好像回到了大学时候，闺密两人亲密无间。不同的是，当年两人欢声笑语，单纯地在一起讨论哪个系的帅哥比较帅，守着那一份纯真，而现在，两人在彼此因为心爱的人受伤之后又聚在了一起。

可是她们觉得很幸福，至少在难过的时候不是孤单一个人，彼此都在为对方加油打气。

两个人晚上睡在同一张床上的时候，总会聊起大学时候的很多事情。

就像与暮感叹的那样："真的好像已经过了很久很久了，这么多年以来，我从来都没想过我们还会像现在这样躺在一起回忆过去。"

事实就是如此，当你踏入社会，很多东西都会改变，就算友谊再好，彼此都有自己的家庭，而家庭这两个字就会花去彼此很多的时间。

"所以你要记得现在，也许在小傅爷把你接回去了之后，就又少了这样的时间。"

与暮摇摇头："不会吧……大概他已经忘记我了。"毕竟这些天，一点消息都没有。

李瑶侧身，望着她："与暮，傅致一应该是爱你的，像他那样的人，如果没有动真感情怎么可能会娶你？不过……你放心，就算他真的不要你了，也没什么了不起，大不了以后我跟你一起把宝宝抚养成人！"

Chapter 7
满满都是她

Part 1

李瑶说的是真心话，她总觉得自己这辈子除了陆连年是不会再爱上别的男人的。

如果她最后不能跟陆连年在一起，结果也就是一个人孤独终老，所以有个小孩陪着她也是很不错的。

只不过她这个想法也只是说说，与暮肚子里怀的可是傅家唯一的血脉，傅致一怎么可能会不要？

那天为小宝宝织小衣服的线用完了，与暮拿了小包包就要跑出去买。那时李瑶还穿着睡衣躺在床上睡觉，说："你等等我，我陪你一起。"与暮笑着说店铺就在楼下，又不远，让她乖乖睡觉。昨天李瑶心情不好，跟朋友去唱歌唱到很晚，与暮自然是理解的。

躺在床上的人想着好像是不远，便也没有坚持，迷迷糊糊又睡了过去。

没过多久，她便听见了一阵敲门声，以为是与暮忘了带钥匙，急急忙忙去开门，门外的人却让她一愣："叶凡？"

他穿着格子衬衫，外面套了一件白色的V领毛衣，再外面是一件深色的呢绒大衣，留着利落的短发，身形挺拔。

"嘿……"李瑶站在原地打了声招呼，不知道为什么，看见他，她竟会觉得有些不自在。

叶凡朝她露出一抹温和的笑容，也只有在她面前，他才会收起平时放荡不羁的性子，正经得像个绝世好男人。

李瑶侧身让他进门："你来找我有什么事吗？"

"与暮不见了……"叶凡迟疑了一下说，"致一跟我说的时候，我第一个想到的就是你这里，不过看现在这样子，好像家里就只有你一个人？"

李瑶一怔，因为他忽然出现，她脑子一下子没转过弯来。叶凡这个时候出现在自己家里能有什么原因？当然是因为与暮了！

"与暮不见了？"她故装成吃惊的样子，"什么时候的事情？那傅致一呢？老婆不见了，他不着急？自己不去找，怎么让你跑这儿来了？"

叶凡摇摇头："致一已经很着急了，这几天，手底下的人把整个宁市都要翻过来了。可你也知道致一这人自负，与暮不见了，她身边的一些朋友他一个都不认识，连我也只知道就你跟她是最好的朋友。所以今天我才过来问问你，与暮她有没有来找过你。"

"没有啊……"李瑶说得无辜，"到她家找过吗？她是不是回家了？"

"已经打电话过去确认过了，不想让与暮的家人担心，所以我们只是装作不经意地问问与暮没有回家。"

"哦。"看样子傅致一也不是一点都不在乎与暮的，李瑶在心底想着，那个男人平常那么自以为是，这次与暮离开算是给他一个小教训，不过这个教训还不是时候结束，再怎么说也得让他难受几天。

她忽然想起出去买毛线的与暮，觉得自己得赶紧让叶凡离开这里，不然与暮回来之后，两人碰面就糟糕了。

于是她忽然捂住了胃部，皱着眉头很难受的样子。

叶凡还在思量与暮的事情，见她忽然这样，忙关心地问：“瑶瑶，怎么了？”

“胃有些疼。”她说，“应该是没吃东西，我有些饿了，你陪我去吃下早餐好吗？”

“嗯。”叶凡自然没意见，甚至看起来比她还着急。

出了门，外面阳光灿烂，李瑶往两边瞅瞅，确定没有与暮的影子，才带着叶凡往与毛线店相反的方向走。

也不知道是心灵感应还是什么，当她不经意地回头的时候，她居然看见拿着袋子的与暮正巧从后面的拐角处出来。

她心猛然一跳，情不自禁地停住脚步。走在前面的叶凡正好奇地回头，就见她冲上来拉住自己的胳膊，快步地走：“快走吧，我快饿死了！”

隔得好远，与暮看见前面的那两抹影子，不是李瑶和……叶凡吗？

像是想起了什么，她忙加快脚步往楼道里面走。

叶凡找到这里来……是因为她吗？她蹙眉，是傅致一的原因？又或者是她想多了，叶凡只是来找李瑶的？

如果真的是傅致一的话，他应该会亲自来吧？所以……她摇摇头，轻笑，自己还是不要奢望了。

就当她在包里面找出钥匙要开门的时候，“与暮……”一个声音传入耳里，让她的动作一顿。

是幻觉吧？

那个人的声音怎么可能出现在这里，他那么骄傲的一个人……

Part 2

对！一定是幻觉！与暮不断在心里告诉自己，肯定是耳朵出问题了。她闭上眼睛，再睁开，重新用钥匙开门，却始终不敢往身后看，好像身后有什么很可怕的东西。

在她打开门要进去的刹那，一双手从后面攀上了她的肩膀，对方用了不大却足够的力道，将她转过身，让她面对自己。

与暮低着头，鼻间传来熟悉的淡淡烟草味。

他穿着黑色大衣，冬日里窝在他的大衣里定然很温暖。

与暮感觉眼睛发酸，明明没有几天，明明早以为自己可以淡然了，为什么再见面还会这么难受？

“与暮，抬头看我。”他的声音温和中带着一丝疲惫。

与暮偏不抬头，是不想还是没有勇气，连她自己都分不清。

“与暮……”

她双手在两侧紧紧地握成拳头，咬牙，终于抬起头。

出现在她眼前的不是那个骄傲得不可一世，或任何场合都意气风发的傅致一，他好像瘦了，脸色也没有以前那般好，一向爱干净的他下巴上甚至留了胡楂，整个人看起来像是一下子颓废了许多。

与暮不愿意承认，这几天的时间，他好像过得非常不好。

四目相对，她看见了他的眉，他望着她的眼。

她抿唇，努力控制住自己想要轻抚他的冲动。他的胡须没刮，也许在别人眼中是一种性感；他的头发凌乱，却也一点都不有损他的英俊。至于……他脸色苍白，又清瘦了些，跟她有什么关系？也许是照顾病人照顾得累到了这种程度？

“与暮，我想你。”他的自制力变差了，不像以前，她离开了，他虽然担心，但心里总觉得最后一定能将她找到，所以每天一如既往地过。

可这一次，在寻找的过程中，他是那么难受，每天工作的时候不停地抽烟才能让自己平静下来，每晚睡觉时必须把自己灌醉才能够勉强睡去，在半睡半醒间，脑海里满满都是她。

“想我什么？”

“想你在家。”——想你在家里陪我，每分每秒都想你。

在家？与暮苦笑，也是啊，那么大的一栋楼，空空荡荡，一个人是挺寂寞的。

因为寂寞，他才想起她的好？

是啊……他一向都是这么自私。

“如果觉得家里太大可以换一个小的，或者把向可卿直接接到家里去休养，每天都有她的侄女去看望，一定很热闹。”

“她们跟你不一样。”

“我应该说声谢谢吗？”

“不用。”

“那好，还有什么要说的吗？没有的话我要进去了。”

“与暮！”

“……”

“跟我回去。”

“不可能。”

“……”

“一只好不容易从囚笼中逃走的鸟，你觉得它会想要回去吗？”

囚笼……在她看来，他给予的那些和她曾经陪伴自己的生活都只是囚笼而已吗？

傅致一眉头微皱，胃又开始抽痛。

与暮不是没有看见他的手搁在自己胃部的姿势，她知道那不是他在故意要自己可怜，是一种人的本能。

他应该是胃病又犯了吧，这几天无节制地抽烟喝酒，不疼才怪。

他总这么不爱惜自己，向可卿走的时候是这样，现在她走的时候又是这样。

他以为自己这样堕落就能引起别人的同情吗？

与暮在心里告诉自己，一定不能心软，一定不能！

“如果没事的话，我还有事，先进去，不陪你聊了。”

“我在这里等你。”

“我不会跟你回去的。”

“我等。”

就像她等他一样，以为他总有一天能够爱上自己，重新开始？

不必，她已经傻过一次，没必要让他也傻一次。

她不回话，转身进门，“砰”的一声，门在他的眼前被关上。

这天，他没有等到与暮，却等到了叶凡和李瑶。李瑶在看见傅致一的时候，先是一惊，然后像是想到了什么，瞪着一旁的叶凡：“你骗我！”

叶凡一愣，刚要解释就见李瑶拿出钥匙把门打开，当着两个男人的面毫不留情地关上了门。

叶凡摸摸自己差点撞到门的鼻子，转身看着倚在墙上的傅致一。就连叶凡这个在傅致一每天醉生梦死时陪在他身边的朋友，也不太能适应他现在的状态。

说实话，如果抛却这种颓废状态背后故事的话，傅致一这种状态也许是一种新生。

他的生活从小到大都太单一了，叶凡从没见过像他这样的有钱人不出去娱乐，每天除了工作就是工作，努力得就好像要高考的孩子，生活别提多单调了，还浪费了那么帅的一张脸。

但是话说回来，在傅致一经历过与向可卿那一段感情之后，他很难再爱上其他女人，就算真的爱上了也不会承认，更不会掏心掏肺。

他是一个商人，不管在事业上还是感情上都是斤斤计较的。只有你付出了多少，我才能回报多少。甚至，有时候只能是你付出了很多，我才会回报你一点点。

很多时候叶凡都替爱上傅致一的女人感到可悲，可是那又怎样？换成像他叶凡这种就好吗——执着地喜欢一个不可能爱上自己的女人，想尽办法忘记都遗忘不了，就算身边美女环绕，都让他觉得无限空虚。

Part 3

李瑶进门后便在卧室里找到了坐在床上发呆的与暮。

与暮坐在那里，阳光倾洒在她的身上，以往柔和的脸上隐匿着忧愁。不用想李瑶都知道，与暮一定跟傅致一见过面了。

都怪她没心眼，叶凡都找到这里来了，她怎么没想到傅致一也会来！

听见声响，与暮抬头就看见李瑶皱着眉，一脸对不起自己的愧疚表情。她愣了愣，笑笑说："刚才还看你跟叶凡高高兴兴出去，怎么才一会儿就变得愁眉苦脸了？莫不是叶凡那家伙对你做出了什么不轨的行为？"

她将语气放得轻松，想逗李瑶笑。可是李瑶并没有心情跟她开玩笑，只是苦着一张脸："与暮，对不起啊，我真的不知道叶凡那家伙用计，我也不知道傅致一竟然会找到这里来。我出门的时候都没看见他……"

"没关系。"与暮打断她的话，"瑶瑶，别放在心上，这跟你一点关系都没有。他想要在宁市找到一个人不是件很困难的事情。我从来不怀疑他能找到这里，只是没想到他会亲自过来。"她说，"瑶瑶，这几天跟你在一起的生活很开心，就像是回到大学时，不知道以后还会不会有这样的机会……"

"与暮……你说这话是什么意思？"李瑶脸一板，很严肃地看着她。

"没有啊……只是觉得在这样的状态下，有这样的生活算是一种奢侈吧。你也不可能一直跟我生活在一起，以后你也要结婚生子的。"

"什么结婚生子，谁说的！我跟你说，要是你不想跟傅致一回去，你就待在我这里，他傅致一就算有再大的能力也不可能把你强抢回去吧？何况你还怀着孕呢！要是他真做出那么暴力的事情，你更不能回去了，否则谁知道他以后还会对你怎样？而且……而且还有一个向可卿在那里……"

与暮不禁想起那些自己一个人在家里的日子，心里苦涩，有些心疼自己，想起来便心有余悸。

"瑶瑶，你想多了，我不是要跟他回去，我是想回自己的家了。"

"回家？"

"嗯……"她说，"这些年在外面我也累了，如果真的要把孩子生下来，我想还是回家会好一些，毕竟有爸妈陪在身边。他们只有我这一个女儿，也一直都希望我在身边陪着他们。你记得我跟你说过吗？家里的塔建好的时候，我爸就说过，等他老了的时候，希望有我跟妈陪在身边，那时候他还能牵着自己的孙子带他从小锻炼身体。”

李瑶当然记得，与暮那时候还真憧憬过自己会有这么一天，那个时候的对象是谭勋。

一路走来，没有人会比李瑶更懂与暮，她想要的并不是什么荣华富贵，只是想要跟自己心爱的人窝在一个小城市，过着平淡却安稳幸福的生活。

不过更多时候，越是小小的期望越是难实现。

现实是与暮把一切都想得太过简单，当她第二天将自己不多的东西收在一个包内，跟着李瑶出门的时候，她便看见了站在那里的傅致一。

他还是昨天的装束，看见门开了，只是轻轻地抬了一下眼皮，整个人好像又颓废了不少，隔得不近不远，与暮能看见他眼底红色的血丝。

与暮感觉自己的心又疼了，她逼着自己转过头，目不斜视地往电梯口走去。

“与暮……”她听见他的声音，沙哑得让人心疼。

她抿唇，不回头，等电梯门开后头也不回地走进去。

她在电梯里转过身，却对上了他血红的眼。

与暮想起的是，在这几天里，自己刻意忘记，这张脸和这双眼却每天晚上都会出现在梦里。梦里面，她反反复复地伸手轻抚上那张脸，为什么这么好看的人，却是没有心的呢？她的心在一颤一颤地疼，他怎么会感受不到呢？她真的不是个狠心的人，看见这样的傅致一，她从第一眼看到就开始心软了。可那么多次的伤害不是她幻想的，那真真实实地让她难受，让她疼，让她觉得自己在这个世界上那么没用。

她一直奇怪，怎么心那么小，还能装下一个人。她曾经那么大胆勇敢地去追求自己想要的爱情，可是在爱情里遍体鳞伤的也是她。有时候那种感觉不是恨，只是一种胆怯，不敢再爱了，那种心痛的感觉不是当事人永远都体会不了，地狱十八层也不过如此吧！

所以，傅致一，别这样。

她在心里这样说，却在电梯即将关门的时候听见“砰”的一声。

原本快要关合的电梯门在一只手按上按键的时候重新打开了……

Part 4

与暮总觉得自己跟这栋别墅有不解的缘，是第几次出去了，又回来了？

望着凌乱的书房，和刚被打扫过的卧室，刚刚叶凡的声音像魔咒似的不断回荡在她耳边，他说：“你走了之后，傅致一过得并不好，每天做得最多的事情就是抽烟喝酒，每次傅嫂监督他吃饭都没用。你也知道他胃不好，就那几天，胃出血基本上是隔一天出现一次。我们不敢惊动他的奶奶，也没人能说服他。好不容易趁他昏迷的时候把他送到医院，可是醒来了他就要走，我们不让，他就把病房里的东西砸得稀烂，吓得那些崇拜他的护士都不敢进门。看得出他是真的痛苦，当初可卿姐离开的时候都没见他这么折磨自己。与暮……他是爱你的，只是自己没有发觉。你知道人总是容易迷失在过去，傅致一也是人。”

走进卧室，看着躺在床上打着点滴昏迷的人。医生说他最近的身体很不好，再这么折腾下去，别说胃出血了，就是胃坏死都不奇怪。原本是要住院的，可是据叶凡说，每次傅致一住院都会将整个病房弄得乱七八糟……加上与暮是孕妇，不太适合总在医院里，所以便没去医院。

与暮坐在一边，看着沉睡中的傅致一。睡着的他多乖啊，像个孩子，一点没有平日里魔王的作风，可就是这样的孩子表象，让他最亲最好的朋友都拿他没辙了。

“到底是谁培养的啊，这么烂的性格。”与暮坐在那里，轻叹。

睡梦中的他自然听不见，脸上也没有表情，只是平静地沉睡着。

与暮想起当电梯门将要关上的时候，看见他晕倒时，她心中的担心与着急。

罢了，无论装得有多绝情，她依旧是爱他的。

傅致一醒来时，天已亮，侧头便见在沙发上沉睡的她。

她闭着眼睛，睫毛长长的，胸口缓缓地起伏着。

他不禁蹙眉……为什么她这样睡着？傅致一试图坐起身，才发现自己身上竟然没有一丝力气。躺了一会儿后，他挣扎着坐起身，将手上输液的针直接拔了，下床，将睡在沙发上的与暮抱起来。

迷蒙中，与暮微微地睁开眼睛，便看见眼前的那张脸——无数次当她一个人睡着的时候，只会在梦中出现在她面前的那张脸。

他的眼神是那么温柔，看着她的时候好像她是这世界上他最宝贝的东西。

“傅致一……”她喃喃地唤了一声，竟有些哽咽。

“怎么哭了？”他有些慌乱，想伸手去帮她擦拭，才发现自己抱着她，根本空不出手。

然后他急忙抱着她走到床边，将她小心地放下，伸手将她的眼泪擦干净。

与暮眨眨眼睛，才发现自己不是在梦中，她一惊，下意识从床上坐起来，看了看眼前的人，再看了看身后。她低咒一声，就要从床上站起来离开。

一连串的动作快得让还在发高烧的男人反应不过来，等到她快要走到门口的时候，他冷冷的声音响起：“你就那么不想见到我吗？”

与暮脚步一顿，她本来只是想看看他的，确定他没事的话就离开，没想到竟然就那样睡了过去，还在这样的情况下面对彼此……

“没有，你想多了。”她没转身，轻轻地说完，就要离开。

“如果是我想多了就留下来！”

与暮咬牙，不理会他的话，冷然地开门离开。

很快，里面就传出剧烈的撞击声，与暮的脚步还是停住了。

隔着门板，她还能听见里面乒乒乓乓砸东西的声音。

最终……她叹息一声，打开门。

如她想象的一般，室内一地狼藉。

地上是被打碎的点滴瓶和架子，一些摆在房间里的装饰被摔成了碎片，更别提放在茶几上那些等他醒过来要吃的药片和熬好的汤了。

他难道不知道他的胃就要坏死了，现在人还在发着高烧吗？

“你真的是……”她气得简直说不出话，走上去，将他拽到床上，好在他生着病又没防备，所以轻而易举就被她这个孕妇给拽到了床上。

“躺着！别动！”说完她便将一旁的被子拽过来盖在他身上，原本不听话的男人挣扎着想要下床，待看见她脸上的表情时，就躺在床上一动不动了。

可是他的视线牢牢锁住眼前的她，仿佛他只要一眨眼，她就又会消失不见。

“与暮。”他低声喊她的名字，他不喜欢她躲避自己的态度，好像自己身上有什么脏东西，就像那天她厉声喊的那句：“别碰我！”

与暮不由自主地避开他的注视，转身便要离开。

“别走……”他条件反射般地抓住她的手，看着她僵硬的表情，才像是想起了什么，说，“我没碰过向可卿，所以你放心，我没有被传染……不过你现在是孕妇，确实不适合待在我身边，我发烧了……但是，你可不可以别离开这里？至少，在我病好了之后……我怕现在这个样子去李瑶的家门口晕倒了会妨碍到别人……”

“我只是去找医生。”她淡淡地说完，转身离开。

出了卧室，她才撑不住靠在墙上。是因为怀孕后的意志力薄弱吗？为什么在听见他刚才那段话的时候，她会很难过很难过？他怕她怀疑他跟向可卿之间有什么关系，他说她现在离开，他还是会站在门口等她……

那是她认识的那个傅致一吗？像他那样的人不是应该始终用冷漠的态度对她吗？他的性格真的是好烂好烂，糟糕透了，每次他都在狠狠伤害她之后再莫名其妙对她那么好，让她根本对他狠不下心。

Part 5

与暮深呼吸一口气，暂时将自己脑海里的是是非非抛到一边，一转身，便看见了站在拐角处的叶凡。他站在那里，指间夹着一根烟，隔得远，看不清表情，她却能感觉到他身上散发的寂寥。曾听人说，偏爱抽烟的女子都有一段令人伤痛的过往，男人呢？亦如此吗？

自从傅致一昏迷了之后，叶凡和医生都住在家里，还有专门请来的高级护理，以防傅致一又发生什么事情。

他应该是听见楼上的声响才上来的吧。与暮朝他露出一抹无奈的笑容："你应该都想象到了，把医生请来吧。"

"嗯。"叶凡点头，转身下去叫医生了。

重新帮傅致一输液，房间里也让人来清理得干干净净，与暮看了眼桌子上空荡荡的保温桶，想了一下，打算下去再熬一份汤。

她刚转身，后面便传来一道急促的声音："小傅爷，还没好，您先别动……"

她转身，便看见想要坐起来的傅致一，他望着她的眼睛里似清楚地写着两个字——别走。

与暮说："我只是下去煲汤。"

与暮下楼到了厨房，揭开锅盖才发现昨天自己煲的汤还剩下一半，只要重新热一下就好。

她将火打开，调到合适的大小，站在原地闭了会儿眼睛。

她有些困了，昨天趴在沙发上睡着了，虽然睡得很死，但是现在还是有些累。醒来之后她也什么东西都没吃，肚子有些饿了，待会儿汤好了之后，她也喝点暖暖胃吧……

这般想着，她打算出去休息一会儿，一转身就看见叶凡气喘吁吁地跑了进来，手上还有热腾腾的包子和豆浆。

看着它们被他递到眼前，与暮一时间愣住了，叶凡解释说："傅致一让我去买的，他担心你没吃早餐，孩子也应该饿了。"

"哦。"与暮应了一声，将袋子接了过来，从橱柜里拿了盘子和筷子，将包子都放在里面，转身说，"你应该也没吃，一起吃吧。"

“嗯。”叶凡将另一只手上的包子拎起，“把这份也装进去吧，我去叫醒瑶瑶。”

“啊？”与暮一愣，才发现自己居然忘记了李瑶，“瑶瑶也一直在这里吗？怎么没回去？”

“她跟你一起来的，担心你，想留下来照顾你。不过你也知道她粗神经，晚上睡着了，到现在都还没醒。”

叶凡说这话的时候，与暮看见他嘴角轻轻扬起，带着若有若无的宠溺。

“叶凡……”她轻轻地问，“这样执着，却看不到希望……你是怎么坚持下来的？”

叶凡似乎没想到她会突然这么问，撇撇嘴：“不知道自己怎么坚持下来的，想过很多次放弃，不过没毅力。后来就看开了。有些人也许一辈子都忘记不了，既然忘记不了就别强求，就像我从来没强求过她跟我在一起一样。可能是我心底还有些希望，只要没亲眼看见她结婚，就觉得什么都还有希望。”

“如果我是瑶瑶，我就选你了。”与暮笑着说，“真的没有见过比你好的男人了。”

“我也觉得自己可以立个牌坊遗留千古。”他笑道，像个大哥哥般拍拍她的肩膀，“好了，别胡思乱想了，世界上痴情的人还有楼上那个，你慢慢会发现的。我去叫瑶瑶。”说完就转身往楼上走去。

与暮想了一下，才叫住他：“叶凡！”

“嗯？”他转身。

“瑶瑶最近跟陆连年的关系不是很好，我觉得他们两人绕了这么久都没结果……嗯……陆连年太孩子气了，瑶瑶也累了，如果你可以的话……”她眨眨眼睛，“你应该懂我的意思吧？”

“嗯。”叶凡点头，说了声“谢谢”便转身往楼上跑去。

是她的错觉吗？为什么她会感觉他有些雀跃？

她摇摇头，心想：叶凡此刻应该是很快乐的吧？他嘴上再怎么说希望李瑶幸福就好，但是真的听见她跟别的男人不好的消息，还是会高兴的。

就像她曾经离开谭勋的时候，表面上很平静，心里却希望他跟那个女人永远没结果。

那种伟大的祝福，在爱情里，有几个人做得到？

与暮走到餐桌前将包子摆好，再拿杯子将豆浆倒好，等了一会儿，发现楼上一点动静都没有。她正打算去厨房里关火，就听见“砰”的一声，好像是什么东西被用力砸到地上的声音。

与暮一愣，往楼上走去，就听见李瑶的声音：“陆连年，你去死吧！”

然后就是她哭泣的声音，那样的哭声是与暮从来都没有听到过的。

这些年，遇见再大的事情，她都是一个人坚挺过来的，虽然也难受得哭过，可没一次是这么难受的。

就像是聚集了很久的泪水，想要在这一刻都流光。

那声音听得与暮想跟着一起哭，那是受到了怎样的委屈，刺痛了心！

与暮站在门外，看着叶凡心疼地抱着她，想要安慰的那些话一句也没有说出口。也许他是了解她的，知道她在这个时候需要的不是安慰，只是一个能让她依靠的肩膀。

与暮吸吸鼻子，知道自己这时候不适合去打扰，刚想要转身，就感觉到一个身影轻轻地靠近。

她抬头，看见那张熟悉的脸，修长的手指在唇边做了一个噤声的动作，然后温柔地牵着她的手往楼下走去。

Part 6

与暮那一刻不知道是什么感觉，只是觉得手心传来的温度让她舍不得放手，忘记了挣扎，忘记了拒绝，乖乖地让他牵着自己走下去。

桌上的包子还散发着热气，与暮像是想到了什么，让他先坐在位子上等着，自己走到厨房去把已经热了的汤给端了出来。

“这是昨天熬的汤，你先喝一碗，对胃好。”说着她便盛了一碗递过去。

“嗯。”他应了一声，拿了一个碗也盛了一碗，“你也喝。”

与暮看着他的动作，不太熟练，说话的语气也有些生硬，大抵是没这么关心过人。

就像她第一次关心人的时候也是这般尴尬与笨拙。

两人在餐桌前吃了一会儿，李瑶和叶凡就从楼上下来了，隔得还挺远就能看见李瑶眼睛红红的，但两人都颇有默契地没提，叶凡也还是平常的样子，笑道：“好在我聪明，多买了一点包子，足够四个人一起吃了。”说完特绅士地拉开了椅子，对着李瑶做了一个请的手势。

李瑶吸吸鼻子：“我不要坐这里，我要跟与暮坐一起。”然后跑到与暮身边拉开椅子坐了下去。

叶凡无言，自己拉开椅子坐下，不过还是特别细心地把豆浆分给了她一杯。

四个人吃了一会儿，李瑶喃喃道：“这种场景让我想起了大学的时候在食堂里，我跟与暮就是这样坐在一起，与暮的对面坐的是谭勋，我对面坐的是陆连年。”

一句话说得其他三个人皆停下来看着她。

李瑶却丝毫不在意，道：“那时候多年轻多单纯啊。”她朝着与暮说，“与暮，你还记得吗？当时我们四个人约好以后有机会的话一定要重返当年。可是过了这么多年，人呢？除了我们两个，另外两个去哪里了？”她笑，有些自嘲，“对，不是还在这里吗，只是换人了……”

“瑶瑶。”叶凡轻轻喊了一声，已经看见傅致一的脸色不对劲了。

与暮心底也隐隐担忧。

李瑶看去，脸上的笑容却依旧没有消失，只是说：“小傅爷生气了吗？我还以为我们家与暮在你心底一点地位都没有，原来还是有那么一点啊？我连提起谭勋这个名字你都会生气，那你有没有想过，与暮怀着孕，你为了照顾另一个女人把她丢在家里几个星期的感受？小傅爷你地位崇高，没有人敢拿你怎么样，可如果你在最初就不打算给与暮幸福的话，又何必强迫人家嫁给你？在结婚之前，与暮一直在逃避，不是你一再地保证才将她的心软化了吗？现在算什么？你心目中的女神一出现，你就倒戈那边，连一眼都不愿意往身后看了？”

李瑶看见了，真的有看见傅致一的脸色非常不好，一双漆黑的眸好像随时会喷出火花来。可她现在怕什么？如果他真的珍惜与暮，他就不会用他的身份来压她的好朋友。何况李瑶一点都没觉得自己有说错什么。

“我知道，平时没有人敢得罪小傅爷，更没有人敢这么说你。可与暮是我最好的朋友，她不想家里人担心，所以从头至尾都没有跟家人诉过一点苦，阿姨叔叔还以为她在外面过得有多幸福，嫁给你的生活有多美满！如果让他们知道了你是这样对待他们女儿的，他们会多么心疼！不管你身份有多高，在他们的眼里，也是他们的女儿重要。既然他们不知情，那就只能我这个当朋友的站出来维护。与暮心很软，本来那天是打算打包回家的，她是用了多大的毅力才决定要离开，可是一看见你晕倒，她就吓得六神无主了。你一定不知道当时的情况，她拉着医生的手哭得眼泪直流。之前她在我面前表现得无比冷静，好像已经把你忘光了，如果不是看见她这样，我还真的以为她没事。”

傅致一额上有隐隐的青筋，他望着与暮，眼中似有痛苦。

与暮则低着头，没人知道她在想什么。

李瑶说：“这一次，小傅爷你不把事情解决了，就别把与暮留在身边。向可卿得的是艾滋病，就算你不为与暮着想，也应该为她肚子里的孩子想想。这样的病要是传染给孩子该怎么办？你们之间的纠葛所遗留的痛苦不应该让与暮来承担吧？”

“够了。”终于，傅致一冷冷地吐出两个字，不耐烦地打断。

李瑶嘴角微勾：“所以这就是小傅爷听了我说这些想要表达的吗？如果……”

“我说够了！”他忽然起身，桌子上的碗和筷子受了惊吓似的纷纷往地上摔去。

李瑶也被这厉声吓到了，愣了一下，却觉得自己没错，倔强地咬唇望着他。

“好了，致一，瑶瑶只是心情不好，说这些也是为了与暮好。”叶凡站起来拍拍傅致一的肩膀，“别说这些了，从今天开始，大家好好相处。致一，你也多抽出点时间来陪陪与暮，跟她道个歉好不好？”

“不用了。”这一次，是与暮开的口，只见她从椅子上站起来，嘴角轻轻扯起，“我没那么大牌，让小傅爷跟我道歉。看现在你也好得差不多了，我们也吃饱了……”她转眼看向李瑶，道，“瑶瑶，我们回去吧。”说完拉着李瑶就要走。

“与暮……”傅致一在身后叫住她。

她转头，微笑道：“还有什么事吗？”

Chapter 8
与暮，等我

Part 1

“别走。”傅致一说，眼神复杂。

“是啊与暮。”站在一旁的叶凡一忙出来打圆场，“你现在怀着孕，还是待在致一身边比较好。以前是致一的错，他这人你也知道，就是死要面子不承认，实际上他在心里已经悔过了，你就原谅他吧！”

与暮笑得好无奈：“叶凡，不是这样的。没有人能够一辈子这样迁就，不管他是小傅爷也好，是傅致一也好，在感情里，我做不到这么卑微地原谅，就连道歉都要经过别人的口。就算我今天原谅了，我们明天还是会出现问题。我真的已经没有那么多力气去承受那么多了。”说完，她转头看着傅致一，“不是我想无理取闹，傅致一，等把你自己的事情处理完，再谈我适不适合待在你身边吧！”

说完，她没有回头，跟李瑶一起离开了这里。

大概没有人知道她说这些话需要多大的勇气，她一边说的时候一边在心疼，那些逼自己不得不做出的决定，是对傅致一的狠心，也是对自己的狠心。有时候生活就是迫使人对自己狠一点，走投无路的时候也只有这样才能预见自己未来幸福的可能。

这一次，傅致一依旧拦住了她，只是没有再像以前那样强势，他站在她面前，看着她的眼，很认真地说："与暮，等我。"简单的四个字，没有多余解释，是在考验她的理解能力？

可是他懂她，就像他知道她能迁就自己是因为懂他一样，不需要太多的解释，他们之间需要的只是时间。

他不知道的是，很多时候迁就到一定程度就会很累。与暮认为自己付出了那么多，从一开始只需要一点点回报，到现在……她只觉得自己在付出，不断地付出，他能给的只有那么一点点，甚至有的时候连那一点点都没有。一开始她还有那么多的东西可以给，可是到后来就吝啬了。人是需要有所回报的动物，如果那样的付出永远只在原地踏步，她会觉得不值得，很不值得。

她说："傅致一，到现在你还不明白，我们之间存在的从来就不是等不等的问题。你要我等你还是等向可卿？医生说她只有三个月的生命，你就要我等她三个月？这样不公平。我是你的妻子，她是你的谁？你需要负责的那个人一直都是我，请你不要本末倒置。如果向可卿的病一直拖着，甚至不止三个月四个月那么久，你要一直让我这样等下去吗？傅致一，我没有你想象的那么伟大，我不会等你的。"

"小傅爷，"李瑶实在忍不住，"凭良心说，要换成是你，与暮告诉你说她要在谭勋身边待上三个月，甚至是未知的时间，让你等她，你会乐意吗？难道你从来都不会站在别人的角度想问题吗？"

"致一，"这次，叶凡也是站在她们那边的，"这事你是应该想清楚，与暮才是你的妻子，就算可卿姐再怎样，她也是你世界之外的人了，你别把什么事情都往自己身上揽，而忘记了你最需要负起的责任。"

说完，他轻叹一声："你自己想想吧。"然后对与暮跟李瑶说，"我送你们回去。"

空荡荡的房子就剩下傅致一一人，他没再阻拦，只是站在那里，没有人知道骄傲的他听进去了多少，会不会始终认为错的不是自己。

别说是傅致一，这个社会上肯承认自己有错的人都不多，在这样越来越浮夸与躁动的世界里，每个人都认为自己是独特的，满心骄傲，甚少去反省自己做错的有多少。

与暮跟李瑶回去是坐的叶凡的车，坐在车里，李瑶有些内疚地看着与暮："与暮，刚才我说了那些该说的、不该说的，你不怪我吧？抱歉，我承认我是被陆连年气疯了，所以看见跟我一样的你，才会忍不住那样……"

"傻瓜，我怎么会怪你？"与暮轻笑，"应该是要谢谢你，谢谢你说了那么多我不敢说的话，是你在我最脆弱的时候给我勇气，真的。我朝与暮这辈子在爱情里栽了不少跟头，认识你是我这辈子最幸运的事。"

"那我呢？"叶凡不甘心地插嘴，"与暮，你认为我好不好？你可不能因为我跟致一的关系否认其实我也是个挺不错的男人。"

与暮笑："你当然是个很不错的男人，所以……"她转身看向身边的李瑶，"但是我认为可不算数，得我身边的这位小姐认定才算，对不对？"

李瑶一愣，从来都没见过与暮这么明目张胆地开她跟叶凡的玩笑，脸居然红了，满心尴尬地说："与暮，你在说什么呢！"

与暮轻叹一声："这人呢，真的就只会给别人讲道理，到了自己身上就犯糊涂。瑶瑶，以前我从来都不会干涉你感情的事情，那个时候总觉得只要你开心，跟谁在一起都是好的。但是现在……你也看见自己跟陆连年的情况了，说白了，你的年龄真的不小了，什么时候你可以正视叶凡对你的感情？站在我这个旁观者的角度，他真的是一个好男人，等了你那么久，爱了你那么久。你现在是不是能试着忘记陆连年，跟他交往试试？也许你会发现这个世界上还是有奇迹的。"

一段话说得车厢里另外两个人皆沉默，李瑶下意识地往叶凡的方向看去，正巧碰见他从后视镜里投射过来的目光。两人目光对上，李瑶除了尴尬，心中似还有一丝什么情绪。而叶凡则很镇定地看着她，一点都不隐藏自己的深情。

Part 2

很早就听人说，女人应该对自己好一点，现实世界不比童话，跟你喜欢也正好喜欢你的人在一起的可能那么小，是这繁华的都市里很少的一部分童话，所以最好的方式就是找一个爱自己的男人嫁了，那样没有爱一个人的痛苦，还每天被宠着爱着。

人不能奢望和贪恋太多，不然不仅那些不曾得到的得不到，甚至曾经拥有的也会失去。

不远的路程，很快就到了李瑶的家。

一路上三个人想着中午吃什么，票数最多的是自己在家里做。

与暮自然是不能累着的，所以午餐的事情就交给叶凡跟李瑶。

先是与暮跟李瑶去超市买菜，叶凡在家里收拾厨房。

其实也没什么可以收拾的，但是看得出叶凡很开心，眼角眉梢都带着淡淡的笑意。

他从来都没跟李瑶这么亲近过，即便现在李瑶依然只是把他当朋友对待，但那是一种过程，代表着她终于试着放开自己的心去接受。

不管结果如何，叶凡觉得自己多年的等待总算得到了一点点的回报。

与暮真的从没见过这么痴情的男人，只是这么一点点的表示就能让他那么满足。

如果这样的男人还得不到自己一直期盼的感情，她觉得这个世界是真的不公平到了极点。

所以在跟李瑶买东西的时候，她忍不住替叶凡说了好话。

李瑶心里也明白她的意思，知道她是为了自己好，在路上也想了很久。

就算再爱一个人，在不断的失望中也会将那份深刻的爱磨尽，虽然舍不得，但是每次想起那段痛苦而心揪的过程，她就害怕了，她真的很想找一个自己不讨厌的人试着交往，然后渐渐喜欢上。

“我会试试的。”她轻轻地说，像是在给与暮一个回应，也给自己一个提醒。

“那就要竭尽全力地试试啊。”与暮笑着说，“虽然当不了你的伴娘，但我还是希望能快点喝到你的喜酒。”

“好啊，你当不成伴娘，就让宝宝当我的童男吧？”李瑶看着她圆滚滚的肚子，道，“我看啊，你的肚子那么大，说不定里面是对童男童女呢，到时候可别不舍得让他们一起来当我婚礼的小伴郎和小伴娘哦！”

与暮呵呵两声：“你想得可真远，但是如果真的是，我一定会很大方的。”

两个人有说有笑地坐电梯上了楼，开心的时候总是很容易忘记那些不开心的事情。

但她们拿着钥匙开门了之后才发现里面的空气有些怪异，与暮比李瑶先进门，看见沙发上的人影时，脸色一僵，朝身边的人看去，李瑶那扬起的嘴角，在她看见客厅里的人时沉了下去……

“瑶瑶！”陆连年从沙发上站起来，有些急促地走到她跟前，俊脸上是满满的歉意，“瑶瑶，对不起，我知道自己不好，明知道那些都不是你自愿的还怪你……瑶瑶，我错了，你别生我的气好吗？这几天你不在我身边，我好想你。”

陆连年的出现着实让李瑶愣在原地，好半天没有反应过来。

以前每次吵架，不管谁对谁错，哪一次不是她主动去找他？就算自己一点错都没有，她还是要自己安慰自己，然后逼自己消气，再像哄小孩一样哄着他。

这次，她真的不打算去找他了，甚至在心底已经默认了分手。

这是早上她在傅致一的别墅里接到另一个女人打过来的电话之后做出的决定。

清晨，那女人就在他的身边，拿着他的手机，而他在睡觉。

一个晚上他们能做什么，成年人都不用怀疑。

李瑶深深地看着他，过了好半天才轻轻地说：“连年，我们分手吧。”语气很平稳，仿佛已经说过无数次。

陆连年愣在那里，好一会儿后才皮笑肉不笑地说：“瑶瑶，你怎么了？知不知道自己在说什么？”

她定定地看着他的眼，丝毫没有逃避地与他对视：“我说，我们分手吧！”

陆连年站在那里看着她，脸色深沉：“瑶瑶，别任性，这个玩笑一点都不好笑。”

“那我们结婚啊？”她笑了，开了另一个玩笑。

他僵在那里，没有动弹，也没有说话。

李瑶却说：“我刚才跟与暮正好谈到以后结婚，她不能做我的伴娘，就让她肚子里的宝宝代替。可是，我要结婚的话，要等到什么时候？会不等到我头发白了，牙齿都掉了，这辈子还是一个人？”她说着竟笑出了声，“连年，我累了。你永远都不会体会到在这段感情里我有多累。而且，我知道，我一直都知道，你爱我，是因为我长得漂亮，对你千依百顺，对不对？”

陆连年摇头，有些失控地抓住她的手：“不是这样，你知道不是这个样子的！”

“那是怎样？其实没有我也可以的，这几天你不是就找到了一个红颜知己吗？其实你的老婆也不错，我看她应该是爱上你了，你怎么不试着去接受她？说不定有一天你会发现其实她才真的适合你，不然老天怎么会安排你们是夫妻？”

“瑶瑶，你知不知道自己在说什么？”

“我当然知道。”她嘴角扬起嘲讽的笑，“我说，我要跟你分手，然后……”她一步一步走到叶凡身边，“我只是突然想开了，世界上的男人很多，可是自始至终喜欢我、对我好的，只有他一个。我不想做傻瓜，我不想再错过。”

Part 3

如果不是在这种情况下，与暮简直想要鼓掌了。

谁说女人就一定得跟在男人的屁股后面跑，以前的卑微只不过是因为太爱，但是如果被认作是理所当然的，那他们就大错特错了。

女人不是没有脾气，只是将脾气都藏起来了，如果你给了她们想要的结果，她们就会在心里将这些气燃烧得一干二净；如果不是她们想要的结果，总有一天这些脾气会爆发出来。

陆连年像是受到什么打击，愣愣地看着李瑶挽着叶凡的手臂，脸上的表情从惊愕转变成愤怒："瑶瑶，到我身边来！我可以把你刚才说的话都当成是玩笑，现在马上到我身边！"

李瑶却摇摇头："连年，我没有开玩笑。"

陆连年静静地看着她，仿佛在揣测她言语里有多少真多少假："你以前说你一直都会陪在我身边，直到……直到……"

"直到你不需要我为止？"她扯出一个笑容，有些悲凉，"你还当真了？难道你不觉得自己这个想法很自私吗？如果你不需要我的时候恰巧我容颜衰败，我一个人无依无靠，而你还有你的妻子，甚至以后会有儿女，你有没有想过那时候的我要怎么生活？那时候我小，我幼稚，以为爱情能一辈子当饭吃，可是现在我长大了，很多事情都明白了。连年，我没有你想象中那么无私，我的爱情没有回报，我后悔了，当初说过的那些话，你都忘了吧！"

其实说要真的忘记，她又怎能做得到？看见陆连年脸上的恼怒，她不是不难过的，如果不是现实告诉她，这样的等待没有结果，她也不会逼自己做出这样的决定。

她甚至害怕陆连年此刻一转身，他们的爱情就真的被她亲手画上了句点。

她跟陆连年在一起的生活，不是没有开心幸福的片段。他是一个充满孩子气又浪漫的男人，会在每个节日送上最浪漫的礼物，甚至会给她意想不到的惊喜。

在她生病的时候，他会像一个笨拙的孩子小心翼翼地蹲在床边一整夜不睡觉，给她讲动听的故事。那些孤独的夜里，都是他陪在她身边，有时候宁愿关机不接电话，也要陪在她身边。那么多缠绵的夜印刻下最深沉的感情，不是说一句忘记就能忘的。

可是那又怎样？就算有过快乐，难受的时间也是那么多。

没有希望的爱情能甜蜜多久？当真要等到自己白发苍苍没人要的时候才开始后悔吗？

李瑶在心底笑，也许，她爱他并没有想象中那么深刻，所以在等待了那么久还是没有结果之后，她选择了离开。从今以后，她只爱自己，一切都只想着要对自己好一点。

她抬头，很轻很柔地说：“连年，可能是我不够爱你，我不想再这么浪漫下去。我希望的生活，是和与暮一样，不需要荣华富贵，只希望和一个我爱的人平稳地生活。不过，这样的希望对我来说是奢侈的，所以，我会选择一个爱我的人，而我，也会去试着爱上他。我相信只要每天朝夕相处，只要两个人的差距没有太大，我总有一天会爱上他的。”

李瑶记不清那天陆连年到底是怎么走掉的，只记得当她说完那段话后，身体被一股力道扳正，然后在她毫无防备的刹那，有人在她唇上印下了一个吻。

那个陌生的吻惊了她的心，那一刻，她感觉时空都静止了，脑袋里一片空白，只有眼前那双漆黑的眸，不知带着怎样的情绪，一眨不眨地看着她的眼睛。

那一刻李瑶承认自己陷进去了，那双眼睛里明明没有什么，可就是那样的情绪，连带她都能感觉到里面的激动和深情，有着曾经的自己听见陆连年说喜欢自己时的情绪。

陆连年走了之后，与暮也走进房间，将空间留给他们两人。

安静的房内，清透的阳光洒了进来，与暮站在落地窗前看着外面，不可否认心情是愉悦的，仅为了李瑶，很开心她能想开，试着去接受叶凡。

这一次，她一定能幸福的，与暮深深地相信，就像自己当初终于打开心扉去接受傅致一一样，不同的是叶凡是爱她的，一直爱着，所以与暮相信她一定会幸福。

那种幸福，叶凡给得起！

第二天李瑶醒来后发现与暮房间的门还是关着的，以为她还在睡觉，便独自出去买了早餐。

昨天发生的事情就像是做梦，让她到现在都还回不了神。

走在买早餐的路上，她的神思都不在现场，等到买回早餐将早餐搁在桌子上摆好，她坐了一会儿，才发现时针已经不知不觉指向了十一点。

以往这个时候与暮早早地起来了，怎么今天起得这么晚？

难得反应迟钝的她终于像是想到了什么，连忙往与暮房间里跑，打开门一看，被子叠得整整齐齐，没有人睡过的痕迹。

脑海里忽然浮现不好的感觉，她从房间一路走到浴室、厨房、书房，都没有看见与暮的身影。

她拿出手机打电话，却发现对方关机了。

她吓坏了，根本没想太多，披上刚才脱下的外套就要出去找人，没想到一开门，正巧碰见要敲门的两个身影，居然是傅致一跟叶凡。

李瑶心急如焚，想也没想，开口道："快！与暮不见了！她不见了！手机也打不通，也不知道她什么时候出去的……被子就像一夜没用过一样！"

Part 4

其实，与暮并没有离开，也没有想过要一声不吭地私逃。她的电话打不通是因为她昨晚忘记给手机充电了，被子整齐是因为她早晨有叠被子的习惯。

而她那么早出去的原因……

薄薄的雾中，她一眼就看见了坐在餐厅窗口边的那个女孩。

王璇，那个在医院里只见过一次的女孩，与暮犹记得自己当时还羡慕过她此刻的年轻，像极了大学时候的每一个怀梦少女。

她为什么会这么早打电话叫自己出来，与暮用脚指头想都能想到原因。

处于这种年龄的女生大多自信，又在感情方面比较幼稚，可是与暮居然毫不犹豫地应了下来，是不是比她更幼稚？

与暮在心底轻笑了一下，走了过去。

坐在窗口发呆的王璇看见她时，哼了一声，用一种自以为居高临下的方式看着她。

与暮脸上依旧带着淡淡的笑容，那种笑容就像是把什么都看得很淡，就像是眼前的这个人不管怎样都对她构不成威胁。

王璇讨厌这样的笑容，简直讨厌死了。那样的笑容让她感觉自己好像就是一个不懂事的小丑。

待与暮在对面坐下后，王璇挑眉望向她："谁让你坐这里的？这个位置我包下了，你坐下之前不需要先问我的意愿吗？这是一个人最起码的素质。"

与暮一向讨厌别人这样的态度，不过看在她还是个孩子的分上，就不跟她计较了。

她轻扯嘴角，一颗心忽然也跟着静默下来。她凝神，淡然道："我是谁你应该调查得很清楚不是吗？"

女孩冷哼一声，不置可否。

有服务员上来问需求，与暮要了一杯温开水。

"如果要点脸，就离开傅致一！"眼见她一直都是那副淡笑毫无波动的神色，王璇已然没有了耐心。

小女孩终归是小女孩，讨厌和喜欢都摆在了脸上，想要隐藏也很快就露馅。

与暮轻抿了一口水，就好像听见的是别人的事情，被污蔑的也是别人，脸上一点生气的影子都看不见，她说："不想离婚的人是他，不是我。"

当然，她说这句话也没有期望过会有谁相信，毕竟两人的身份都摆在那里，谁更有纠缠对方的可能性显而易见，表面上别人都会认定她是纠缠的那一方。

果真，只听王璇笑道："说得真好听，如果不是你耍手段，为什么那天之后，傅致一都不再去医院看小姨？就连我的电话都不接！"

"那是你们的问题。"虽然眼前的女孩看起来比她小上一大截，她应该是要让着对方的，但是面对这样的无理取闹，除了觉得可笑，她有些不想理会。

"傅致一爱的是我小姨！从一开始他想结婚的对象只有我小姨，你算什么？"她理直气壮地责问。

"我不算什么。那你又算什么？"

"我……"王璇被她一句话堵得说不出口，半天只能吞吞吐吐地说，"我在替我小姨讨公道……你别转移话题！”

“别告诉我，你只是觉得傅致一跟你小姨感情深刻，那样的感情打动了你，所以你才跑来跟我讨公道。”与暮说，“还有，希望你要搞清楚一点，傅致一跟你小姨之间的问题从来就不是出在我身上。当年她离开就应该想到今天这样的情景，自己做的事情自己负责。没有人可以保证这世界上没有我，那么长的一段时间里，傅致一不会遇见别的女人，不会娶别的女人。当然，不管那个女人是什么时候出现，也绝对不可能是你。”

王璇憋红了一张脸：“你……你胡说什么！”

“如果我看得没错的话，你喜欢傅致一吧？以你刚才开头说的素质，你应该要尊敬地叫他一声傅致一叔叔，可是你直接称呼他的名字……你是想要表达什么呢？直接叫他的名字就代表你们有在一起的可能性吗？你认为如果我离开了，傅致一就会跟你小姨在一起。而你小姨的生命不过几个月，等她不在了，你就能乘机光明正大地跟他在一起？我该说你单纯还是蠢？别说我现在不会离开傅致一，就算有一天离开了，傅致一也不会爱上你的。”她淡淡一笑，眼里闪过一丝什么情绪，“想知道原因吗？”

“……什么？”

“因为你不配。以他的眼光，他是看不上你的。”请原谅，她真的不想打击王璇脆弱的心灵，也不想以自己的大龄去欺负王璇的弱小，她只是实话实说。这样的女孩，除了年轻一些，还有什么？连她都看不上的人，傅致一能看上吗？

Part 5

“你！”王璇气得手指发抖，倔强地瞪着她，“你怎么可以这样说话！你以为你自己有什么了不起，要不是你耍心机勾引……”

她的话还没说完，就被与暮冷笑打断：“耍心机？勾引？请问小妹妹，你有亲眼看见过吗？老师没教过你没有亲眼看见的事情就污蔑在别人身上叫作诽谤吗？”

“我……我虽然没看见，但是电视剧里都是这样的，像你这样长得又不漂亮，这么平凡的女人凭什么得到傅致一的青睐！”

“电视剧啊……如果这都能当真，为什么你不生活在电视剧里，要出现在生活中？我是不漂亮，也很平凡，那又怎样？现实是，我是傅致一的妻子，而你，什么都不是。”

“你……爱情的竞争是公平的，我没有必要跟你争谁是傅致一的人，这世界上结了婚还能离呢！你能保证你一辈子都会是他的妻子吗？”王璇的执拗有些不可理喻，好像硬是要将一些不成立的东西说成是成立的。

“我不用保证我一辈子会不会是他的妻子，我只想过好现在。”

与暮不想再进行这样无意义的谈话，起身，转身欲离开。

王璇不甘的声音在后面响起：“傅致一爱的是小姨，你跟可卿小姨比起来差远了，他是不可能爱上你的！”

与暮的心一颤，脸上露出一抹无奈的笑容。

难道到现在还没人知道，在她的世界里，她早已不再期待会有谁来爱上自己了吗？

“我会爱上谁，不是由你决定的！”

忽然一道声音传来，两人的身体一僵，王璇更是难以置信地往声源的方向看去。

只见她在看见傅致一后，忽然冲到与暮面前，握紧双拳，愤怒道：“这就是你的手段吧，早早装出一副可怜的模样，让傅致一把该听的话都听到，你这个女人还真是卑鄙！”

与暮简直哭笑不得：“小妹妹，从头到尾，你觉得我哪里表现出了你所谓的……可怜样？”

“我看你不是脑子有毛病就是小时候受到了畸形教育吧？”李瑶冲上前，笑道，“刚才你们的谈话我可是听得一清二楚，从一开始就是你这个小女生自以为是、自作多情。我李瑶这辈子什么人没见过，倒是真没见过你这么年轻的‘极品’。什么不学，偏偏学人家想耍心机。你口口声声说我们家与暮不漂亮，那你有没有自己回家照照镜子，看下自己是怎样一副模样？也不知道是谁给了自信，自以为天下无双，成女神了？”

李瑶这人平时不怎么淑女，在看见有人欺负她朋友的时候，她会更不淑女。从认识到现在，每次只要与暮在外面受了什么气，总是她替与暮出头。

平日里，她就像个任性的妹妹，虽然脾气不好，但是与暮说的，她都会听。只有在与暮委屈时，她才会站出来，像个姐姐一样维护与暮。

虽然刚才王璇语气咄咄逼人，但她毕竟是个在温室里面长大的乖乖大小姐，要来真的，哪能说得过李瑶？

被她这么一说，只见餐厅里的每个人都投来异样的眼色，王璇的脸一阵红一阵白的，接着眼泪不出意料地扑簌簌掉下来。

这里面她唯一熟悉的人就只有傅致一了，她跑到他跟前，像是受了极大的委屈一般，呜咽着：“傅致一，你看她们……”话都说不好，哭得一抽一抽的。

她说完就要往傅致一身上扑，傅致一身体一侧，没让她靠，要不是她及时刹住脚步，就摔倒了。

“扑哧——”人群中不知道是谁不厚道地笑出了声。

王璇眼泪都忘记了掉，只觉得丢脸死了，咬唇怨恨地看了傅致一一眼，扭头跑了。

直到她彻底跑远了，李瑶才忍不住笑出了声。

不能怪她笑得那么厉害，实在是真的太好笑了，不知道是她老了跟不上这群年轻人的脚步和思想还是怎么的，从来没见过小孩子能自信成这样的。

不过笑归笑，正事她可没有忘掉。

“与暮，你一大清早出来就是为了见这个没头没脑的女孩吗？知不知道我还以为你搞失踪，担心了一早上！”

与暮自然不知道原来自己在别人眼中会这么想不开，她轻轻地笑了：“我好好的，怎么会想搞失踪？就算我真的走，也会跟你说的。”

从余光中，她看见正向这边走来的傅致一。

下意识地，她拉着李瑶的手就想往另一个方向走。

却不料傅致一早看出她的意图，脚步方向一改，直直地将她的路给挡住。

与暮有些无奈，早知道早上留张字条好了，也省得李瑶担心，居然将他给叫来了。

她自然不知道，今早是傅致一自己过来的。

心下有些烦闷，她低低地对李瑶说："以后不要打电话叫他过来了，我不会失踪的……"

李瑶显得很无辜，想说：不是我啊，我才没那么不靠谱，不可能出卖朋友啊……

只是这次不用她解释，傅致一已经把所有的罪揽在自己身上："跟她无关，是我刚好今天过来要接你回家的。"

李瑶在心底竖起大拇指，第一次觉得小傅爷的人品其实也没有她想象中的那么差！

Part 6

可李瑶转念又一想：接与暮回家啊，与暮会跟他回家吗？来了一个向可卿不够，现在又来了人家的侄女，原来长得帅也是一种烦恼。

不过这一次她倒是没有插手，上次她是被陆连年气疯了，觉得他们男人怎么仗着女人的爱就可以那样把女人不当一回事，现在呢，就算傅致一没有承认自己喜欢的是与暮，可是看他的表现也知道与暮在他心底是有一定位置的。

这两个人之间的纠缠还真不是旁人能够帮上忙的。

况且生气归生气，李瑶心底是真心希望与暮能够幸福的，也希望通过这件事情让傅致一明白他自己的想法，给与暮一个安全的港湾。

不过与暮看上去好像没那么好说话，傅致一说完那句之后，她只是站在原地。傅致一的身子挡住了她的路，她走不出去，也不坐下，就僵在那里，不愿意搭理他。

还是叶凡出来打圆场："这样吧！致一，与暮，刚好这里有早餐，大家都没吃饭，你们两个人在这里边吃边谈好不好？这样一直僵着也不是个办法。"

他边说边对李瑶使眼色，于是李瑶也笑嘻嘻地攀着与暮的肩膀，挑了个位子让她坐下："是啊，有什么话大家今天一次性说了吧，这样拖着迟早是要内伤的。"然后靠近与暮的耳畔小声说，"说真的，刚刚听说你不见了的时候，他脸都白了，不像是装出来的。与暮你好好跟他谈谈，也许事情有回转的余地呢。毕竟你现在也快要临产了，你不希望宝宝出世之后爸爸不在身边吧？"

与暮觉得她说得有道理，其实自己也想过这一层，不过不敢给自己期盼。

刚怀孕的时候她就想着自己临产的时候肯定会很痛苦，可是只要最心爱的人陪在身边，想着他替自己担心的样子，就什么都不怕了。

她看着坐在对面的傅致一，只是一眼，就能看见他眸中的疲惫。看得出来这几天他过得并不好，至于为什么……她一点都不想深想。

两人面对面地坐着，另外一对很识相地坐到另一张桌子边去吃东西。

两人沉默了很久，最终还是傅致一先开口，拿过一旁的餐单递给她："先点东西吃吧！"

这里的餐厅离附近的别墅很近，算不上很上流的那种，但是也不会太差。

与暮翻了翻，点了一碗白粥、一碟小菜，而傅致一点的跟她的一模一样。

在等餐的过程中，两个人还是没怎么说话。

漂亮的服务员是个做兼职的大学生，看见俊男美女，忍不住微笑着搭讪："来我们餐厅的客人很少点这么简单的早餐呢！可是每次我在餐厅里吃饭都喜欢这样的搭配，总觉得繁复的东西没有清淡的来得好吃。"她笑眯眯地对着与暮说，"姐姐肚子圆圆的，是不是宝宝就快要出生啦？"

与暮看着眼前一笑眼睛就微微眯起来的漂亮女生，不知道从哪里来的好感，只觉她笑得很温暖，一直郁结的心情一下子就好了起来。

她低头看着肚子，微笑："嗯，是的。"

"妈妈要多笑一点哦，这样宝宝才能感觉到你的快乐，然后他自己也会很快乐的。"女孩微笑着说完，朝傅致一道，"爸爸长得这么帅，宝宝不是小帅哥也会是小美女的！你们一家人肯定很幸福。"

幸福吗……

与暮不经意抬头看了对面一眼，傅致一也正好往这边看，两人对视，皆不语。

与暮却像惊了一般收回目光，对女孩说了声“谢谢”。

不可否认，这样的祝福对谁都是很受用的。

与暮用勺子舀了舀碗里的粥，喝了几口，伴着不太咸的菜，等到差不多了的时候才抬头问傅致一：“说吧，你想谈什么？”

他却一口都没有喝，唇瓣紧抿成一条线。

说实话，与暮真的很心疼他这个样子。这个曾经在感情里受过伤的男人，在商场上叱咤风云，在感情里却那么不成熟，总是做出一些伤害别人也伤害自己的事情。

见他不说话，与暮深呼吸一口气，又说：“你要我跟你回去也不是不可以。”

傅致一墨色的眼直直地看着她，不明白她的态度为何忽然软化。

“但是你必须答应我三个要求。”

“……你说。”

“第一，我不管向可卿她是得了艾滋病还是其他什么绝症，你去看她是对的，我不阻止，但是你不能像一个丈夫一样二十四小时陪在她的身边。你要明白你现在的责任是什么。说白了，就算向可卿她得病死了，也跟你没有一丁点关系。你不需要那么伟大，把什么都往自己身上揽。”她顿了顿，才说，“我知道这话不怎么好听，但是傅致一，你是了解我的，我从不会对自己厌恶的事情说什么好听的话，如果你接受不了这个要求，我不勉强。”

没想到傅致一连眉头都没皱一下，直接点头：“好，我答应你。”

没想到他会这么直接，这次一怔的人换成了她。

虽然心下奇怪，但是她还是很理性地说出了第二个要求：“第二个，我希望你能做到结婚的时候对着牧师说过的话。我不奢望有一天你能爱上我，但是我希望你爱这个家，以后……等到宝宝出世，你的责任就不是我一个人，我不希望因为家庭的问题让宝宝不开心。”

那天，他对牧师说过什么呢？不是形式化的富有或是贫困，健康还是疾病，他说：“我会尽自己最大的努力让她幸福。”只有这一句话，却让她感动了好久好久，久到她一直在等，一直在给他机会，以为他真的会给自己幸福。

只是如今，他真的有在尽力吗？

Chapter 9
久违的平静

Part 1

“我答应。”这一次，他也应得很果断，仿佛事先知道她的那些要求，不用思考便已经准备好了答案。

既然他答应得这么干脆，与暮也没其他话好说：“第三个要求，我还没想好，等到想好了再告诉你。”

所以这就是他们最后的讨论结果。

竖着耳朵在一旁听的李瑶在心里默默笑，其实与暮并没有想象中那么固执。也许不仅仅是她，女人在自己喜欢的人面前，表面上虽然很顽固，但其实只要对方稍微再前进一步，抱紧一点，女人的心便会完全融化。

这边刚说完，那边李瑶按捺不住走过来，欢乐地笑：“矛盾暂时解决了对不对？小傅爷，看在我这么多天帮你照顾老婆的分上，你是不是应该请我吃顿饭？不过我不要五星级的那种，我要的是……”她后面的话没说完，略显神秘的样子。

“要去你们学校的那家餐厅？”叶凡接下了她的话，换来的自然是她讶异的神情：“你怎么知道？”

“秘密。”叶凡笑。

她那些小心思他怎么会不知道？他了解她如了解自己一般，清楚她最喜欢吃的东西、最喜欢去的地方。

那年她跟与暮一起约好，以后各自嫁娶之后，一定要带着自己的另一半去那里吃一顿饭。那家的老板见证了她们大学四年以及毕业后的成长，她们曾经和店老板说好，要一起见证他们的青春和未来圆满的婚姻。

那时候她想的另一半还是陆连年，与暮的另一半自然是谭勋。

只是时过境迁，很多事情都在那些不多不少的日子里悄悄地改变，违背了当时的期愿。

李瑶笑：“都让你猜到了我就不打哑谜了，大学时我跟与暮约好，如果两人都有另一半了，一定要四人一起去一次那里，等到婚后大家都有宝宝了，一定要两家再去一次那里。等到我们都老了，白发苍苍的时候……还得去一次。当然前提是，那位餐厅的老板一直都在。店老板告诉我就算他不在了，也会有他的儿子、女儿经营的。我们当初设想了那么多，虽然很多事都不像最初打算的那般，但是现在也不错，我们吃完饭还能一起去回味我们当初的大学生活。”

这般说着，与暮脑海里便浮现出很早以前跟李瑶去那餐厅吃饭，跟老板混熟了之后经常在一起聊天的情景。

当时的她们青春洋溢，和所有的大学生一样有些许的烦恼，但都是今天烦完明天便忘记的那种。店老板是个三十七岁的大叔，是他们的长辈，聊熟了，两人便把他当成亲人。

想起那些，她心情便很好了起来：“瑶瑶的记性总是比我好，如果有空我们就约个时间一起去吧。”她看向傅致一，问，“这几天你忙吗？”

傅致一摇头。

叶凡却不甘心：“不公平，为什么就只问他忙不忙，不问我？”

“你看上去也不像是很忙的人啊。”李瑶笑着说，“对了，怎么感觉好像总是我们老提以前在学校里的事情？你们男人呢？就没上过学？没发生过一些比较有趣的事情吗？”

不知道是什么原因，一场本是很伤感的谈话变成了回忆校园往事。

叶凡说那个时候他跟傅致一都在国外，除了泡国外的美眉还真没什么关于青春的事情好说。对于那些青春的记事，好像只有女生会提得比较多，像他们这些富家少爷一生都平坦无阻，自然不会去比较成长后与成长时的区别。

不过叶凡还是说道：“那个时候，哇，不管是哪个系里最漂亮的系花都倒追过致一。你们知道这家伙是来者不拒的那种，基本上是一天换一个，学校里的那群老外嫉妒死了。他们总觉得东方人五官比西方人差得多了。那时候听说学校里有个西方大帅哥，在致一去之前嚣张得全校皆知，怎么都不相信一个东方人能好看到哪里去，直到有天亲眼看见致一，蓝眼睛一眨不眨地盯着他……结果……那帅哥是个双性恋，当时加入了追求致一小组，追求的热度可一点都不比那些外国美女低。不过我们家致一性取向一向正常，自然是连搭理一下都没。”

说到过去，叶凡好像比较喜欢说傅致一的一些事情。

后来有次与暮问到他为什么总不说说自己，他只是笑，有些无奈：“我的那些事，你不知道吗？我大学前两年喜欢瑶瑶，后两年因为出了国，有什么好说的？”

与暮这才想起来，后两年，是李瑶跟陆连年开始在一起的那段时间。

那时候的叶凡一定是带着很难过的情绪离开的吧……

四个人从上午说到下午，大部分时间是李瑶跟叶凡在说，与暮偶尔也会说说，因为都是以前一些开心的事情，说着说着，便将内心原始的快乐挖掘了出来。

傅致一大部分时间是沉默的，很多时候，李瑶就像一个小粉丝似的问他一些有的没的问题，比如当时有那么多小女生追他，他是什么感觉，为什么都不拒绝别人。那些他平日里沉默以对的问题他也会回答，平易近人到不像是小傅爷平日里的作风。

但李瑶知道，这些都是因为与暮，因为与暮，所以他才去试着跟与暮身边的好朋友接触。

而傅致一则看着与暮脸上轻松自如的笑容，感觉很久……好像很久她都没有这么舒心地微笑过了。

Part 2

直到回了家，与暮的心情都保持得很好。

她真的想有一个很大的家，里面住着自己和李瑶，还有她们各自相爱的人，像一个大家庭，一直热闹着，不会有烦恼。

不过她知道这只是想想而已，成人不像小孩一样，大家都有各自的生活，都需要独自的空间，没有谁会陪着谁一辈子。即使是再好的伙伴，每天生活在一起都会有矛盾的，那些圆满又没有遗憾的生活只能存在自己的幻想里。

与暮去李瑶那里时没带什么东西，回家里什么都有，自然是什么都不用带回来的。

不过那些天她在李瑶家里帮宝宝织好的衣服都被带了回来，有一件是织了一半没织完的。

和以前不同，与暮这次回来无惊无喜，好像她从来就没从这里离开过，只是去外面买了一些东西，然后跟傅致一一起回家。

反倒是傅致一显得不太自然，进门见她熟门熟路走到电视机前开了电视，坐在一旁的沙发上，拿起毛衣就开始织了起来，有些不知所措。

与暮抬头见他还站在那里，愣了一下，解释："每天这个时候我都有看电视的习惯，这个台会放一些宝宝的娱乐节目，我喜欢边织毛衣边看，这时的宝宝也会特别的安静。"

"安静？"傅致一蹙眉，走到她身边坐下，一双漂亮的眼睛看着她的肚子问，"平常他都不安静吗？"

"嗯，不安静，有时候会很闹，踢肚子。"

看见傅致一越蹙越紧的眉，他盯着自己的肚子，好像在盯什么敌人，与暮怔了怔，才像是想到了什么，道：“宝宝在肚子里的时候都会这样的，这代表他很活跃，跟我在玩游戏。”

傅致一却不赞同：“那样是不是很痛？”

“也不会。”与暮摇摇头，“只是刚开始的时候不习惯，后来渐渐习惯了就没什么了。如果他不动我还会担心呢！医生说过，我们的宝宝很活泼。”

在很多个没有他陪伴的夜晚，就只有宝宝陪着她。

宝宝仿佛知道她很孤单，每晚都会有一些动作。

很多时候在他很闹腾时，与暮会摸摸自己的肚子，轻轻的。

她开始学一些小孩子喜欢听的歌曲，一边抚摸肚子一边哼着的时候，他会奇迹般停下来，就像睡着了一般，乖乖不再乱动。

与暮从不知道原来怀孕是这样的一种过程，与宝宝心灵交流，感觉他，越来越爱他，在他未出世时便开始勾勒他的模样，有多少像爸爸，有多少像自己。

傅致一看着她说话的模样，情不自禁地伸手去触碰她的脸。

她的脸上是淡淡的笑容，那样的与世无争，仿佛他曾经给过的伤害和痛苦在这一刻都不算什么。

他从来都不知道，原来从她嘴里说出“我们的宝宝很活泼”的时候，他会有一种心动的感觉，她说“我们的宝宝”，那是属于他们两个人的，他心里有一种莫名被感动的情绪。

这些年他都是一个人，他不是没想过结婚，只是没想过结婚会给他带来这样的触动。

“我们”这个词……真的很好，代表着从此以后我不只是“我”一个人，我还有“我们”。

“与暮……”他忽而轻轻地将她揽在怀里，温暖的怀抱让与暮手上的动作顿了下来，有些瘦的下巴抵在他的肩膀上。

感受着他周身与平日不同的气息，她小声问：“怎么了？”

“没……”他回答，却没有放开她，只是抱着她，“一直陪在我身边，不要离开我。”

原来傅致一也是个不折不扣的胆小鬼，他也怕孤单，也怕寂寞。他曾因为没体会过两个人的快乐和温暖，所以没什么感觉，等到那些原本就属于人类共有的特质一步步被与暮挖掘出来的时候，他才发现自己不是神，他会有控制不住自己的时候。尤其在与暮离开的这些天里，他的失魂落魄尽管没在表面上演，却在他一个人的梦中不断地重复上演，那些只有醉酒才能睡沉的晚上，每一个梦里都有她，微笑着的、可爱的、固执的。不管哪个她，都让他觉得，只要她还在……还在身边就好。

可他每次睁开眼，身下是冰凉的床，眼前空空荡荡，哪里还有一丝她的气息？那种莫名其妙的钝痛突如其来，毫无预兆。

“我不是在你身边吗？”与暮自然感受不到他的伤痛，只觉得他是喜欢自己的，但只是那种浅浅的喜欢，没有到非她不可的程度。

或许换成以前，她会胡思乱想，看着他皱起的眉毛，会猜他为什么不开心，是不是碰到什么心烦的事情了。那时的她把他看成这天地间最重要的一个人，他的事情也成为她最关心的事。

可现在呢？在经历了那么多与他之间的是是非非之后，她已经懂得了，很多事情不去想，便没有那么多烦恼。女人对自己好一点才是这天地间最重要的事情，只有自己爱惜自己，才能得到别人的爱，每天替别人着想，把别人的事情当成自己的，不但会遭到他的厌烦，还会让自己卑微到尘土里。

傅致一抬头，看着她平静的眼，已经不同于往常，因为他一个蹙眉而担心焦急。他的心里不是不失落的，他幽幽地说：“与暮，你变了很多。”

与暮记得，很早的时候，谭勋也跟她说过这句话。她不知道自己究竟变了多少，只是觉得这话听起来好笑。

换你来经历这些，看你变不变！

Part 3

可见，人会变，也是一种无可奈何的成长。

回到家的日子，与暮都处于安逸的状态，除了每天早上会出门去买早餐之外，基本上都待在家里，看看电视，听听胎教歌，偶尔会在冬天太阳暖暖的午后，坐在别墅的天台上面晒晒太阳。

不过她是很少出门的，因为傅致一不允许。

傅致一是真的在改变，偌大的四海阁已经很久没去了，自从她回家以来，他每天都在家里陪着她。十指不沾阳春水的小傅爷开始每天做饭，他不让与暮进厨房，与暮只能站在厨房门口看着他。

她没有告诉他，她特别喜欢看着他穿着围裙的样子，棕色的毛衣配上围裙，可爱得不像话。

好几次她都趁着他不注意用手机偷偷地拍了几张照片，他平日里从不喜欢照相，那么英俊的脸无比浪费。

她以前不是没想过跟他合照，不过每次他都是板着一张脸，没什么表情，拍再多少都是同一个表情，虽然人长得赏心悦目，但是一直都这样，也就没意思了。

这些天里，与暮也被傅致一逐渐养好起来。一开始怀孕肚子大的时候，她便开始瘦了，仿佛营养全部被肚子里的孩子吸收掉了。这些天，傅致一在饮食上很用心，每天变着花样做菜，加上与暮胃口也很好，所以不过几天，便将以前的那些营养全部补回来了，胖了一点，皮肤也更加的细腻红润有光泽。

后来的一段日子，傅致一便被与暮赶了出去。

叶凡已经三番五次打电话过来了，说目前公司没有他真的不行，现在快接近年底，公司都忙着，他这个最高层的领导没在怎么能行？最关键的是，两个人待在家里，一开始很新鲜，待久了也就无聊了，有时出去走走，走完了两人坐在家里大眼瞪小眼的，加上那从早上起就没停止过振动的电话……后来，渐渐变成她的电话居多，基本上是小倩打过来了，从最开始的哭诉到哀求："与暮，你就看在大家以前那么熟的分上，赶紧劝小傅爷回来吧，再不回来，我都承受不住了，你不知道四海阁那帮老家伙……"

她口中的老家伙说的是四海阁一些元老级的人物。他们的思想传统，在他们看来，就算是妻子怀孕也不能耽误了正事，工作还是很重要的。更傅况傅致一是四海阁的最高领导，与暮觉得自己如果再不把傅致一给逼走，早晚会成为四海阁的公共敌人。

后来傅致一不放心她一个人在家，想给她找个小保姆之类的，可有了上次的教训，她说什么都不要。最后她保证自己会在家里没事，如果不放心的话，她让李瑶有空就过来陪她，傅致一这才放心。

不过话是这么说没错，与暮也不可能真的每天都打电话让李瑶过来。最近叶凡正在跟她培养感情，这也是与暮急着把傅致一赶走的原因。总不能因为他，让叶凡好不容易等了那么多年的机会浪费掉吧！

那天，她吃完早餐，送傅致一到门口的时候假装用手机跟李瑶拨了一个电话，看见他安心地带上了门，她才放下电话。

肚子越来越大，大到她低着头都看不见自己的脚丫子了。她坐在沙发上，手机就搁在旁边，是为了她随时可能生产需要打电话而准备的。

原本她打算今天一天在家里休息休息，看看电视，午餐是昨天晚上傅致一做好的，还剩下一些，她热热就好。

快中午时，她刚将饭菜放进微波炉里，便听见门铃的声音。

现在这个时候会是谁来？

她有些奇怪，走到玄关处，先是从猫眼里看看，看到来者后一愣……脑海里出现的第一句就是——要不要装作不在家？

不过显然她这个念头是不可行的，因为在她呆愣的时候，对方已经用钥匙开门了。

她几乎是条件反射般地转过身，将门打开。

来者似乎没想到她会开门，愣了一下，然后笑着朝身后的人说：“奶奶啊，您看，少奶奶这不是好好地在家里吗！您看您老给急得。”

“是吗？快给我看看！”一个熟悉又陌生的声音传来，与暮只见并不是很陌生的老奶奶走了过来，一脸慈祥地握住了她的手，再看看她的肚子，然后——

一瞬间，老奶奶就不高兴了。

“致一真是不像话，到现在才告诉我我的孙媳妇怀孕了。你们看看，与暮的肚子都这么大了，你说他瞒着我干吗？是想给我惊喜吗？我都一把老骨头了，可真的受不了这样的惊喜。”说着她拉着与暮的手就往里走，“与暮，快来，跟奶奶进去坐着，这每天挺着大肚子一定很累吧？”

与暮任她牵着，脸上露出有些僵硬的笑容：“还好……”

真的不知道奶奶今天怎么会突然来这里，与暮一向对男方的长辈毫无相处能力，总觉得那是他的家人，应该要客气一点，可是太客气又会显得生疏不大方，太熟络她又做不到。尤其是面对这种有钱人的家长，她感觉每说一句话都要掂量好久才说出口。

虽然她从叶凡那里知道傅致一的奶奶并不像其他有钱人的长辈一样生来就有钱，她以前是个很穷的人，过着乡下人的生活，朴实简单，但与暮心底还是害怕的……

就在她呆愣的时候，忽然“叮”的一声，是微波炉的声音，老奶奶向那边望去，像知道了什么似的，不由低斥道：“致一究竟在干吗？怎么能把怀孕的妻子丢在家里，吃过夜的饭菜？真是太不像话了！”

奶奶是个冲动派，说完就拿起一边的电话要打过去。与暮心一颤，赶紧阻止，这要是一个电话过去，吃剩菜剩饭是小事，要是让傅致一知道她在骗他，那就糟糕了！

Part 4

“奶奶，致一在忙，您就别打电话给他了。”与暮说，“那些剩菜剩饭虽然说着不好听，但好歹也是致一的心意，我不想浪费，就想着要吃了，跟他一点关系都没有。”

老奶奶想着也觉得有道理，对与暮的喜欢不禁又多上几分：“现在像你这样节省的姑娘越来越少了。”她说完还得意扬扬地看着一旁的傅嫂，“看见了？我家孙媳妇多好！对了，从今天开始与暮就搬去跟我一起住，或者我搬过来也成。我瞧你一个人在家里，挺着个大肚子都没人照顾，多让人担心。”

一旁的傅妈也点头道：“是啊，少夫人，奶奶一听说你怀孕，知道你一个人在家里，连中午饭都来不及吃就过来看你了，生怕你一个人在家里出什么事。我就说奶奶不用急，虽然是怀孕了，但是也不会那么快就挺着肚子。我还以为你刚怀孕呢，这一瞧，谁知道肚子这么大了。应该快要临产了吧？这样一个人待在家里，没人照顾可真不行！”

与暮一边装作很受用地听着，一边却在感叹：这傅致一到底在想什么呢？现在告诉奶奶自己怀孕了，不是摆明了自己以后就没了自由吗？以前她便常听人说女人怀孕后跟公婆相处艰难，何况还是这么一位老奶奶，好不容易有了曾孙，简直比她这个当妈的还要开心。这样会让与暮有压力，奶奶那么喜欢，会让她有一种无形的压力和害怕。

后来，老奶奶竟然留下来陪她吃了午饭。午饭是傅妈弄的，冰箱里每天都有新鲜的菜，她给自己热的菜也没浪费，最后被老奶奶给吃了。老奶奶本身便不是个奢侈的人，尽管后来傅致一给她的生活条件好到让人羡慕，她也从不主张铺张浪费。

老奶奶在别墅里陪着与暮一下午，说了很多，与暮也拐弯抹角地表示自己比较想住在别墅里。老奶奶没有办法，只能先这样陪着，等到自己孙子回来再商量。

接近五点的时候，客厅里的电话响了，与暮正想去接，却被老奶奶捷足先登了，她坐的地方离电话更近。她拿起听筒“喂”了一声，就没了声音。

那边的人似乎没想到接电话的人会是一个陌生的声音，迟疑了一下才说：“是奶奶吗？”

“可卿？”老奶奶记性很好，即使很久没见，也能一下子就听出她的声音。

与暮不知道她们在电话里说了些什么，总之挂了电话之后，老奶奶脸上的神色便不大对劲，也没跟与暮说话，只是一个人坐着发呆，不知道在想些什么。

傅致一回来后，看见沙发上的奶奶，有些诧异。而老奶奶也像是终于等到他回来了，才抬头，便一脸严肃地把他叫到自己身边。

不过她并没有先开口说什么，还是傅致一问：“奶奶，您怎么过来了？”

老奶奶似乎在生气，与暮看着她的表情，心底隐隐猜到了一些什么，表面上还是微笑着替她解释："奶奶中午就过来了。你先休息一下，傅妈正在厨房里做饭，待会儿就可以吃了。"

傅致一点头，将外套脱掉，走到她身边坐下，柔声问："今天一天都好吗？"

"嗯。"与暮应了一声，不太习惯在他奶奶面前表现得和他太过亲密。

与暮下意识看向老人家，只见她目光缓缓地移了过来，因为苍老的关系，眼睛有些混浊，却隐藏不了她面孔上明显的生气痕迹。

"致一……"终于，她开口，"你到底有多少事瞒着我？"

傅致一似乎没想到她会这么问，俊脸上有些疑惑，看了她一眼，以为她是在怪他没有告诉她与暮怀孕的事情，解释道："之前一直没说是因为我跟与暮之间出了一些问题，奶奶您别……"

他的话还没说话，就被她打断："除了这件事情，还有别的。"

"别的？"傅致一停顿，不知她意指什么。

倒是一边的与暮表情淡淡的，嘴角却忍不住勾出一抹讥讽的笑容。

"可卿出了那么大的事，为什么你不告诉我？难道你忘记了以前可卿是怎么对我们的？致一，做人不能忘本，就算她最后跟别人在一起，你也不能忘记她曾经给过我们的恩情！"

傅致一眉头微蹙，眼神里已有些许不开心："她告诉您的？"

"你看看你，说什么话？就算是可卿告诉我的又如何？难道奶奶就不能知道了？"老奶奶显得有些激动，以她有恩必报的老古板思想，实在不能明白为什么在谈到可卿时，致一能以这么淡漠的神色跟她说话，还隐隐透出一丝不耐烦，"致一，奶奶小时候是怎么教你的？别人对你好，你就要回报给人家。感情的事归感情，也是勉强不来的。事实上，那些年要不是有她，我们真的可能已经被冻死了。她像一个大姐姐一样照顾你，你被欺负了，她比谁都急，你都忘记了吗？"

"没有。"

"那为什么现在她病了，你连去看她一眼都不去？"

"她跟您这么说的？"

"不管她有没有跟我说，如果今天不是我无意间接到这通电话，你还打算瞒我多久？"

"……"

傅致一还未开口，只听一旁一直没说话的与暮淡淡的声音响起："奶奶，您别怪致一，是我让他别去的。"

Part 5

此话一出，客厅里瞬间安静了下来，两人皆转眸看向与暮。

与暮面色不变，甚至还带着一丝不以为然的微笑。

她看着老奶奶，重复了一遍："奶奶，您别怪傅致一了，是我让他别去的。"

老奶奶终于像是反应过来了，只不过对方毕竟是自己的孙媳妇，虽说已经是一家人了，但是老奶奶还是很顾忌，有些不敢相信，怀疑地问："与暮，你为什么要这么做？"

"没有什么原因。"与暮坦然地说，"我不喜欢，所以就做了。"

这句话明显把老奶奶的脾气惹起来了，但她还是忍住了，叹息般说："与暮，也许你不知道，可卿她在很早之前对我们有恩。以前若不是有她照顾，我跟致一肯定挨不过那么冷的冬天。我一把老骨头，实在没有能力把致一抚养长大，都是她，致一才……"

"奶奶，这些我都知道。"与暮没有等她把话说完，便径自道，"我知道她帮过你们很多，但是您也许不知道，傅致一在她生病的时候也不是什么都没有做。原本她是要被隔离在艾滋病人专属的病房，可是傅致一动用了关系，把她安排在最好的VIP病房里，让她每天都能得到最好的照顾。起初，只要她一个电话，傅致一就会过去，风雨无阻。奶奶，傅致一并不是您认为的那种不知恩图报的人，只是有的人需要的并不是这样的知恩图报，当然我也不知道她需要的是什么，不过作为傅致一的妻子，我想我有权让他不要在不适当的时候去探望一个不适当的女人吧？”

傅致一知道与暮心里一直都很介意这件事情，这些日子以来，她也变了许多，变得比以前更懂得自卫，更理性，说话时可以将一件事情分析得很清楚，少了一些人情味。他能理解她，她是受了伤才会这样，是他把她逼成这样的。

只是平日里，她对他如何，他都不介意，可眼前的奶奶……

他蹙眉，心下矛盾。

“你的意思是说，可卿对致一还是放不下吗？”听完与暮的话，奶奶想了许久才反应过来，人老了，反应自然没有以前那么快，只不过……“那时候可卿没有跟致一在一起，现在怎么可能还没放下致一？”她转头看向傅致一，带了些许疑惑，“致一，可卿离开这里也有很多年了吧？这些年，你们不是一直都没有联系吗？”

“嗯。”傅致一应一声。的确，这些年来，不管是她主动还是别人主动，他都拒绝跟她联系，别说是电话，就是隔着很远“喂”一声都没有说过。

那时候他恨她，在心底发过誓不联系她，这辈子都不要再见到她。

“所以……她应该不会还对致一有其他想法吧？应该不会……应该不会……”

老奶奶的眼神变得有些浑浊，口齿也有些不清楚，她呆呆地念叨着后面四个字，脸上有种令人莫名的神情。

“奶奶？”傅致一发现了她的不对劲，赶忙叫醒她，“您没事吧？”

老奶奶在他的声音里渐渐地回了神，看着他道：“致一，明天能不能陪我去看看可卿？”

傅致一一愣，道：“奶奶，那是病房，您年龄大了，最好别去，如果有什么事可以打电话……”

“不行。”老奶奶果断地打断，“再怎么说，我都要见可卿一面。”说着，转向与暮道，“与暮，你不会不允许吧？”

话都这么说了，她说不允许不是显得她度量小吗？

她轻轻地摇了摇头，目光对上傅致一时，眼中已经没有了光彩。

她知道，一直都知道，只要向可卿还在，她的生活就不可能一直平静下去。

她闭上眼睛，罢了，只要不越过她的界限，她也不想管那么多。但如果向可卿的最终目的是要破坏她的家庭，她也不会就这么轻易放弃。

如果一定要给她和傅致一一个结局，不管最后他们有没有在一起，也绝对不能有向可卿的份。

晚上好不容易送走老奶奶的时候，与暮已经先回到房间里洗完澡躺在床上听胎教音乐了。

自从听胎教歌以来，与暮发现了一首特有趣的，歌词大概是：“鸡鸡鸡鸡鸡，我的小鸡鸡，你是将来的大母鸡……”这几乎是她每天必听的一首歌。与暮从一开始听得迷惑到后来乐不可支，她总是轻抚自己的肚子告诉小宝贝：“这首歌可是你们儿歌界的神曲。”

傅致一打开卧室门的时候就看见与暮躺在床上，一边微笑，一边听着音乐跟宝宝说话。她的头发已经长到了腰际，轻轻地别在耳后，卧室里暖气很足，她穿着宽大的棉睡衣，漂亮的锁骨有着完美的弧度。

以前他怎么从来没有发现，原来陪在身边的她可以这么安静，安静得像与世无争的女子，脸上总是带着淡淡的笑意，却只有在面对宝宝时才会温暖起来。

似感受到自卧室门口投来的目光，与暮抬头，看着站在那里的傅致一，没有一丝一毫的不自在，只是将她刚刚对宝宝微笑时的温暖残留一点给他，问：“奶奶回去了吗？”

“回去了。”傅致一应道，“明天十点接她去医院看可……向可卿。”

“哦。”与暮点头，指着摆放在一旁的衣物道，“去洗澡吧，换洗的衣服都帮你准备好了。”说完便继续低头听音乐，没再说话。

Part 6

这一次，换成傅致一观察着她的表情。她低着头，好像刚才的话对她并没有什么影响，依然很安静地听着歌，一副天塌下来都无法惊动她的模样。

不知为何，傅致一只觉心中升起一股烦躁的情绪。自己为什么要特意说那句话？是想要期盼她给出一个答复，还是只是想要她一个皱眉的表情？

这样的感觉让傅致一很不爽，他好不容易终于把她追回来了，可又有什么东西丢了，再也找不回来了，好像他找回来的只是一副躯壳，而她的心已经不在这里了。

他沉默地拿了衣物去浴室洗澡，待他的身影消失在玻璃门后，与暮才抬起头，怔怔地看着他映在玻璃门上的修长身影，平淡的眼神里有什么一闪而过。她愣了一会儿，然后重新低下头去，好像什么事情都没有发生过。

第二天与暮照例起床，桌子上已经准备好了早餐。原本傅致一说好十点去接奶奶的，奶奶却在九点多的时候便让司机将自己送过来了。

还在家里的与暮有些意外，不过意外过后只觉得，看样子奶奶真是把向可卿当成恩人看待，不过一个小时都等不及，迫不及待想要去医院探望。

虽然奶奶口头上说先把饭吃完，她再等等也没有关系，但与暮见她每隔几分钟就往餐桌这边看的模样，实在不忍心，便将桌子上的东西用袋子装好打包，让傅致一带在车上吃。

临走的时候，傅致一问她要不要一起过去。她微笑说："不用了，挺着个大肚子跑到那里去不好。"然后在他脸颊上印上一吻，形式化地说了句，"早去早回。"

"嗯。"傅致一应了一声。

她跟他说了再见，转身就要回屋。

"与暮……"他在身后叫住了她，她转头，还来不及说话，就感觉一抹黑影压了下来。好久都没有的深吻让她措手不及，单薄的唇瓣有清晨的凉气和面包上奶油的味道，属于他的霸道在温柔地纠缠着她，让她跑也跑不掉，只能承受，然后柔软地倒在他怀里。

有多久没有吻她了？傅致一记不清了，只觉得听见她那么形式化的话语，十分恼怒。

他不明白，她既然都原谅他了，既然都跟他回来了，为什么还如此防备着他。如果真的对他失望，对他一点感情都没有了，她为什么不说出来？这样委屈地待在他身边，她不难受吗？

他这般想着，吻从温柔变成了一种潜意识的暴戾，与暮只觉得唇好疼，不明白为什么刚刚还好好的他，忽然又用那么大的力道。

她试着推开他，却发现他拥得那么紧，她感觉自己的肚子被压着，想着宝宝一定很难受。

等到她已经隐隐有些不耐烦的时候，傅致一才放开她，看着她努力喘息的样子，黑眸中看不见一点点抱歉的影子。

与暮有些气，闷闷地说："我回屋了。"转身便离开，也没听见他在后面叫自己的声音。她不停在心底安慰自己和宝宝：别生气别生气，他就是这样，自己不是早就习惯了吗？

躲在车里的傅嫂可见不得这一幕，等傅致一过来了才脸红道："奶奶，您看看，这小傅爷对少夫人多黏腻，以前从来都没见过小傅爷对谁这么好，临走的时候还要……还要一通热吻啊……"说完又转向傅致一道，"但是小傅爷，您可得悠着点，少夫人现在怀着孕呢，您那样那样……多了她可吃不消，您还得多替她着想。"

傅致一自然不怎么会搭理这样的话，只是接过奶奶手中递过来的早餐。奶奶搓着手，掂量了许久才问："致一，我这么早过来，与暮是不是不高兴啊？我也真是的，她现在怀着孕，我应该让你好好陪她吃完早餐再走的。"

傅致一安慰道："没事，早餐什么时候都可以吃，奶奶着急，我就先陪您去。"

老奶奶点点头，看着他手中的早餐道："那你快把早餐给吃了，别浪费了与暮的心意。"

"嗯。"傅致一应了一声，很自然地打开袋子。

一旁的傅嫂笑道："奶奶您就放心吧，您看刚才那一幕就知道小少爷跟少夫人的感情有多好，您还怕他不吃东西吗？只要是少夫人准备的，小少爷肯定会吃光的。”

一路上，只有傅嫂不停在说话，傅致一一向话很少，傅奶奶的话也不知道怎么就突然变得少了起来，很多时候傅嫂跟她说话，她都心不在焉，好半天才反应过来。

傅致一也没有多在意，平日里有的时候她也是这样的，就当是年纪大了，反应变慢了。

车很快就开到了医院，他们是从后门进去的，离VIP病房很近。要有一定身份的人才能从这里进去，这里相当于医院VIP通道，在外面甚至有穿着很严谨的英俊保安。

一下车，傅奶奶不禁加快脚步，仿佛要去看很重要的人，倒是傅致一一直都表情淡漠。

他们搭上了去病房的电梯，一路上都很安静。

等到他们到了病房门口的时候，他们还没敲门，便见里面的人把门打开，是王璇。

她的目光从开门起就定在傅致一身上，她还不忘记朝里面喊了句：“小姨，我都说是傅致一来了吧，你还不相信！”

刚才她从窗户里看见他们上来，还以为自己眼花了，待到真的看见他人站在面前，就好像有几百年没见面，一颗心因为他“扑通扑通”地跳个不停，上次的尴尬事件早就被她忘到九霄云外去了。

Chapter 10
她说，这一次回来，只为找你

Part 1

向可卿听见王璇的话，心一颤，那个在心底期盼了那么久的人终于来了。可是……可是她现在的样子肯定很丑，她急着想要找镜子，如一个萌动的少女想在心爱的人面前打扮得漂漂亮亮的。

但时间当然来不及了，傅奶奶走进门，看见躺在床上的她，许久未见，虽不至于不认识，但是傅奶奶还是被她现在的状况吓了一大跳。

以前那个漂亮的向可卿怎么瘦成了这样——眼窝深陷，脸色苍白，好像已经老去了很多。

向可卿没有想到傅奶奶居然也来了，意外之余有些尴尬："奶奶，您怎么到这里来了？这里是病房，您来这里不太好。"

"什么好不好，您病得这么严重，我怎么能不来看一眼？"奶奶说完，就要走到她跟前，却被傅致一给拦住了。

她抬头，但听傅致一道："奶奶坐到沙发这里就好。"

虽然艾滋病不会轻易传染，但是傅致一不得不防备。

一句话让现场极其尴尬，尤其是向可卿，只觉委屈：当初朝与暮来的时候也没见他对自己的病这么介意，怎么才几个星期的时间，就变得这么防备了起来？

事实上，那次与暮来这里并没有像傅奶奶一样急着上前，如果她也那样，傅致一一定会阻止的。毕竟那个时候她怀着孕，就算再怎么赌气，他还是会有个尺度的。

很多时候就是这样，尤其是他这种不会表达自己的人，没有到他觉得要出手的那一步，他只会像一个旁人一样淡淡看着，给人一种他只是袖手旁观的错觉。

“干吗要坐沙发？我跟可卿这么久不见，有很多话要说。再说，我老花眼都看不清了，我得近一点瞅瞅可卿的样子。”

傅奶奶口气有些冲，大抵是不喜欢傅致一那么排斥的样子。

向可卿一听，忙说：“奶奶，您就别看我了，我现在这个样子一定很难看，您还是听致一的话坐到沙发上，也许我朦胧的样子还会是你印象中的可卿呢！”

“生病的时候当然会变得不一样，但是我看可卿还是一样的漂亮。”傅奶奶笑眯眯地说，坚持要坐在向可卿的旁边。

傅致一无奈，只能随了她老人家的心意。

两个许久未见的人自然很容易就能打开话匣子聊天，从小时候聊到长大，再聊到向可卿在国外的那些日子。

当被问到为什么她的丈夫没有陪在身边的时候，她情绪有些低落。是她始终对他没有感情吧！那时候的她也不快乐，离开了中国，到一个陌生的地方，虽然丈夫对她很好，但她总觉得少了什么。

有人说老天是公平了，给了你一些东西，就会夺走你一些东西，她从小就生长在富裕的家庭，从小到大没吃过一点苦，想做什么，父母都支持她去做。

她长大后，追求者更是络绎不绝，在感情上没有碰到什么困难，甚至在遇见傅致一之前，她便已经知道如果没有意外，她一定会嫁给那个跟她一起长大的父亲世交的儿子，也就是她曾经的丈夫。

可就在她感觉自己的人生很圆满的时候，傅致一出现了。他是她这辈子唯一的幸运和不幸，幸运的是遇见了他，她才知道什么是爱，才尝到了爱一个人的滋味；不幸的是爱上他，她尝到了爱情里的苦。她那么那么地爱他，却不能跟他在一起，要逼自己做到让他恨自己，让他忘了自己。

两人聊着，直到快到午餐的时间，傅致一才打断。中途，他不断看时间的动作落入了王璇的眼中，她忍不住问："傅致一今天很忙吗？我刚刚看你总看手表。"

傅致一却说："不忙。"然后转向傅奶奶，道，"奶奶，与暮在家里等我们吃饭。"

虽然这是一句平淡得不能再平淡的话，但听在向可卿耳里就像一种讽刺。

她向可卿现在究竟在做什么？一定要让别人将她的卑微赤裸裸地揭露出来，她才安心吗？

"快到中午了，那可卿吃什么？"

向可卿还未开口便听见傅致一说："有专门负责准备午餐的医生。奶奶，时间不早了，我们先走吧！"

傅奶奶还想说什么，在傅致一亲自上前将她从床上扶起来的动作下，最终没有说出口。

"那……可卿……你要好好休息，奶奶还会来看你的。"

"好的。"向可卿应了一声，看着傅致一没有回头的背影，最终忍不住叫了一声，"致一，能不能耽误你几分钟的时间，我有些话想私下跟你说。"

却不料，傅致一依旧没回头，只是丢下一句："有什么话打电话好了。"搀着傅奶奶就要离开。

傅奶奶自然不会跟他走了，很强硬地站住脚，并且拉住他，严肃道："致一，我不知道你跟可卿之间究竟发生过什么事情，就算你一直怨恨她离开，但现在她都这副模样了，你还不能将过去的事情忘记吗？何况以前的事情也不能完全怪向可卿，要不是我……"

"奶奶……"一声忽然放大的声音将老人家吓了一大跳，她看过去，就见向可卿尴尬的笑脸，“不好意思，我声音大了点……致一，我只是想跟你说几句话，就五分钟的时间，好吗？”

人家都这样了，他再不留下来实在没有理由。

傅致一点点头，王璇立刻机灵地上前跟傅嫂一起将傅奶奶搀扶了出去。

空荡荡的VIP病房就剩下他们两人，傅致一也不走上前，就站在那里看着躺在床上的她，说：“有什么话就说吧。”

“致一……你怪我吗？”她说，“我一直好想问你，你会不会怪我这一次回来，只为找你。”

Part 2

傅致一从没去想向可卿这次回来的目的，更不会觉得她是为了他，毕竟他一向不是那种自作多情的人。

“不怪。”他简单地应了两个字，人已经来了，该做的事情也已经做了，他跟与暮之间的矛盾也不是说一句责怪就能返回原点的，所以怪和不怪又有什么区别？

“真的吗？”这句话却让向可卿心底泛起了希望，她眼中散发出莫名的兴奋，像一个渴望得到承认的孩子，用期待的眼神看着傅致一。

傅致一却将目光转移，不想在这个时候说出什么不好听的话去刺激她，只是想到家里的与暮：“还有什么话要说？”

他脸上虽没有不耐烦的表情，语气里却明显带着不耐烦，向可卿的心像忽然蹿起的火苗还没来得及燃烧就被冷水浇灭了，她问：“你就那么急着回去？”

“这跟着不着急没有关系，与暮一个人在家里我不放心，而且我答应她回去吃饭。”

“是啊……你一向是很守信用的人，就像那天你在机场跟我说，我走了之后，你就不会再爱我，连朋友都做不成。果真……现在，你连那一点点的爱也没有了是吗？”

“以前的事情已经过去了，爱不爱现在已经没意义了。我已经结婚了。至于其他……我一直都会记得你是我的可卿姐。”

很多话，傅致一都不想说得这么明显。要说真的爱吗？他自己都开始分不清。但他知道的是他的确还是关心她的，最初知道她生病，他会很着急，帮她找这方面最好的医生，给她最好的医疗设施，甚至每天把怀着孕的与暮一个人丢在家里。在那个时候，他以为自己是爱着她的，相较于在心底的恨，那些爱那么明显，明显得他想要忽视都不行。

可是与暮的离开告诉他，他现在不是一个人，是有家庭有妻子，甚至快有孩子的人。他不能那么自私地丢下其他不顾，一门心思想着这里。所以即便从他离开之后，电话就没停过，他也在潜意识里克制自己往这边跑。

与暮说得很对，他现在的责任是她和她肚子里的宝宝，而不是这个躺在病床上的人。

很多时候，有些事、有些人，不是不能忘记，不是不能克制，只是你愿不愿意的问题。

如果没有与暮，再次见到向可卿，他一定会再爱上她。说再爱上不过是客观来说，实际上这些年来，在他的恨里面从来就没有将那些爱遗忘，所以从另一个方面来说，与暮是他傅致一感情里的救命恩人。

面对这么冷静的傅致一，向可卿却不能冷静了。

她总觉得自己曾经被他那么喜欢，为什么现在说忘记就忘记。她这辈子只喜欢过傅致一一个人，不管多少年之后，她心底一直都有他的位置。是她当初太自信了吗？她以为他和自己一样感情深，即使他以后结婚生子，在他的内心深处还是有她的位置。

“为什么你不问我那天为什么打电话去你家？”

傅致一不语。

“小璇打了好多电话你都不接，她告诉我你跟与暮之间好像发生了什么事情，那几天你都在劝她回家是吗？”她说，“我不是故意的。那天我想了很久，是想打电话给与暮一个解释的。我知道我的出现让她很介意，才会导致你们的关系破裂，我只是想要解释，却不想那天接电话的是奶奶……”

“所以你就跟奶奶说了你生病的事？”

没想到他会这么直接，向可卿一瞬间不知道如何接话。

傅致一是何等聪明的人，在听见奶奶知道向可卿生病时，便知道向可卿的那通电话是故意的。

如果只是一个寻常的电话，如果没有什么目的，又怎么会跟别人谈起自己的病？

“对……对不起……”她低下头，难受地说，“我只是太想见你了，我知道如果奶奶要求来的话，你一定会跟她一起来的。”

此刻的她像极了犯错的小女生，傅致一的心在面对她的时候一向冷硬不了多久，尤其想起她做那些仅仅只是为了见自己一面，他的语气稍微软化了一点：“好了，过去的事情就不要再提了。你好好照顾自己，病人应该要保持好心情，病才能好得更快。”

向可卿却笑道：“我这样的病也能好起来吗？致一，你不要哄我了，我自己的身体我自己知道，要不是因为每天都在虚弱下去，我也不会那么迫不及待地想要见你。你知道的，小时候，虽然我年龄比你大，但我还是很怕打雷下雨，我真的不敢想象等到我真的一个人先离开，去到另一个世界……我以前常听人说那个世界好黑，什么都看不见，到处都是恐怖的声音，满世界的魂魄……致一，想到那些我就会很怕，我真的不想一个人就这样走……”

看见她那么脆弱的样子，将身子渐渐地蜷缩起来，哭得像个小孩，傅致一感觉自己的心在痛，他从来不知道，原来这些天里，她在想那些事情。他从来都没想过，死对一个孤独的女人来讲会有多恐怖。

“已经过了十二点。”与暮看着桌子上的饭菜，嘴角弯起一抹柔柔的笑，她摸摸自己的肚子，轻声道，“宝宝，看样子你爸爸不会回来了，我们先吃吧……”

没有人看见她那温柔的笑颜背后是浅浅的无奈。

Part 3

下午，与暮躺在沙发上看电视，看着看着睡着了。

不知过了多久，只觉得有人在靠近，她好不容易从梦中挣脱，睁开眼，便看见了他。

“回来了。”她语气淡淡的，脸上带着微笑，寻找不出一点生气的痕迹。

“嗯。”所以……是他多想了？

回来的路上，他一直担心再一次爽约，她是否会生气。

实则她毫不在意他有没有回来，丝毫不关心他是否做到了自己承诺过的话？

她微微一笑：“奶奶上午去看她了，她现在怎么样？病情有好转吗？”

“没有，越来越差。”

与暮早就知道会是这样的结果，或者说，她在听见这句话的时候，心里竟然是开心的。

她觉得自己越来越坏，可将她逼到这种程度的，是向可卿本人不是吗？当初她已经放宽心想要去接受傅致一像一个朋友般去照顾向可卿，但是向可卿是怎样对她的？

向可卿虽没有明目张胆地跟她示威，但是那在背后的点点算计，她不是笨蛋，感觉得出来。

有时候不去在意只是因为，她曾在心里冷漠地告诉自己，一个将死的人，她还要跟对方去争什么，浪费精力又浪费时间。

她抬头看着傅致一，笑道：“算了，这次看在奶奶的分上就原谅你了。你吃了午餐吗？我还留了一点给你。”

“吃了。”他淡淡地回复，仔细地研究她脸上的表情。

只见她一愣之后，便云淡风轻地笑道：“哦，是吗？那算了。”

她风轻云淡，似乎一点也不介意。

其实……他没吃。

傅致一在玩一场火，不断找事情刺激与暮的反应。他知道这样不好，但实在接受不了她现在的面无表情、沉默淡然，不管发生多严重的事情都是那种安然的状态。

可与暮一点都没察觉他是在试探自己，长久以来他做过的那些令她失望的事情被记忆深深埋葬了起来，即使不提起，都会潜意识在碰见类似的事情时和过去相结合，然后命令自己做出淡然的反应。

她并不觉得这样有什么不好，无悲无喜，把那些伤心痛苦抑或是曾有的开心都深深地埋在心里。

只是偶尔想起的时候，她心里还是会有些隐隐的失落。

经过上次那件事情之后，向可卿没有再找过傅致一。

那一段时间平静的日子让与暮觉得一切的不开心会到此为止。

事实上的确如此，就连叶凡和李瑶都好像真的幸福地在一起了。

在李瑶二十八岁生日的时候，叶凡向她求婚。虽然只有傅致一跟与暮在场做证，但是与暮还是能看见李瑶眼神里的震惊和感动。

是啊，一个追求了自己这么久，从来都不要求，甚至没期盼在她身上能够得到什么的人，在这样的时刻向自己求婚，自己能不感动吗？与暮甚至能看见叶凡骨子里透出的激动。

虽然表面上他装出淡定的样子，但是拿着戒指微颤的手出卖了他的镇定。

后来，叶凡有一次提起求婚的事情不禁苦笑，他说那大概是他人生中最紧张的一次，小时候把爸爸最喜欢的悍马刮坏了被发现都没那么紧张，那种从心里透露出的颤抖是不由自主的，因为他在进行着人生中最重要、最在意的事情。

原本说好四人去学校对面的店里吃饭，因为与暮的大肚子而取消，换成在傅致一家里举行小型的派对，由傅致一亲自操刀。

这个馊主意当然只有李瑶提得出来。现在她是仗着傅致一对与暮的好、对与暮的愧疚而越来越大胆，想着反正有与暮在，他也不会对她怎么样。

而且李瑶在这方面是最了解男人的了——因为愧疚，所以会对自己的女人格外好，这种好连带着她身边的好朋友也能沾沾光。

当她提出这个要求的时候，叶凡和与暮都惊愕地瞅着她，只有她很镇定地看着傅致一，看着他在自己预料中点头轻应了一声，眼睛却是看着与暮的。

她敢在心里打赌，这个在事业上精明、感情里白痴的男人一定爱上了与暮。也许他自己也意识到了，只是不明白自己爱与暮有多深，只有在每次感觉要失去与暮的时候才会忽然发现心是会痛的，才会发现原来她对自己有多重要。

今天的小盛宴，两个小女人舒服地坐在沙发上看电视，厨房里是两个男人忙碌的身影。

“与暮，我第一次看小傅爷穿围裙的样子，真是帅呆了，就连我都忍不住想要扑上去抱抱他修长的身段，亲亲他帅到死的脸。”

与暮笑：“叶凡也不错啊，怎么你眼底就只有别的男人，看不见他的存在？”

“哪有！”李瑶立刻反驳，心想这罪名可大了，“我当然知道他也很不错啊，可是在你面前，我当然要多多表扬你家小傅爷嘛。不过，我说的可都是实话。”然后她瞅瞅与暮的神色，笑道，“与暮，你告诉我，其实你也是这样觉得的吧？”

“我也很喜欢看他穿围裙的样子。”与暮说，“不过有时候表面的东西都好看，接触之后就不一定了。”

“与暮！”李瑶做出一副很严肃的样子看着她，“怎么我发现最近你的想法都这么悲观？这样太不好了。你告诉我，是傅致一又欺负你了，还是他又跟向可卿在一起了？”

与暮还没说话，就听见李瑶传来身后一个声音：“瑶瑶，你又乱想了。”

她抬头便见叶凡端了一盘凉菜出来，而傅致一还在厨房里忙碌。

“你这样说话会破坏与暮和致一之间的夫妻感情，本来没有什么都被你说得有什么了。”

李瑶吐吐舌头：“没办法，我只要看见与暮这么悲观就会想到肯定是小傅爷做了什么让与暮伤心的事情。谁让他以前那么坏！”

这话说得叶凡有些无奈，一边是最好的朋友，一边是最爱的人，可是他刚才稍显严肃的言辞，已经说明他有偏向傅致一的倾向了。

李瑶倒是不介意，与暮看着她的表情，在心里叹息，大抵是她还没有真的爱上他，所以他说什么，她都显得那么不在意，不会动怒，不会生气。

李瑶说她那么悲观，其实不然，她只是想做到李瑶对待叶凡那般，不那么喜欢，不管傅致一做了什么、说了什么，自己都可以不介意。她这样的状况，真的不能再像以前那样爱得轰轰烈烈了。

“跟傅致一无关。”她微微一笑，“是我自己的原因而已。”

李瑶看着她，总觉得现在的她有些奇怪，可是又说不上来是哪种奇怪，便拉着她的手担心地说：“与暮，真的没有发生什么事情吗？为什么我发现你好像变了，有点不像我以前认识的那个与暮了？”

“你是第三个说我变了的人。”与暮有些无奈，“瑶瑶，你要知道，这个世界上不是所有的人都能像你这样遇见事情都能自己开导自己，永远让自己开开心心。很多事情既然我不能勉强，又得不到，我只能将它们看得淡一点，你懂吗？”

李瑶当然不懂，以为与暮会跟傅致一一起回来就说明她对她跟傅致一之间的感情还有信心，代表她想跟他重新开始。

可是现在与暮的状态完全打翻了她的设想。为什么看着与暮那种云淡风轻的样子，她总觉得心中不安？

Part 4

那天在饭桌上，李瑶仔细地观察着傅致一和与暮之间的关系。席间，与暮依旧会贴心地帮傅致一夹菜，在李瑶有意无意地给傅致一灌酒的时候，她也会出声阻止，两个人看起来并没有什么嫌隙，俨然还是一对彼此相爱的夫妻。

李瑶希望是自己想多了，毕竟与暮在这样的情况下，最好别再经历什么难受的事情了。

他们回去的时候居然又下了雪，应该是下了很久了，停在外面的车子已经覆上了厚厚的一层雪。

李瑶转身对送自己和叶凡出来的傅致一和与暮说：“你们快进去吧，外面冷，尤其是与暮，可别感冒了。”

“我哪有你说的那么脆弱？”与暮看着外面的雪，轻声道，“今年宁市还真下了不少场雪，要不是现在怀着宝宝，真想去堆堆雪人玩玩。”

“那就等宝宝出世之后我们一起去堆啊。又不是以后都不下雪，看你脸上的表情，悲伤得跟什么似的。”

“我只是感叹。”与暮无奈地笑道，“好了，你们快回去吧，路上开车慢点，雪天路滑。”

“知道了。”李瑶笑着说，“我发现与暮越来越有做妈妈的潜力了。”

四人在门外聊了一会儿，叶凡和李瑶便开车走了。

坐在车上的时候，李瑶远远地看着站在门口的与暮和傅致一，这大概是她这辈子都不会忘记的画面，与暮穿着可爱的孕妇装站在大门口，像一个慈爱的妈咪一样轻抚着自己的肚子，身边是俊雅的丈夫，他的手扶着与暮的腰，漫天的雪花里，那是一幅多美的画面，温暖了她的心。

不知为何，她忽然转头对正在倒车的叶凡说：“与暮会幸福的……叶凡，与暮一定会幸福的对不对？”

还在倒车的叶凡一愣，停下手中的动作，转头看着她，点头，顿了一会儿才说：“你也一定会幸福的。”

有人曾说，当你仰望着别人幸福的时候，别人也在羡慕你的幸福。其实生活中的幸福很多，可以是一件很小的事情，就比如此刻这样浪漫纷飞的雪天，叶凡在身边陪着……

送走了叶凡跟李瑶，房子又略显空荡了，与暮坐在沙发上发呆，厨房里有傅致一在整理。这样微小的幸福一直都是她期盼的，可不知道为什么，好像就是少了一些什么……究竟是什么，她自己也不知道。她心里有些不平静，也不知道是不是错觉，总觉得有什么事情要发生。

“在想什么？”一道低沉的声音传来，她来不及抬头，身体就被人抱起，轻坐在他腿上，“好重。”他皱眉，不关乎她吃了多少，一个人加上宝宝的重量，足够解释他皱眉的原因。

“没有。”她将脑袋埋在他怀里，闭眼，“只是觉得有些累。”

“早点休息？”

“不要……就让我这样靠靠你。”她说，“好像好久都没这么靠着你了。”

他沉默，手轻抚着她的长发，柔顺如丝。

她开始有点想问他：傅致一，你说我们之间的平静可不可以一直这么维持下去？可不可以不要再有任何的伤害发生在彼此之间？

可话到了嘴边，又被她咽了回去。

每个女人都喜欢问这类问题，换成以前她也会毫不犹豫地问出口，可是经历了那么多事情，她知道这种问题总是问得简单，回答得迟疑，却不能确定答案的可信度。

很多时候，她觉得命运其实早就写好了，每个人都是照着那样的路走，即便勉强地得到了她想要的答案，等到那些未知的事情来临的时候，除了按着原本就设置好的悲伤线路走，真的没有其他路可走。

所以，问了也是白问吧。

“怎么在叹息？”很不巧，她细微的叹息声还是被他听见了。

“没有啊。”她否认，眼睛对着的地方刚好可以看见落地窗外厚厚的一层白雪，“你看雪花好白，堆出的雪人肯定很漂亮。”

“以前怎么没听说你喜欢雪人？”

“一直都喜欢啊。不过以前很少堆，我怕冷，瑶瑶又很懒。倒是现在，已经过了那个堆雪人的年纪，反而想要去堆雪人。我一直都觉得雪人很漂亮，全身白白的。”

“等明天，陪你一起堆。”他说。

“嗯……”不知道这算不算是个约定，她打算暂时将它记在心底，“傅致一，你小时候有堆过雪人吗？”

“没有。”他说，“我讨厌下雪。”

“为什么？”

“化雪的时候很冷。”那时候他们家没暖气，一到化雪的时候就会很冷，跟在外面没两样，奶奶的手脚都会被冻得很厉害。有一次在房间里烧炭，因为太冷，门窗都关了，奶奶差点中毒。所以他一向讨厌雪。

他没有说，但是与暮也能明白他讨厌的原因。

她没有问出口，只是笑着对他说：“等以后宝宝出世了，我带你去看雪，很美的。保证你以后都不会讨厌了。”

“嗯。”他轻应了一声，低头见她忍不住打了小小的哈欠，便问，“累了？我抱你上去睡觉。”

她却拦住他，摇摇头：“抱抱我，让我枕着休息一下就好。”

他亲亲她的额头，随她去了，拿起沙发上的遥控器，将客厅的温度调高了些。

没一会儿，与暮便沉沉地睡着了，这一睡，睡到了第二天。很早，天色还没有很亮，她转头，却没见傅致一的身影。

她转头看向窗外，才发现外面已隐隐有光，只是被窗帘遮住了。

她起床，拉开窗帘，意外地看见一个巨大的雪人映入眼帘。

Part 5

雪人一共有三个……具体来说应该是三个半，还有一小半没有完成。与暮眯着眼睛才发现有个白影在晃动，她拿起搁在一旁的眼镜戴上，再看去，发现竟是傅致一。

他穿了一件白色毛衣，这样的天气竟将袖子挽起，露着精壮的胳膊。

他正在堆小人的人头，将雪滚成小小的一团，放在雪人身体上，就差五官了。

与暮惊讶之余,已经快速地穿上衣服走出去。

外面已经停了雪，没有风，却冷得出奇。

她将衣服裹得更紧了些，不动声色地小心走过去。

傅致一已经完成了雪人的眼睛、鼻子，就差一个嘴巴了，转过身拿早已经切好的胡萝卜的时候便看见与暮站在身后，有些意外："怎么出来了？"他细心地将她衣服后的帽子给她戴上，"外面很冷，快进去。"

"不要。"与暮难得露出小女人的娇态，"怎么一个人一大早堆雪人？昨天不是还说不喜欢下雪吗？"

他却不说话，只是任由她调笑。

与暮看了他一眼，只觉得白雪衬得他的俊颜越发好看了。她心里微微泛起甜蜜，从身后的篮子里拿了切好的胡萝卜走到小雪人前贴了上去。那胡萝卜有着月牙的弧度，一贴上去，小雪人便笑得好欢乐。

与暮看了看，问身边的人："怎么是四个人？这两个是我和你吗？那么这两个是……"

"女孩和男孩。"傅致一说。

"你怎么就知道我肚子里怀的是两个？"

"不知道，如果不是的话，下次还能再生。"

"谁要跟你生了！"与暮瞪他一眼，就要往屋子里走去，却被他一把从身后给抱住。

讨好一个人怎么这么难……

他将脸埋在她暖暖的脖子间，有些委屈，闷闷地说："小孩子多不好吗？房子那么大，会很热闹。"

不是她经常说房子太大，一个人会特别寂寞和恐慌吗？所以他想，如果有两个孩子的话，她应该就会安心了吧。不过他一点都不怕她生得太多，就算生十个他都养得起，只要她开心。

"也不要这么热闹啊……两个……我一个人很难带的。"

"别怕，还有我。"

与暮心弦一扯，女人最不能听见的就是这句话。

或许是她们这些叫女人的生物都比较容易信任男人，当一个男人在她耳边说"还有我"时，极其容易触动她们内心一些柔软的东西，让她们逐渐卸去过往的坚强，慢慢地去依赖，慢慢地觉得就算遇见再大的困难也没关系，只要他在。

然而，在某一天他忽然离开的时候，她们就像新生的孩子一样不知所措，很难找回以前的坚强，就算找回了，那必定也是一个痛苦万分的过程。

“嗯。”虽然心软化，但与暮很快就收起自己的感动，假装没听见刚才的话，转身替他拍去毛衣上堆雪人时弄上的雪花。

那雪花掉在上面，和白色的毛衣融在了一起。

与暮突发奇想：“傅致一，我帮你拍一张照片吧？”

不喜欢拍照片的某人立刻拒绝：“不要。”

“就一张啊……我都很少跟你拍照片，你别那么绝情好不好……”

怀孕中的女人总是有撒娇的资格，并且一撒娇别人就无可奈何，就算多不想都会点头答应。

最后傅致一应了她的要求，站在雪人的旁边照了一张照片，结果——

“不行，你别老绷着一张脸很不开心的样子，那可是你的成品，你应该很开心地跟它们拍照才对哦。”

“对啦，就这样，笑一个……”

“不要笑得那么僵，要开心一点，就像我这样，一、二、三……”

从来没有一个人哄自己照相哄得这么开心的，傅致一忍不住露出一抹清淡的笑容，是因为看见她笑得那么开心，才发自内心地微笑。

拍完之后，他从她手上拿过手机，头微昂，示意她站过去。

与暮赶忙摇头：“我才不要拍，我脸也没洗，头发也没梳，拍出来肯定丑死了，不要了，我们快点进去吧，我好冷。”

傅致一可不放过她，哪有命令别人拍，自己却不行动的道理啊，这也太不公平了。

“不行。”他坚持，不放开她的手。

她眨眨眼睛，开始耍小心机：“好冷的……你看我都出来这么久了，真的好冷，宝宝也会被冻坏的。”

聪明的小傅爷这次没上当：“拍照很快。”

“可是……”

“如果你一定要这样说话，拖延时间的话会更冷的。”

没办法，与暮只好不情不愿地走过去，只听身后一声“与暮”，她好奇地回头，一声“咔嚓”便将她的样子给记了下来。

“喂！”某人不满意了，“耍赖啊你！”另一个人却很满意，走到她跟前，手很自然地搭在她肩膀上，道：“我也感觉有些冷了，进去吧。”

“……”

回到屋子里，浓浓的暖气扑面而来，与暮虽不冷，但是也冷不丁打了个寒战。

傅致一蹙眉，摸摸她明明暖暖的小脸，问道：“真的冷到了？”

“可不是吗？”与暮斜眼看他，“都怪你。”

“嗯。”傅致一自是没察觉她眼中的伪装，太过于关心总是容易忽略一些事情，他说，“你在沙发上坐一会儿，我倒杯热水给你。”

看见他那么担心的样子，与暮倒是有些于心不忍，她忙拉住他，却感觉他的手比自己的还要冷：“不用了，我跟你闹着玩的，我穿这么多，一点都不冷，倒是你，手比我还冷。我去帮你倒热水。”

说完她转身要离开，傅致一自然不让了，拉着她的手走到沙发边：“坐着别动，我去。”

然后，看着他被毛衣衬得越发修长的身影走进厨房，与暮感觉心里比这开着暖气的屋子还要暖。

不知何时，傅致一也学会照顾人了。

Part 6

在这样一个因为平淡而显得更幸福的日子里，与暮收到的另一个惊喜，那便是叶凡和李瑶要结婚了！

那天傅致一有事出门，前脚刚走，他俩便过来了。

与暮本以为是傅致一让他们过来帮忙陪着她，谁知他们竟是来通知喜讯的。

与暮接过那张红艳艳的喜帖，看着上面的小人儿，真有一种想哭的冲动，是那种发自内心的开心的哭泣，好像在李瑶身上看见的幸福就是她所期待的幸福。

这眼泪一掉，可吓坏了李瑶，她忙问："与暮你怎么哭了？"

她嘴角微咧："没有，我只是太高兴了。"

"高兴了可别这样，不然我会误以为你不想看见我们的婚礼。"叶凡心有余悸地说，"要知道我等这一天可是用了我所有的青春。"

与暮"扑哧"一声就笑了出来："这是什么话？好像你现在有多老似的！要不是你一心一意地喜欢瑶瑶，多少美女排着队在后面任你挑！"说完又看着李瑶，道，"瑶瑶，你可要看着这家伙，接近三十的男人是最有魅力的，不知道多少姑娘在等着钻缝插进来呢。不过话说回来，你们怎么决定这么早就结婚了？好像很仓促的样子。"

"呃……"李瑶一时语塞，脸色微变，不知道如何回答。

与暮看着她的样子以为她是在害羞，笑着看着叶凡："我知道了，肯定是叶凡做了什么不该做的事情对不对？瑶瑶，你该不会……怀孕了吧？"

"那种电视剧里经常出现的情节你就别套在我们身上了。"叶凡笑道，"早结婚有什么不好？"他双手将李瑶抱着，"瑶瑶，你要相信我，就算时间很仓促，我也能给你一场完美的婚礼。"

"嗯，我相信你。"李瑶轻轻扯出一抹笑容。

傅致一中午有事不回来，打电话过来时听说叶凡和李瑶都在，便让他们帮忙准备与暮的午餐。李瑶自然没有意见，倒是叶凡撇撇嘴："这个家伙，明显把我们当成奴隶使……"

话是这么说不错，但是与暮和李瑶心里都知道他只是随便说说，带着那种玩笑的语气一听就能听出来。

叶凡和傅致一之间的关系，就像与暮跟李瑶一样。所谓的好友，就是经得住那些琐事考验的，不论境遇相差多远，都能真心祝福，那是世界上最完美的友情，没有瑕疵。

中午的午餐是叶凡操刀的，与暮看着他在厨房里熟练忙碌的样子，忍不住问：“在家里都是他下厨吗？”

“嗯。”李瑶点头，“每次我要下厨，他都不让。”她伸出手，笑道，“他总是说，手是女人的第二张脸，应该是用来宠爱的，不是用来下厨的。”

“这个男人啊……我从第一眼看见他就知道他是个浪漫的人，每天对着你说这么肉麻的情话。你呢？有没有被感动？或者……比以前更喜欢他一点？”

“嗯……应该有点吧。”

“所以他求婚了，你就毫不犹豫答应了？”与暮微笑着，丝毫没有发现李瑶因为这句话，一张脸上有些莫名的不安。

“与暮……”她迟疑了一下，才缓缓地说，“本来叶凡没打算这么早向我求婚的……”

“啊？”

“是……我真的不知道该怎么说。”

“啊？”

连续两个“啊”已经能让人听出她的疑惑了。

李瑶想了想，还是决定把自己心里的不安说出来：“上个月……连年有来找我，有时候喝得很醉，有时候很正常，可都是在叶凡不在家的时候。他这个人就是孩子气，总是会耍些小心机，以为没人，只要有我们两个人在，我会比较好说话。事实上的确是这样的，看见他那样子我就好心疼。有一次他醉得很厉害，我没办法，只能把他送回家，可是到了家他就抓着我不放。我看见家里所有东西的摆放都是我离开时的样子，一点没变，墙上还有我跟他的合照，笑得那么开心，我当时心就疼了。他说了好多抱歉的话，求我留在他身边，他还哭了。你知道他这样的人，大公子一个，从来都不会哭着求一个人。我真的心软了……那天晚上没有回去……好在叶凡因为傅致一跟你的事情把公司的事情揽了下来，晚上没有回家。十多点的时候他给我打了电话，我当时已经跟连年……”

她后面的话没有说下去，可是与暮已经能够猜到是什么了：“你跟陆连年上床了？”

“嗯……”她说，“还有更糟糕的是……你刚才说对了，我怀孕了……但是……”

“是陆连年的？”与暮怎么想也没想到里面会隐藏这样的实情，“那叶凡知道你怀孕，是陆连年的孩子吗？”

“他知道……我没有办法骗他，每次看见他对我那么好，那么无微不至的样子，我的心就好痛，我觉得对不起他……我真的讨厌这样的自己。”李瑶说这话的时候很痛苦，“我当时就跟他说了分手，我想出国，想一个人静一静。反正我跟连年之间是不可能的，我已经决定，我要一个人把孩子生出来，我可以一个人把孩子带大，我不想拖累叶凡。”

“可是叶凡不让你走……以他那样的性格，一定会留下你，并且不介意你怀的孩子不是他的……他还向你求婚了？”

“嗯……”李瑶说，“今天要来见你，他就一直说不要我把实情告诉你，说让我忘掉一切，他不想别人用异样的眼光看我。他真的是世界上对我最好的男人，我能感觉出他跟我在一起的时候，什么都替我着想，做什么都小心翼翼的，对我好，宠着我。我真的不知道自己有什么值得他这样对我的。那天我哭了好久，他说原本不打算这么早求婚的，怕会吓跑我，可是现在……他说，女人都喜欢自己能够穿婚纱，那是一生中最美的时光。他说他一定不会让我肚子大了才当新娘……他不想我有遗憾。我当时真的不知道自己该怎么办，我只知道，从那一刻起，我真的会好好地去爱他，再也不做伤害他的事情。”

Chapter 11
我有点累，你陪陪我

Part 1

与暮往厨房里看了一眼，正好叶凡端着第一盘菜走出来，她把手轻搭在李瑶手上，示意李瑶不要说得太多。叶凡没注意这边说什么，将菜搁在桌上，说了句：“还有两道菜，马上就好。”说完便又进去了。

与暮看着李瑶脸上的表情，不知该说什么。如果换成旁人，大概早被她骂了不知道多少回了，毕竟是这么大的人了，怎么会做出这样的事情。可是看见李瑶那么难受的样子，她又不忍心，毕竟那是她最好的朋友。她知道李瑶是太爱陆连年了，爱到连自己在做什么都不知道。李瑶坚持了那么久，最大的奢望就是跟陆连年在一起，对陆连年，她从来就狠不下心，加上那么多年的感情，那一夜会那样，与暮是能理解的。

可她能理解，不代表别人能理解。叶凡不介意那孩子不是自己的，可是李瑶呢？带着愧疚的心，每当看见自己的孩子就会对叶凡愧疚一点，这样的婚姻……她真的看不见一点点幸福的可能。

她跟傅致一之间的婚姻就是因种种侥幸，以为只要结婚了就什么都能逐渐好起来，才导致今天这种地步。如果说李瑶和叶凡之间能像她原本预期的那样没有负担地结婚，她一定举双手赞成，但现在……

"瑶瑶，你还是自己想清楚，你们这样结婚真的可以吗？"她说，"叶凡的确是个好男人，但是……就算再好，也不可能不介意自己妻子肚子里的孩子不是自己的。你们这样，就算结婚了，也不过是步我的后尘，我真的不想看见那种局面。"

"我知道，我什么都知道。"李瑶说，"那天，他忽然向我求婚，那么深情，那么真诚，我脑袋就蒙了。这个男人，我真的欠了他太多，当时我只是想，如果婚姻是他想要的，那么我就答应。"

"你要明白，他想要的不只是一场婚姻，他更想要的是你的爱。如果到最后他发现他做了那么多，你还是不爱他的话，他有多失望，你懂不懂？"就像她一样，在结婚之前，以为傅致一总有一天会爱上自己，做了那么多，忍了那么多，最终的结果却告诉她，他没忘记向可卿，可能这辈子都忘不了。

"我会好好想想的……"她说，"我这几天都在想这件事，很累，真的。"

话刚说完，叶凡就把其他的两道菜都端了出来，对她们道："聊什么聊得这么投入？可以吃饭了。"

与暮瞥见李瑶眼角的眼泪，连忙帮她擦掉，将她从沙发上拉起来，道："没什么，就聊聊婚礼的情况。叶凡，我可跟你说哦，我只有瑶瑶这一个好朋友，等她嫁过去之后，你一定得好好对她。"

"那是当然。"叶凡微扬头，信心满满的样子，"好了，你们过去坐着先吃，我去把汤端出来。"

"嗯。"与暮微笑着点点头，看着他离开，才轻舒一口气，转头看向一旁的李瑶。

换成是她，碰见这么好的男人，定是不忍心让他伤心的，管是陆连年还是谁，都靠边站。

可有时候人就只会说别人，换成是自己，大概也是茫然不知所措的。

“与暮……你也看见了。”李瑶难受地说，“我真的怕自己没勇气拒绝他。”拒绝，又何尝不是另一种伤害？

与暮无奈，拍拍她的肩膀：“好了，别多想了。一切，顺其自然吧。”

经历了那么多事情，每当遇见困难的时候，她都会用这句话来安慰自己。

人生烦恼那么多，不是一时半刻就能解决的事情，越想越会栽进死胡同里，只能用淡漠的心态去对待，顺其自然，所谓“船到桥头自然直”。

晚上，傅致一回来的时候，叶凡和李瑶已经回去了，与暮坐在沙发上等得都快睡着了，迷迷糊糊地只感觉他蹲在自己身边，什么都没做，只是疲惫地看着自己。

她眨眨眼睛，好不容易清醒了过来，刚要坐起来，就被他扶住：“累了就躺一会儿。”

她微笑：“我一点都得不累，倒是你的样子很疲惫。怎么了？今天的工作很累吗？”

“没有。”他摇头。

与暮轻轻地吸了吸鼻子，道：“有药水的味道，今天去医院了吗？”

很自然的语气，好像没有什么不开心的样子，傅致一探究地看了她一眼，忽略掉心中的失望，轻轻点头。

“哦。”与暮道，“她还好吗？”

“不知道。”

与暮被他有些冷漠的回答弄得愣住了：“呃……不知道？”

“嗯，今天是奶奶住院了，我才去医院的。”

“奶奶住院了？”她严肃地看着他，“发生了什么事？”

“过来。”他坐在沙发上，将她拉进怀里，双手抱着她，“老人家身体不好很正常。”他在微笑，可是与暮能看到他眼底的忧色。

“真的没事吗？”她想起奶奶去看过向可卿，该不会是……她想了想，又摇了摇头，应该不可能，艾滋病这种东西虽然恐怖，但没那么容易传染。

“嗯……”傅致一将她抱得更紧，“我有点累，你陪陪我，别说话。”

她不吭声了，窝在他的怀中，不敢也不想动。

傅致一将下巴轻轻地搁在她的头顶，他的怀抱很温暖，心跳也很平稳。这样的状态，让她的心也渐渐平静下来，空气中有一种异常安宁而温馨的感觉……

Part 2

第二天与暮醒来的时候才发现自己已经在床上，而傅致一已不在房间内。

她洗漱完下楼，刚走到客厅便见玄关处的门被打开，傅致一提了豆浆和蛋糕进来：“醒了？”

“嗯。”她走上前，从他手上接过豆浆和蛋糕，很平民的早餐，不像他的作风，“这些是你买的？”

“傅嫂买的，奶奶吃不下，让我带了回来。”

“哦，奶奶没事吧？”

“没事。”傅致一淡淡一笑，似乎不想在这个话题上纠缠，换好鞋后，让她先去吃早餐，自己去厨房洗手。

他出来的时候，与暮已经将蛋糕摆好，将豆浆倒好。

蛋糕是红豆沙的，软软糯糯的，老少皆宜，不是很甜，入口即化。

与暮拿了一半放在傅致一的嘴里，笑眯眯道：“很好吃的红豆沙蛋糕，我从来都没吃过。”

“喜欢的话，以后每天帮你买。”

“嗯。”她点点头，真的很喜欢这种味道。她以前只吃过红豆沙面包，倒真没吃过这么好吃的蛋糕。

“待会儿我要出去一下，你一个人在家里没事吧？不然让李瑶和叶凡过来？”

“不用了。”与暮想也没想就打断，瞥见傅致一疑惑的眼神，她才说，“我是在想，他们马上要结婚了，肯定有很多事情要做，我们就别老麻烦他们了。况且从来都是你们认为我一个人在家里不行，我只是怀着宝宝，又不是有什么病……”说到这里看见傅致一眉头微皱，她忙吐吐舌头，“我只是打个比方。”

“别乱说话。”他语气有些责备，“乖乖一个人待一会儿，我很快就回来。”

“嗯。”与暮脸上露出一抹笑，被他一提起，心里又开始担心李瑶跟叶凡之间的事情了，也不知道他们谈得怎么样了。

等傅致一走了之后，她才跟李瑶打了个电话，电话那头李瑶的语气还是很落寞，说自己不知道该怎么向叶凡开口……最关键的是陆连年又来找她了，说自己正在准备离婚，让她等着他……

怎么一场好好的婚事会变成这样子？说实话，与暮真的讨厌陆连年这个男人，在瑶瑶好不容易能得到幸福的时候又出来插上这么一脚。更多的时候，与暮觉得命运对自己和李瑶都不公平，她们的生活就像一场闹剧，总在看见希望的时候被硬生生地掐断。

如果说只是李瑶的事情都让她感叹命运的波折，那么在中午的时候接到的电话，则让她差一点窒息。

当她匆匆忙忙从家里出来的时候，她竟看见停在别墅门口的一辆宝马，熟悉的身影站在那里。对方看见她的时候，眼神闪过一丝慌乱和尴尬，似乎根本没想到她会出来，并且朝自己走了过来。

“呃……与暮，好久不见，我在这里是等朋……”他话还没说完，就听见与暮带了哭腔说：“谭勋，送我去医院……送我去医院……”

谭勋看见她那样子，根本就没机会问原因，直接打开车门让她坐了进去，然后绕到另一边，上车，发动，车子缓缓前行，他将音乐打开。

“快点好吗？”与暮忍不住催促，看着路边快速倒退的风景，她的心也忍不住紧紧揪起。

“我知道，但是你是孕妇，不适合开得太快。发生了什么事？你先告诉我，别紧张好吗？”

“我怎么可能不紧张？傅致一早上还好好的，怎么会出车祸？如果他出了什么事……如果他出什么事了……”与暮是真的好紧张，连声音也禁不住颤抖了起来。她真的不知道自己究竟做错了什么，为什么不好的事情接踵而来，越想她越觉得害怕，所有的惊慌和恐惧幻化成催促的声音，“快点……拜托你快点。”

车子终于如箭般飞了出去。

终于到了医院的时候，车子已经连续闯了N个红灯，尽管只有半个小时的时间，可对与暮来讲仿佛过了一个世纪。

一下车，与暮便着急地往医院里面走。谭勋忙拦住她：“慢一点，你这样，傅致一没有事，倒是你肚子里的宝宝有事了。”他伸手一只手，迟疑了一下，才抚上她的脸，轻轻擦去她眼角的残泪，眼中蕴满柔情，“乖，别哭了，他不会有事的。”

“嗯。”她点头，过了这么久，他温柔的安慰还是那么有效，就像被打了镇静剂般，她的心也没方才那般慌乱了。

VIP病房相较于其他房间要清净很多，这间病房跟向可卿的显然隔着一层楼。

叶凡已经站在门外，与暮忙走上去，道：“致一呢？”

“医生在里面做检查，你放心，只是小伤，没大碍。”

与暮悬着的一颗心这才放了下来：“怎么会……突然就发生了车祸？”

“只是追尾，傅致一头被撞伤了，晕了过去，不过医生说没什么大事。”

“嗯。”与暮应了一声，便坐在一边不说话。

时间一分一秒地过去，她终耐不住性子：“怎么还没出来？都过去这么久了，会不会有事？”

“不会有事，真的不会有事……”叶凡安慰，刚过去五分钟而已。

“不行，我要去看看。”

就在她要起身的时候，身后传来了一个着急的声音：“哎，奶奶，您走慢点……”

与暮转头，只见傅奶奶被傅嫂搀着走了过来，脸上比与暮还焦急：“与暮，致一有没有事？怎么会出了车祸……”

与暮在看见她那么焦急时，勉强镇定下来："奶奶，致一没事的。只是撞到了头部，医生说没事的……"她用叶凡的话来安慰奶奶，却安慰不了自己。

却见傅奶奶原本担心的脸满是难受和责备，嘴里念叨着："是我害了致一，是我害了他……"

Part 3

一句话让在场的人都意外地看着她，只见她被傅嫂搀扶着走上前握住与暮的手，道："与暮，是奶奶对不起你们，是奶奶做错了……一切都是我，如果不是当年……如果不是……"

她的话没机会说完，因为向可卿打断了她的话："奶奶，不关您的事，您想多了。"

与暮抬头望去，只见穿着病服、外面披着一件外套的向可卿站在不远处，她脸上戴着一个白色的口罩，并没有走得太近，好像知道自己身上有什么病菌会传染。

几天不见，她脸颊两边陷进去了不少，原本就高挑的个子，此刻更显纤瘦了，好像风一吹就会倒一般。与暮看她忽然出现，只觉得有些不对劲的地方，看着一旁欲言又止的傅奶奶，脸色一正，问："奶奶，究竟发生了什么事？"

傅奶奶张嘴欲说，却又被向可卿打断："没什么，奶奶最近身体不好，总是做梦，梦见以前发生的事情，精神有些不清楚，所以总说致一出事是因为自己。"

傅奶奶看着一旁帮自己解释的向可卿，低着头，不知道在想些什么。

如果说与暮有这么轻易被说服的话，那她就不是朝与暮了。

她以前当律师的时候，最擅长的莫过于看着对方的眼睛，在里面找出一些蛛丝马迹。现在傅奶奶表现得那么明显，她不相信其中没有隐情。

"奶奶，您有什么事情就说出来，藏在心里会很难受的。况且您不说，我们也不知道致一的车祸原因，万一以后又发生类似的事情该怎么办？"

此刻的她已经显得比刚才要镇定得多。

傅奶奶还没有开口，就见向可卿想说话，只不过没来得及就被与暮一个眼神给呛了回去："不好意思，我现在是跟奶奶说话，如果你想说什么，等我们听奶奶说完再讨论好吗？"

与暮很久都没用这样的语气跟人说话，干练又直接，仿佛又变回了那个很早以前精明的朝律师。

向可卿被这么一说，反倒真不知道怎么开口了。

对于与暮，她一直都存有一种羡慕和愧疚的矛盾情绪，两种情绪交织着，让她一方面想要对与暮好，一方面又害怕与暮。

傅奶奶眼见事情演变到现在这种样子，与暮说的话不无道理，如果那些事情不说出来的话，她这一辈子都不会安心的。

她叹了一口气，缓缓道来："我一直都知道老天是会有报应的。可是那件事明明不是向可卿的错，如果要报应就报应到我身上吧。"

"奶奶……"向可卿的声音已经有些哽咽。

"可卿，是我对不起你，如果当初不是我硬将你跟致一拆散，你也不会变成现在这样子，得上这样的病。你应该会跟致一幸福地在一起，而致一也不会痛苦那么多年，一直一个人，那么寂寞。"

与暮一怔，抿着唇，不语。

叶凡一只手轻搭在她身上，想要出声安慰，却被她摇头制止，表示自己没事。

"那时候，我很早就看出致一喜欢你，致一从来就没对谁那么用心过。我们很穷，他能为你做的事情不多，但是只要是你的要求，他从来不拒绝。致一这孩子没有坏心眼，但是别人的事情他是很少会插手的，别说是帮忙，就连听都没耐心。可你不同，每次只要是你提出的要求，他都会很乐意去帮你，每次回家都会很开心地跟我说你们之间的事情。我是过来人，怎么会不知道他的心思……可是他还那么小，我是他的奶奶，虽然你对我们有恩，但是我的心还是偏向他这边的……我真的不能接受一个比他大这么多的女孩子跟他在一起。致一从小就被父母遗弃，跟我这个老婆子过，已经很可怜了，我不希望在婚姻里，他还要受委屈……所以……所以我才会求你离开他。那个时候你是爱他的啊，可因为我……你才那么对他，说那些让他绝望的话……是我，是我硬生生把你们拆散了。”

“有时我常想，如果致一知道当年是我求你离开的，他会不会恨我。我不敢告诉他，可是我也遭到了报应，我眼睁睁地看着致一痛苦了那么多年，身边的女孩子不停换，他不停地伤害着别人，也伤害了自己……我真的很后悔。”

“可是……可是有一天，有一天他忽然跟我说他要结婚了，你一定不知道我当时有多么开心，我以为他真的放开了，或者是他真的找到了自己喜欢的女孩子……可是当我第一眼见到与暮的时候，我才发现是自己错了……”她转头，看向一旁的与暮，双眼里满是深深的痛苦，“我第一眼看见与暮，就在她身上看见了可卿当年的影子。”

这句话像一个狠厉的拳头，毫不留情地砸在与暮身上，她脑子一蒙，若不是身后的谭勋扶着，她竟然站不住。

她愣愣地看着眼前的傅奶奶，脑海里浮现的是第一次看见向可卿照片时的熟悉感……其实，在很久很久以前，她就隐约猜到了一些什么。

可是她装作不知道，她以为自己不去想、不去看，把那些秘密埋在心里，就真的没有人知道。

但其实大家都看得很清楚，明明白白，只不过不说出来而已。

然而，她从没有想过，当那个秘密被人揭发出来的时候，竟是这样的痛，这样的鲜血淋漓。

Part 4

“老人家，不要再说了。”要不是谭勋一直扶着与暮的肩膀，她一定会站不住。没有人知道她听到那句话后有多难受，她肩膀的隐隐颤动传递到他手指尖，让他开始担忧。

面对傅奶奶的尴尬与痛苦，与暮选择了对自己残忍的方式。

事实上，很多她不想知道的事情，总有一天会在她的面前被一一揭露出来。与其坐以待毙，不如今天一次性把话说完。

“既然是我要求的，奶奶，您就把话说完吧。这跟致一出车祸有什么关系？”

谭勋想要出声制止，却见与暮朝自己做了一个摇头的动作。

奶奶瞬间又悲伤了起来：“那天我趁致一没来，去看了可卿。自从知道可卿得了那种病之后，我就一直愧疚。一开始因为致一在场，我差点就把当年的事情说出口，但可卿打断了我，我知道……她是不想让致一知道，不想让他怪我。可是我藏不住啊……每天晚上我都睡不着，一闭眼就会想起当年的事情，可卿的面容总是会出现在我面前。当年的她多漂亮，如今却沦落到这种境地。每次见可卿消瘦的模样，苍白的一张脸，我便会怪自己。当年要不是我……要不是我……如果老天真的有报应，就报应到我这个老婆子身上吧，跟可卿没有关系，你们不可以这样待她啊……喀喀喀……”

傅奶奶本就身体不好，这样激动的情绪，让她喉咙口像是被什么呛着了一般，不停咳嗽了起来。

傅嫂忙帮她拍拍背，眼泪已经流了下来：“奶奶，您也别怪自己了，您也是为了小少爷好，当初谁也不知道会发生什么事情。哪个做家长的不希望自己的孩子好？”

“可我硬生生将他们拆散了啊……如果不是我在病房里提起这件事，恰巧被上来寻我的致一听见……他也不会开车不走心，以致出了这样的事情。都怪我……都怪我。”

看着奶奶那样子，谁心里都不好受。与暮别过头，不想相信原来傅致一出车祸是这个原因。

难怪前几天他的状态有些不对，之前她以为是奶奶的病情和公司的工作让他难受，怎么也没想到会有这样的隐情。

她别过头，闭上眼睛，再睁开，恰巧对上了向可卿的眼睛。向可卿一直站在那里，也不上前，似乎是害怕自己的病会影响这边的人。

与暮再看了傅奶奶一眼，她的神情里满是自责，一瞬间仿佛更加苍老了。

“奶奶，您别这样。”叶凡坐了过去，安慰道，“年轻人的事情也不是您一两句话就劝得了的。当年的事情，或许您只是稍微插足了，并不代表您要负全部的责任。而且那么多年了……都过去了，您别想太多了。”

奶奶却听不进去，固执的性格让她觉得自己要负全部的责任，一双眼睛无神地看着前方，眼看就要晕过去。

“如果要道歉，等傅致一醒来再向他道歉。”忽然一抹声音飘了过来，大家转头望去，是与暮。

此刻她已经不需要谭勋的搀扶，而是站在那里，眼神冷静地看着无神的老人：“客观一点说，我觉得您一点都没有错。换成是谁，在那个年代也接受不了比自己孩子大那么多岁的孙媳妇。何况他们两个如果真的有缘的话，也不是您一两句话就能拆散的。您说在我身上看见向可卿的影子，那只能说明傅致一对向可卿的感情强过对方对自己的。别说什么离开他是为了他好的话，如果真心爱一个人，是不舍得看见他受到半分痛苦的。如果换成是我，除非他不爱我，否则，什么年龄差距、身份差距都是废话，在我眼中什么不是。我会努力地留下来证明给所有人看，他选择我绝不会后悔。”

一段话说得满室的人皆沉默。

与暮并不是那么冷情的人，看见老人家那么伤心，她也会心觉怜惜。

她只是生气，生气人为什么总是悲天悯人，自己做错的事情当然要自己去弥补，而不是一个人在那里反复强调那是自己的错，那些口头上的说辞又能给人什么心理安慰？

“与暮说得对……是我跟致一没有缘……怨不得任何人……”最后向可卿喃喃说，像是在自言自语，又好像是心死了一般。

想了那么久，恋了那么久，不甘心了那么久，其实只有一句话，命运让他们遇见，但他们没缘在一起罢了。

要怪也怪她自己当年把自己想得太伟大，以为自己的离开是对傅致一最大的好，却不知道很多事情到了后来都不能挽回。

生活不像电视剧，没有那么多蓦然回首，也没有那么多无尽的等待，当初自己做了什么选择，就得为那些负责。

她转身，像个游魂一样离开，没有人拦住她。

与暮看着她的背影，知道自己的话有多残忍，但是相对于她总是缠着傅致一，与暮觉得：有时候面对女人，真的必须狠心，不然，不是她死就是我亡，那是女人之间永恒的战争。

就在大家都沉浸在自己的思绪里时，病房的门终于被打开，戴着口罩的医生看见外面这么一群人，先是愣了一下，然后才道："小傅爷已经没事了，我给他做了详细的检查，他身体很好，可能是最近太疲惫了，昏迷的时候脑神经也不安宁，我给他打了一针，可以保证他的睡眠，大概明天早上等他醒过来就好了。"

Part 5

"麻烦了。"其他人的情绪都不是很稳定，只有叶凡站起身道谢。

医生大抵也习惯了这种场面，朝叶凡点点头，便带着其他医生离开。

一瞬间，所有站在外面的人都进去了。

叶凡刚想进去，见站在门外的与暮一动不动，问："与暮，怎么不进去？"

"不了，我有些累了，想回去。"她转身对着谭勋道，"谭勋，还要麻烦你送我一程。"

"嗯。"谭勋自然没问题，只是不知道为什么方才那么担心傅致一的她忽然连进去看一眼都不愿意。

疑惑归疑惑，他没有问出口，只是跟与暮一起离开。

外面的太阳暖暖地照了下来，宁市的雪化得特别慢，都两三天了，还是白茫茫一片，在阳光下晶莹剔透。

上了车，与暮才轻道了一句："麻烦你了。"

"没事。"谭勋嘴角微扯，没多说，发动车子，缓缓离开。

这回他没有再闯红灯，车子以平缓的速度行驶。

闹腾了一上午，到了中午时分，公路很堵，回去的时间也显得漫长。

与暮显得有些疲惫，谭勋侧头看见她靠在椅子上闭着眼睛，便将车里的音乐打开。

很早时，她听见这歌的时候总是不以为然地说："这种歌我一向欣赏不来，在我的理解里，不是低调的高雅，就是奢华的催眠曲。"

催眠曲？他轻笑，也只有她能想出这样的比喻。

车子经过两个小时才开到别墅门口，谭勋能清楚地感觉到身边的人睡着了。

她睡着时双手搭在小腹上，那是一种母亲保护宝宝的姿势，可以感觉出睡梦中的她并不安稳，眉头轻轻地皱着。谭勋将音乐关了，拿出车后的毛毯轻轻地替她盖上。看见她额前一缕发丝，他伸手轻轻地替她拂到了一边。

他的手指离开的时候，却被她忽然抓住。

他一怔，心顿时漏跳一拍，却见与暮并没有醒过来，而是嘴上轻喃着："傅致一……不要……傅致一……跑……快……要撞了，跑！"

当她睁开眼睛的时候，额头上已布满细密的汗珠，她怔怔地看着眼前的人，半天没有反应过来。

谭勋看着她那样子，才知道其实她心里并不是对傅致一一点都不在乎的，也许是他们之间发生了什么事情，才让她不愿意现在去面对他。

"没事吧？"他伸手想要替她擦掉汗珠，却发现自己的手还被她抓着。

顺着他的视线看去，与暮也发现了，顿时收了手，有些尴尬地将发轻拢到后面，看了看窗外，道："已经到了吗？"

"嗯。"谭勋也很快就恢复了自然，坐在驾驶座位上，递了纸巾给她，"刚才做了什么梦，吓成那样子？"

"没——"

"没什么"三个字被他打断："梦见了傅致一？"

她看了他一眼，懂得他眼底的了然，也不再逃避，点了点头："嗯……梦见他车祸时的场景，比现实生活中严重……"

"所以你应该放心了。"

"嗯？"她有些不懂，不知道他话里的放心为何意。

"以前不是你经常跟我说的，梦都是反的吗？"

她一愣，竟笑了出来："以前那些话你都还记得啊，不过是说着玩的。"

"但是每次都被你说准了。以前有段时间我经常做不好的梦，你就安慰我说那些都是反的，梦越坏代表生活越好。也是因为你的话，我才成功地走出了梦的阴霾。"他微笑地说。

与暮淡笑不语，转头，几片雪花被风吹得从树上掉下来。过去那些幼稚的话好像都只存在于梦中，那么远，都快要触不到了。

"与暮，有些事情我知道我不应该问，但是……就当我出于对朋友的关心，我不知道你跟傅致一之间发生了什么事情，不过他出了车祸，你不去看看他，这样……是不是不好？"

"不是有那么多人看他吗？"她反问了一句。

"你应该知道，很多时候再多人都代替不了在他心中最重要的那个人。"

"我也不一定会是他心中最重要的那个人啊……"与暮转头朝他一笑，没有丝毫悲伤的情绪，但他就是能感觉到她不快乐，她很不快乐。

"与暮……我开始怀疑，当初我放手是不是对的。"他以为他放手是成全她的幸福，可是看着她现在的样子，为什么他会感觉她不幸福？那种莫名的心疼越来越强烈。

与暮却不以为然："放不放手，现在说这样的问题已经没什么意义了。路是我自己选的，命运是我自己的，我的一切都由我自己负责，直到有一天离开这座城，我也不后悔。"

说后悔无济于事，与暮在心里告诉自己，以后的路，她会走得万分小心，尽量不走错，尽量不做出让自己后悔的事情。

与暮在家里睡了一觉。晚上，睡在医院的傅致一醒了过来，迷迷糊糊只觉有个人影在眼前。

他轻轻叫了一声"与暮"，却不料发现是另一张脸——她戴着口罩，离他并不近，被他的声音一惊，明显有些开心，随即是尴尬。

她是趁着守夜的叶凡出去接电话才偷溜进来想看看他怎么样的。

没想到她刚要转身离开，他便醒了过来。一瞬间，她站在原地，显得不知所措。

而傅致一只是看着她，然后在病房里扫视一圈，并没有看见自己想见的身影，心里顿时划过一抹失落感，问："与暮在哪儿？"

Part 6

向可卿被问得一愣，站在原地不知该怎么答话，随之而来的是难受，没想到在这个时候他最想见到的人还是她。

"我……我也不知道。"她是真的不知道。

傅致一醒来时她已经回病房了，估摸着这个点应该没什么人过来，她才偷偷下来，藏在角落看着叶凡离开才进来看一眼的。

她知道自己没必要躲藏，但不知道为什么就是不想被人知道，只是想自己偷偷地看他一眼就好。

躺在床上的傅致一自然不知道她是怎么想的，也没有力气去猜测她的心思。他从床上坐起来，作势要拔掉输液的针。

向可卿急忙制止："致一！你要干什么?!"

"回去。"说了简单的两个字后，他毫不留情地将针头拔出。

向可卿只能眼睁睁地看着他从床上起来，呆呆地问："你就那么想要见到她吗？"

傅致一一边穿衣服一边道："我不放心她一个人在家。"

路过她身边的时候，他顿了一下："你也回去休息吧。"然后头也不回地离开病房，徒留她一人。

那一瞬间，好像真的有什么在心里崩裂的声音，她听着他淡漠的话，看着他着急的动作，那是为了别的女人，再也不是为了她向可卿。

几个月来，她一直不停地在心中鼓励自己，强自支撑，为的就是她以为傅致一心底还是有些关心自己的。

她以为，至少朋友间的关心也能让她满足。

可是……现在她连这么小小的奢望都没有了。

原来，一切只是她自作多情。

她再也无法假装坚强了。

“为什么……为什么会这样……不应该的……不应该的。”她对着空荡荡的房间，想要哭，可是什么都流不出来，嗓子像被人掐住了一样沙哑。

叶凡从外面走进来的时候，就看见她一个人站在那里，床上空荡荡的，有病人离开的痕迹。

他看着眼前的向可卿，从来没见过她这样的苍白和无助，凄凉得好像被全世界遗弃了一般。

他走上去，担心地叫道：“可卿姐，没事吧？致一呢？”

她没说话，嘴巴里喃喃地不知道在说些什么。

“可卿姐？”叶凡皱眉，感觉有些不对。

他刚想要叫医生，却被她一把拦住，她转眸，神情淡漠地看着他：“走了……他再也不会回来了。”

叶凡不明白，她也没有解释，只是放开他的手臂，转身往外面走去。

她的身子虚弱，脚步不稳，就像随时会倒下。

叶凡看着她不平稳的身子，赶忙上前去扶她，却被她给拒绝了：“叶凡……别对我这么好了……反正……我也活不了多长时间了。”

叶凡想要开口劝慰，她却没有给他机会，转身沉默地离开。

命运给每个人都创造了一段感情，叶凡不知道当年向可卿选择离开是对是错，如果是他，就算是天王老子，他也不会放弃。可是不放弃真的是一种正确的选择吗？有时候坚持了错误的选择，也许会让那段感情留下更大的遗憾。

而此刻待在家里的与暮正在享用着自己和宝宝的一顿晚餐。有了宝宝之后，每次只要是她一人吃饭，她就会跟宝宝说很多话。

有时她胃口不好，跟肚子里的宝宝说了一会儿话，就好像有了他的加油打气，会吃得很多。

“宝贝，爸爸还在医院里，之前你叶凡叔叔已经打电话说他醒过来了。妈咪没有带你去看爸爸，你会怪我吗？”

“其实我也不想这样的，只是有时候……真的不知道该怎样面对他。宝贝，你能理解我吗？”

“很多时候，妈咪并没有想象中那么坚强，我没有离开他的原因，除了你之外……还有就是……我真的很爱很爱他。宝贝，你能懂我吗？”

她说完这句话后，只感觉肚子被轻轻地踢了一下。她脸上露出微笑，好像是在跟肚子里的宝宝进行着只有他们才知道的对话。

她不知道的是，落地窗外，傅致一沉默地望着这一幕。

在多少个没有他的夜晚，她就是这样跟肚子里的宝宝说话的吗？

Chapter 12 他跟着她走了

Part 1

与暮没有注意到外面的景象，落地窗的窗帘是白天打开的，那时候阳光明媚，她不想让客厅错过那样的温暖，孕妇的记性向来没平时那么好，在其他方面也做不到精细，晚上忘记拉起窗帘是极其正常的事情。

所以，当她在餐桌上并不是很有胃口地将饭菜都塞进嘴巴里的时候，傅致一在窗外看得一清二楚。

当她将盘子里的蛋炒饭第三次塞进口中的时候，傅致一已经用钥匙把门打开，直接走进来将她手上的小勺拿开。

与暮被他的举动吓了一大跳，还以为是强盗闯了进来，一看是他，便又不解：“怎么了？”她不明白他的气从何而来。

“没什么。”他闷闷的，不再说话。她看了他良久，最终也没说什么，只是转身重新拿起小勺要吃饭，却又被他给拿开，这一次，他直接没好气地将勺子丢进垃圾桶里。

与暮无奈："傅致一，勺子跟你有仇吗？"

勺子跟他没仇，但是她跟他有仇。

但以他的性格，他自然不会说出口。

只见他沉默地走到一边的柜子边，不知道从哪里抽出了一本美食书摔到她跟前："看看想吃什么。"

与暮意外地看着那本书，也不知道它是什么时候有幸出现在这栋别墅里的。

要知道以前的傅致一收集这种书简直就是天方夜谭。

她翻了一两页就发现几道熟悉的菜式，脑子一转，才发现都是最近傅致一弄给她吃过的东西……她一直不知道原来他竟是照着食谱做的，难怪会从一开始的不怎么样渐渐变得味道很好。

聪明的她自然不会去拆穿傅致一的做法，以他那种骄傲的个性，说不定被拆穿了以后他就再也不做了。

不过话说回来，自从他的厨艺进步了之后，做的东西倒是比她做的还要好吃，连叶凡和李瑶那天都啧啧称赞。

她将食谱阅览了一遍，指着上面的一道菜道："这道看起来很好吃的样子……这道也不错……"

最后的结果是，他把所有她觉得不错的菜式都做了一遍，一顿原本只有蛋炒饭的晚餐顿时变得极其丰富了起来。

与暮渐渐发觉，原来傅致一好像真的有在慢慢地改变，变得对她那么好……过去这么久了，她才发现。

可是每次她提起的时候，他总是会一副不冷不淡的样子："我只是怕孩子没营养，我才不要你生出丑八怪。"

什么叫生出丑八怪？话真不好听。

但是，与暮还是很淡然地接受。

后来，在他越来越精湛的厨艺下，她的食欲明显增加，有时候晚上她还会摇醒他："傅致一，你儿子女儿说他们饿了。"然后他会乖乖起来替她煮夜宵。

为什么说是儿子女儿？因为从一开始傅致一就说她肚子里的孩子一定有两个，不然肚子不会那么大。与暮总是说每个怀孕的女人肚子都会这么大，他却怎么都不信，在这方面很坚持，所以每次她都会“儿子女儿”地在他面前叫自己的宝宝。

比如——

看到食谱上的美食、可爱的小饰品，她只要加一句一“你儿子女儿想吃”、“你儿子女儿说好可爱”……

他会蹙眉一会儿，然后沉默，完全无异议地听命照办。

当然，这样的举动偶尔……也是她心怀鬼胎的小报复。

谁让他以前那样对待她，如今好不容易能够找到机会惩罚他一下，不好好报一下仇，她会觉得很可惜的。

后来想想，她觉得以前的自己，每次在喜欢一个人的时候都会想着有没有爱情，有没有未来，其实那些东西到了现在也不是那么值得探究了。人生那么长，未来的事情总是不在自己的预料里，今天幸福，你又怎能知道明天的生活会是怎样的？最好的方式就是珍惜现在，至少这一刻，她能真实地感觉到他对她是全然在意，虽然他说是为了孩子，但似乎，未来，不是全然没有希望。

那天晚上躺在床上的时候，与暮才想起来，问：“不是说明天才出院的吗，怎么今天就回来了？”

拿着衣服正要去洗澡的傅致一一顿，站在原地一秒，没有说什么，然后继续往浴室里走去。

与暮知道他是在生自己的气，大抵是在气她在他生病的时候都没有在他身边。

可是她也生气啊……气他还是那么在乎以前，气就因为那段已经过去了很久的过去，他可以那么不注意自己的安危……他懂不懂，他现在已经不是一个人了，万一在那场车祸中他真的出了什么事，她跟宝宝该怎么办？

带着这样的心情，他沉默，她也就沉默了，结果两个人都沉默，什么建设性的心里话都没有说出口。

那时的与暮只是在想，如果每次都是她主动把话题引出来，什么时候他能知道，两个人在一起，很多事情是要沟通才能得到解决的？

可事实证明，傅大少爷虽然开始学习对人好，但没有细心地想到这一点。

最最关键的是，他也许根本就没有想过与暮生气的根源。

与暮去过医院，但那时候他是昏迷的，所以在他的印象里，与暮是没有去过的。

他很生气，很失落……但是过后，又会想起与暮这几天来对自己的淡漠……在他看来，也不过就是感情的淡漠……他并没有想太多。

所以，一向不会为这种事情纠结的小傅爷，在后来几天的工作忙碌中逐渐将这件事情遗忘在了那天夜里。

Part 2

接近年底，公司的事情很多，身为四海阁的小傅爷每天都很忙，无数份文件、无数的会议好像无止境地侵袭而来。

在这样的情况下，他还是经常会接到王璇的电话。

向可卿最近的情况越来越不好，他早就听奶奶说过了，不过他还是硬着心肠没有去看。说他薄情也好，没良心也罢，他现在唯一想做的事情就是不希望与暮再受任何刺激。每次看见她吃自己做的饭菜吃得那么开心，看着她被自己一点点养得圆润，他便不想任何事情打破现有的安宁。

在这之前，奶奶也无数次劝过他，后来是他发了一大通脾气，才让她停止了在自己耳边的唠叨。

其实老人家就是内疚，因为岁数太大了，一时间也会迷糊。

但话说回来，一边是对自己有恩的人患了那么严重的病，另一边又是孙媳妇怀孕都快生产了……左手是肉，右手是肉，老奶奶年龄那么大了，自然有时候是左右为难的。

倒是王璇，小女生一个，总是打电话过来，傅致一一直都冷漠以对，但是小女生好像永远热情似火，不知是真不知道他不耐烦还是假装不知道，一天三个电话是必不可少的。

傅致一本就是个没耐心的人，后来直接把手机关机，一个都不接。

结果小女孩竟打到公司来了，每每听见小倩胆战心惊地说有个女孩找他，他就烦。

结束了一天的忙碌，回到家的时候，他才发现与暮坐在客厅的沙发上睡着了。

屋子里的暖气很足，许是因为前几天他的教训，这一次，她有记得帮自己准备一条毛毯盖在身上。

他忙碌的这几天都是托叶凡找李瑶来陪着她的，虽然她只是怀孕了，但放她一个人在家里，他是无论如何都不放心的。

他揉揉额头，有些疲惫。

下午在办公室里太烦躁，他喝了一点红酒，拿文件的时候酒杯不小心被弄倒，酒洒在了身上。他放轻动作，到楼下的浴室迅速洗了澡出来，发现沙发上的她已经醒了过来。

“今天好像比平常早回来？”

“嗯，推掉了没必要的应酬。”他问，“饿不饿？要不要吃点什么？”

“不用了，儿子女儿说他们不饿。”她微笑，“倒是你自己，回家之前有没有吃东西？”

“吃了。”他说。实际上，经她提醒他才想起自己忘记了吃饭，不过他隐藏得很好，骗人都能让对方没有丝毫的怀疑，“好了，不早了，睡觉吧。”他不想多说，隐隐觉得胃开始有些不适了。

“哦……”与暮没有察觉到他的不适，伸手要抱，试探地问，“今天能陪我一起睡吗？”

“嗯。”原本要踏出被窝的修长身子重新回来，用舒服的姿势将她抱着，轻声应道，“可以。”

这些天因为工作忙，所以他经常通宵加班，留她一个人睡觉，偶尔工作空隙他也会进房间看看她睡得好不好。

今晚她提出了要求，即使再多的工作在等着他，他也可以为了她暂时放下。

在感情方面单细胞的傅致一从来没有思考过这是不是爱的问题，他只知道自己越来越将她放在心上……起初是因为对过去的内疚，后来演变成了一种习惯……甚至在繁忙的工作之余，他都会想起她在家里好不好，有没有发生什么事情。

因为傅致一在身边，与暮很快就睡着了，这一觉睡得很平静，只不过到了半夜的时候还是醒了过来。

傅致一已经尽量让自己的动作轻一点了，没想到还是吵醒了她。

与暮迷迷糊糊地睁开眼睛，对他手抚着的地方很敏感，因为刚醒，声音有些沙哑，道："又胃疼了吗？"

傅致一也没有否认，只道："你睡你的。"然后下床找到了胃药，吃了一片，才发现杯子里已经没了热水，便转身去倒。

就在他下楼的时候，卧室里的电话响了起来，只响了一下便断了，他也没在意，走到厨房里倒了杯水，想了一下，还是在客厅里拿起电话听，里面传来一片嘟嘟的忙音。

上了楼，他走进卧室，意外看见与暮已经坐起来，一双黑溜溜的眼睛瞅着他。

"刚才的电话是你接了？"

"嗯。"她点点头，看着他手中的杯子。

"谁？"

"不重要的人。"她轻描淡写，"倒是你，晚上跟我说吃过饭是骗我的吧。"

傅致一一顿，没解释，径自躺回了床上。

这一次与暮却没那么好说话，盯着他："以后你要是再敢骗我没吃饭说成吃了，我一定不理你了。"

"……"

“这么大的人了，怎么不懂得照顾自己？明知自己的胃不好，一不吃饭就疼，你就不能花点心思照顾你的胃吗？我在身边都是这样，要是我不在身边你怎么办……”

“会吗？”

她说个没完，被他忽然吐出的两个字问得一愣：“什么？”

他转头，墨色的眼沉静如夜：“我说，会不会有一天你不在我身边？”

“我只是打个比方……”

“我想知道答案。”

与暮不明白他的坚持从何而来，叹了口气，道：“我不能保证，说真的，有时候我觉得我们真不合适，可是有时候我又觉得我们能够在一起，我甚至能看见一点点未来的可能……傅致一，不要问我这样的问题，就像我从来都不会问你爱不爱我一样，因为我知道你心里其实也没有一个准确的答案，不是吗？”

后来直到两人重新睡下，傅致一都没有说话，可是当与暮快要睡着的时候，她听见黑暗中他低低的声音：“我希望你永远不要离开我。”

很多年后，与暮总想起那个晚上他问那句话时的神情和这句话的意义，她能确定的是，那个时候他是真的不希望自己离开。可是这世界上每个人都是独立的存在，谁也不能陪着谁到永远，百年后我们都化成了灰，谁也不认识谁。

李瑶最后的决定还是跟叶凡结婚，这个结果并不意外。

从一开始，与暮便猜到了答案。让人感觉安慰的是，李瑶告诉与暮，只要婚礼一结束，她就会找机会把孩子打了。

“也许他本就不属于这个世界。”与暮还记得那天在别墅的天台上，李瑶仰望着蓝天的神情，“我只希望他不要恨我，恨我这么狠心。”

事情到了这个地步，这种方式的确是对叶凡最好的，可是看见她那么落魄的神情，与暮又好想说：既然叶凡不介意，就不要打了……

这样的话她还是没说出口。

很早她就知道了，自己选择的路，自己做过的事情，自己是要负责任的，

"我知道你想说什么。"李瑶看着她欲言又止的样子，笑着说，"因为你是我最好的朋友，所以你想的那些一定是站在我这边的。可如果客观一点说，我只是一个陌生人的话，你一定也会支持我这么做对不对？或者……你还会诅咒像我这样女人一辈子得不到幸福。"

"瑶瑶……"

"没关系……"她摇摇头，"真的没关系，不管别人怎么说我，只要你理解我，我就很开心。与暮，我这辈子没做过什么错事，最错的事情就是爱上一个不该爱的男人，所以老天爷惩罚我，要我亲手杀了自己的孩子……可是与暮……我还有叶凡，我相信他一定会给我幸福的。"然后她忽然举起右手，"我李瑶现在发誓，如果跟叶凡结婚了之后，我还跟陆连年有任何联系，就让我天打雷劈不得好死！"

"我不要你发那么毒的誓……"

一个声音插了进来，与暮和李瑶皆一愣，转身，才发现叶凡倚在天台门边，一副慵懒的样子，也不知道他在那里站了多久，听了多久。

"叶凡……"李瑶轻叫了一声。

叶凡走过来，像拍小女孩似的拍拍她的头："小傻瓜，我说的那些你都当我是开玩笑的吗？我说我会帮你照顾孩子，就如自己的一样，是真心的。"

"我知道。但是……"

"但是如果你执意不想要，我也不会拦住你。你要知道，我是真心不介意，我只是希望你能快乐。如果孩子没了，你能安心地跟我在一起，我也不会反对，以后我们还可以生很多很多孩子。不过如果失去了这个孩子会让你一辈子都对他内疚的话，我宁愿你什么都别想，把孩子生出来，我们一起好好照顾孩子。我不希望在你以后的生活中有任何现在遗留下的阴影，你懂吗？"

原来……深情的男人说话的时候可以帅成这样的。

与暮看着叶凡一脸真诚的表情，还是那句话，这个外表滥情、内心执着的坏男人，只有每次面对自己心爱的女人时才会如此认真专注，帅得不像话。

Part 3

当与暮因为李瑶和叶凡的婚事最终确定下来，心情开始变得更好的时候，那天早上，傅奶奶忽然出现在别墅里。

她的出现让与暮很惊讶，但看见她脸上的神色和因为不安而搓动的双手，与暮似乎能猜到她这次清晨的登门造访是因为什么事。

“奶奶先进来坐吧，致一出去买早点了，待会儿就回来。”她今天忽然想吃上次他从医院里带回来的红豆沙蛋糕，早上跟他说了，他便开车去买了。

他已经出门有一会儿了，估计很快就能回来了。

与暮到厨房倒了一杯水给奶奶，然后就坐在她身边，也不知道该说什么，便开了电视。她能感觉到奶奶有意无意地打量着自己，一副欲言又止的样子，让她更加确定了之前的想法。

不过对方不开口，她自然也没有开口的意思，毕竟那些事她真的一点都不想听。

好在没多久傅致一就回来了，傅奶奶一看见他，立马激动地从沙发上站了起来。等傅致一将手上的东西放下，还来不及开口，她就冲上前拽着他的手说：“致一，跟我走。”

傅致一被她扯出几步便拉住她，皱眉问：“怎么了？”

“别问那么多，跟我走便是！”她似乎不想说那么多，只想傅致一跟她走。

“奶奶！”傅致一的眉头皱得更紧了，“您不说原因，让我跟您去哪里？与暮还没吃饭，我还要帮她做早餐。”

她似乎没想到还有这一茬，顿了一下，看着身后桌子上的红豆蛋糕，问：“你刚刚……刚刚不是有买蛋糕吗？”

“她还需要一杯牛奶。”傅致一说。

“哦……那……那你快泡吧。”

傅致一有些无奈了：“奶奶，你确定不要跟我说什么事？与暮昨天晚上说今天想喝粥。”

傅奶奶一听这话，开始犹豫不决起来。

与暮坐在一旁，并不掺和他们的对话，只是打开包装精致的红豆沙蛋糕，拈了一块塞进了嘴巴里。

最近她爱上红豆沙蛋糕，每次放进嘴里就觉得肚子不饿了，嘴巴也不那么馋了。只是，她今天吃了蛋糕，为什么肚子还是隐隐生疼？

她不是没有收到奶奶传递过来的信息，奶奶在告诉她，希望她能开口让傅致一不要那么忙，希望她能开口让傅致一跟自己走。可是那又怎样？她不想做的事情谁都逼不了她，就算是傅致一也一样。

傅奶奶终忍不住，道："致一，可卿真的快不行了，你就跟奶奶去看她一眼吧，啊？"

傅致一眸光一凛，没想过一大早就听到这样的事情，他站在原地不知道在想些什么，脸上的表情冷得吓人。

傅奶奶却误会了他的意思，以为他不想去："就当奶奶求你了，奶奶从来都没要求你做什么事情，这一次你就顺了奶奶。我看着可卿一天一天憔悴下去，真的很难受。她只想见你一面，只是希望你能带着她在宁市再游览一遍，她真的没有多少时间了。致一，你就去陪陪她吧。"

傅致一一言不发，居然转身就要往门外走去。

他还是放不下的啊……与暮闭上眼睛，再睁开。

"傅致一。"她在身后叫住他，看着他顿住的脚，以及转过身的侧颜，"我一直都很想问你一个问题，也许很俗气，但是我真的很想问。假如有一天，我和向可卿都掉进水里，你会救谁？"

傅致一还没有回答，傅奶奶却忍不住道："小丫头啊，现在这么紧急的关头，你不该在这时候问致一这么无聊的问题啊。"

无聊？原来向可卿重要，她只是无聊啊……

只是她的心好疼……肚子……也好疼啊。

"我很快就会回来。"这是傅致一的保证。

可是她还能相信吗？她不应该忘记，他说话……向来很难算数的。

"如果你去了的话，就不用回来了。"她强忍着，逼着自己说这样的话。

肚子疼痛的感觉越来越强烈——傅致一……其实我并没有那么坏，只要你留下来，我会让你做一个选择，是选择你即将出世的孩子，还是另一个女人……我很公平，无论你选择的是谁，我都不会怪你，我只会认命，只要你此刻留下来……

可是……

“与暮，你不要这么冷漠。”他责备道。

她冷漠？难道对于抢自己丈夫的女人，她需要表现得落落大方吗？

她不知道自己为什么要做什么幼稚的游戏。她不是很早便知道他傅致一选择的人不会是她吗？为什么她还要用宝宝的安危来下这一场赌注？

所以……她输得一点都不剩了吗？

宝宝，你听见了吗？你爸爸说我很冷漠呢！是啊……我是很冷漠，忍着疼，不顾你的感受，想要知道我在你爸爸心里有多重要。我做了那么多，换来的只是他的一句“冷漠”。还是妈咪的错吧……当初我不应该带着你回来的。是我太傻太蠢，在这样的情况下还以为能有未来。

与暮闭上眼睛，咬牙，只希望他们快点离开。

Part 4

“我会尽早回来。”这是傅致一出门前的最后一句话。与暮闭起眼睛，不想听，不想看。恨吗？真的很恨，她没有自己想象中那么伟大，真的做到把什么事情都看得很淡很淡。

“是啊……与暮，有我在，我会让致一很快回来陪你的……唉……”那一句叹息仿佛是在责备她，觉得她自以为成了傅致一的妻子，便可以连自己这个做奶奶的都不放在眼里了。

与暮想笑，不知道为什么会有那样的感觉……他这一去，这些日子的平静与幸福都会化为乌有。

耳边传来关门的声音，一切都归于宁静，她的心却不平静，肚子抽痛的频率越来越高，她整个人坐在沙发上缩成小虾米。

怎么会这么疼呢？是不是快要生了？

她咬着牙，抖着手拿起座机，此刻脑袋里却记不起任何一个电话号码……只有……

像是赌气一般，她倔强地不打。不要……她不要找他。也许……她想，也许只是宝宝不乖，在捣鬼，所以她的肚子才这么疼，说不定再等等……再等等她就不这么疼了。

可是肚子越来越疼的感觉让她越来越害怕，眼泪忍不住流了出来……不要……她不要用自己的宝宝下赌注，她不要因为自己的尊严而让宝宝有什么事情……

她颤抖地重新拿起电话，拨了傅致一的手机号码。

可是很快，电话里面传来冰冷的女声："对不起……您拨的号码已关机……"

她不知道的是，因为不想王璇整天烦他，他已经将手机关了很多天。

那时他每天都会打个电话回家确定她的安全，晚上也会准时回家，便没想到有一天她有需要的时候会拨打他的电话。

他也是人，人总会有粗心的时候，总会有考虑不周的时候。

她连续拨打了三次电话，都是相同的回应。

难道就连老天爷都觉得他们之间真的不该有继续维持下去的事情吗？与暮捂着肚子起身，艰难地几乎是爬到楼上去拿手机。

当她快要爬到楼上的时候，脚因为肚子疼而一崴，差点从楼梯上面摔下去。她咬唇，不断地安慰自己："朝与暮，你要坚强，你一定要坚强……宝宝……你要好好的，妈咪一定会让你平平安安地出世。"

她开始后悔自己的任性，后悔自己刚才为什么要那么幼稚地跟自己做一个那么蠢的游戏。如果……如果她当时告诉傅致一自己肚子疼，也许……也许他就会留下来……她现在……就不会这么无助了……

当她好不容易走到房间的时候，她已经疼得在地上起不了身，肚子的疼痛让她几乎快要昏厥，在意识模糊之际，她用手机拨通了另一通电话。

现在也只有他们能帮她了……

另一边，当傅致一和傅奶奶坐在车里的时候，傅致一只觉得额头隐隐作痛。

不知道为什么，从离开家开始，他的心便很不安。他拿出手机，开了机，看见好几个未接电话，其中有一个是从家里打来的。他眼皮一跳，想了一下，顺着号码拨了回去。可是响了好久，直到电话自动挂断，都没有人接听。

会不会有什么事？他脑海里浮现了这一句话……下一秒就被否决——也许是她还在生自己的气，气自己刚才离开，再加上关了机，让她以为自己是针对她才关的，所以也就不接他的电话了？

傅致一一向是个理性的人，但是他不知道的是，这种理性用在工作上或许是很好的，用在感情上就没那么准了，有时候事实甚至与他的想法有着天壤之别。

就在他发呆的时候，手机被人一把抢过，直接又被关了机。

只见傅奶奶一副生气的样子道："致一啊，你有没有听见奶奶讲话啊？"

略带责备的声音让傅致一收起了不安的心绪，他转头看着奶奶，问："怎么了？"

"唉……别怪奶奶说你，你怎么对可卿的事情那么不上心呢？"

"……"

"刚才与暮在那里，我不好说……其实这次让你来，是希望你抽出三天的时间陪可卿回美国。"

"去美国？"

"是啊……"傅奶奶感叹道，"医生说她没多少时间了，她在美国还有一些挂念没有处理完……还有……你记得当年你在美国留学的那所大学吗？当年可卿偷偷地在大学角落里看过你……她最大的心愿就是跟你一起在校园里走走，光明正大的那种，不用像她多年前那样躲躲闪闪。"

其实，向可卿只是希望自己能跟傅致一两个人待在没有人认识的地方，即使只有三天的时间她也会很满意，所以才找出这样的借口。

别怪她自私，这世界上有谁不是自私的？况且在她的认知里，自己即将去了……与其带着一个永远都无法释怀的遗憾，还不如在自己临死之前实现，就算最后要自己一个人离去……她都不会害怕了，因为她会抱着那段记忆一起离开，那时候的她应该就不是孤单的吧！

傅致一没有回应，但听奶奶继续道：“我知道这个要求有点过分，但是致一，就这一次……只有这一次了。你就帮可卿完成这个心愿好不好？奶奶从来没拜托你什么事情，你就当是报答奶奶这些年对你的养育之恩好不好？”

这些年来，傅奶奶把傅致一带到大，吃了多少苦，从来不抱怨，如今，她居然用养育之恩来求他答应，想必向可卿是真的快不行了。

Part 5

叶凡和李瑶急急忙忙赶到别墅的时候，却发现别墅的门是锁着的，敲了半天的门，里面也没有反应，打电话也没有人接。李瑶急得团团转，忙问叶凡有没有打电话给傅致一，结果是——

“已经打了很多次，那边关机。”

“怎么这样啊！”性子火暴的李瑶已经忍不住了，“他到底去哪里了？这个时候还把与暮一个人丢在家里，丢家里也就算了，还关机，他到底是想怎样啊？万一与暮和宝宝有什么三长两短，他……他……”

说到后面她已经说不下去了，生怕自己的乌鸦嘴说出什么不该说的话。

“别急。”还是叶凡显得比较镇定，“与暮可能在里面没力气开门。”说着，他打了一个电话，很快便有一个穿着笔挺西服的男人带着一个开锁匠过来。

好在大门只是用普通的锁锁住了，需要指纹的那道门没有锁上，很快大门便被打开。

“与暮！”李瑶迫不及待地冲了进去，可是客厅里空空荡荡，根本就没有与暮的身影。

“可能在二楼。”叶凡提醒道。

“对！二楼！”脑袋已经因为着急而混沌的李瑶急忙往二楼跑去，刚走上楼梯便听见与暮轻微的声音，她跑进卧室，看见的就是与暮捂着肚子倒在地上。

与暮看见她，迷迷糊糊叫着：“瑶瑶……疼……好疼……”

李瑶看见与暮的样子，脑海里浮现的第一个想法就是，如果傅致一在这里，她一定会当场把他杀了！他怎么能这样对与暮？如果……如果她跟叶凡恰巧不在宁市，如果……如果……她闭上眼睛，不敢想下去。

“与暮……”她走到与暮跟前蹲下，眼泪瞬间就掉了下来。是她的错，她明明知道傅致一不可以相信，当初还支持与暮回来。如果……如果她当时不做墙头草，不让与暮回来……与暮现在就不会是这个样子。

“与暮……对不起……”

她脑袋里空空荡荡，只剩下满满的愧疚，却不知道现在真不是愧疚的时候。

叶凡走上来的时候，看见的就是李瑶哭得眼泪汪汪，与暮满脸痛苦的表情，他忙走过去，跟李瑶说了声：“快，叫救护车，与暮好像快要生了。”

李瑶这才反应过来，忙打电话。

耳边是嘈杂的声音，空气闷闷的，让与暮透不过气。

与暮感觉自己好像要疼死了，就连平常胃疼得在床上翻滚相比于这种疼来说也只是很小很小的疼痛了。

怎么会这么疼呢?

她想要睁开眼睛，可是怎样都睁不开；想要努力地听清身边的人在说什么，却怎么都听不到半个字。

此刻的她开始后悔，后悔之前跟傅致一吵架。她好希望他能在自己身边，就算什么都不说、什么都不做也好，只要能看着他，就能给她好大的勇气。

有人说，人在最痛苦的时候想到的那个人一定是心中最爱的那个人。

与暮醒来的时候已经到了医院，李瑶一见她睁开眼睛就扑了过去：“与暮，你醒了，你没事吧？”

与暮的神志还没有恢复，她只觉肚子还在疼，看着眼前的人，有穿着白大褂的医生、护士，还有李瑶跟叶凡，却没有她最想见的那个身影。

与暮已经没有力气回话，肚子还在疼，李瑶和叶凡都穿着绿色的隔离服陪产。她虚弱地说了一声：“我……要生了吗？”

“是啊……”李瑶握住她的手，“与暮，你要加油。还有肚子里的宝贝，别再折腾你妈咪了，快点出来吧！”

她看与暮那么难受，便把医生方才说过的话说了一遍：“医生说现在你只开了二指，还未到时候，但是你别担心，我和叶凡都会一直陪在你身边。你一定要加油哦，如果实在……实在不行，开刀也不是不行的，一刀下去什么事都没了……”

说到后面，她都不知道自己在说什么了，眼泪流得比与暮还多，就像躺在床上受苦要生孩子的人是她一样。

叶凡拍拍她的肩膀：“别哭了，你这样一哭，与暮肯定更难受了，她本来就疼。”

“嗯。”李瑶擦干自己的眼泪，笑着对与暮说，“你看我，生孩子是好事，我干吗哭呀！我应该笑的，我们家与暮有小宝贝了，我就快要做干妈妈了。你看，生活也不是完全没有希望的，我们当年在学校里的约定就快要实现了。”

“别哭了……傻瓜……”与暮虚弱地露出一抹笑容，脑子里浑浑噩噩的，神志不太清醒了。

李瑶看着她那样，直问身边的医生：“怎么还不生呢？为什么非得到开了十指才生呢？你看她都疼得不行了。”

医生被问得无奈，最终道：“那人工破水吧！”

李瑶也不知道什么是人工破水，反正只要躺在床上的与暮不会一直这么疼着，她便连忙说好。

于是护士便要带着叶凡出去，让他签字。

本来签字这种事情是要亲人才能做的，可与暮的亲人都不在身边，傅致一也是……

医院对叶凡的身份熟悉，传说中的叶少签字还有什么是不能保证的？

就在叶凡走的时候，与暮忍不住问了句：“傅致一呢？能让他过来吗？我真的好想他陪在身边。”

叶凡不知道，傅致一也不会知道，只有李瑶知道，与暮说这句话需要多大的勇气。她什么都不介意了，什么都释怀了，此刻只要傅致一在身边就好。

可是……可是他人去了哪里？他手机关机，当叶凡好不容易动用身边的关系得到傅致一的消息时，他们才发现他居然陪向可卿去了美国。

•

Part 6

如果与暮知道的话，她还能坚持生下孩子吗？李瑶没有亲身经历过生孩子有多痛苦，但是无数的电视剧、小说，甚至身边的朋友，她都是看到过的。那是怎样的一个过程？就好像从地狱走过一圈。如果碰上的是难产的话……

开始生的时候叶凡只能在外面等待，陪在她身边的只有李瑶，可是……可是好像还不够……

与暮眼前越来越花，越来越模糊，肚子越来越疼，她心里充满了恐惧，早已忘掉了刚刚过去的争吵和愤怒，忘记了傅致一冷漠的面孔，下意识地，只想要一个最最亲近的人在身边。

“与暮……”

朦胧中好像听见了他的声音啊……这世上，谁才是她此刻最想见到的人？与暮知道自己现在的情况一定糟糕极了，她泪眼蒙眬，意识都已模糊，嘴里断断续续喊着：“致一……我想要致一……”

李瑶握住她在空中挥动的手。这个时候她能去哪里给她变出一个傅致一来？他去了美国，去了美国啊……就连手机都因为在飞机上而关了机。如果……如果能听听他的声音，对与暮而言也是好的吧……可是……

“致一……帮我找致一……”

李瑶急忙安慰她：“与暮……我帮你找，你别哭，别担心……”

“瑶瑶……帮我找到他，我真的好想见他……真的好想他在身边……”

剧痛的感觉一次强过一次，仿佛是人生中最大的痛苦，她的额头慢慢被汗水打湿，头发贴在额头上，耳边是医生和护士加油打气的声音，可是不管她怎么用力，她还是疼啊……

整个身子仿佛被撕裂了一般，模模糊糊的意识里，她睁大眼睛看向门口，没有人……没有人啊……傅致一是不是还在生气……他还在向可卿那里吗？为什么他都不来看一下她？

“傅致一，你不开心吗？”

“没有。”

“那你在想什么？”

“没什么。”

“嗯。”

“真的没什么，就是不想说话。”

“嗯。那你一个人沉默吧，我要睡觉了，屁股都坐麻了。”

“睡得着吗？”

“睡不着，但是被窝里更舒服。你要不要进来发呆？”

“与暮，今天是我们的新婚夜。”

“……”

“你这是在邀请我吗？”

“当我什么也没说！”

“与暮，说了怎么可以当没说？”

她不知道为什么在这样的时候，想起的全是他的温情。

“傅致一，你那么聪明，帮宝宝取一个名字吧。很想知道像你这种天才会取怎样的名字！”

“我不是天才。”

……

“以后家里会多出一个小怪物，很吵。”

“喂！那是我们的宝宝，不是小怪物。”

“嗯。”

傅致一……我们的小怪物就要出生了，你怎么不来看看？你真的一点都不期待吗？你这样，小宝贝会很难受，我都能感觉他们一直躲在我的肚子里不舍得出来……傅致一……你能听见我叫你吗？你能感觉到我有多需要你吗？

当初，是他将她从谭勋的阴影里解救出来的，是他在她失落的时候用强硬的方式让她坚强下去的，正是因为如此，她才以为自己和他之间会有一些不同的东西，以为他对自己是特别的。

她好不容易说服自己去相信他，去接受他也许在感情上不成熟，但是总有一天能给自己幸福。她怜惜他的孤单，心疼他那么爱另一个女人，可是……为什么他偏偏从来不能替她想一想？为什么……他从来就不会心疼她，哪怕是一下下也好啊……

为什么啊？

她的眼睛睁得好大，身子竟在微微地移动，仿佛要跳下床，找到他。

只有他在她的身边，才是最大的依靠，才能缓解这样无尽的痛苦。

他曾说过的话还在脑海里，可是，她望眼欲穿，眼前没有他……只有记忆里的声音在脑海里回荡……不够的……那些话都不够安慰她……

Chapter 13
喜讯

Part 1

然后……然后她看见一个身影走了过来，满是焦急地跟李瑶说什么。然后李瑶好开心，从他手中接过手机，递到她的耳边。然后……他的声音就从另一端传了过来。

“与暮？”

“……”

“与暮，听见我的声音了吗？我是傅致一……对不起，我不知道你快生了。我正在赶去的路上……与暮，你能听见吗？回答我好吗？”

人是一种很奇怪的动物，前一秒明明还那么期盼这个人的声音出现在耳边，可是这一秒，这声音对她来说可有可无。

与暮不知道自己为什么会有这样的感觉，只是心里有种奇怪的情绪在撕扯着。她的手一挥，也不知道是有意还是无意，李瑶手中的电话“砰”的一声被挥到地上，那么大的力度，电话因此挂断。

李瑶吃惊地看着地上的电话，再看看与暮，她没吭声，只是咬着自己的唇不断地用力，她的脸上满是汗水和泪水，交织得已经分不清。李瑶隐隐地看见她几乎将自己的唇咬出了血，但还是倔强地不吭声。

叶凡已经将手机捡起来，又打了过去，待电话接通后，要递给李瑶，却被她拒绝了。

只有她明白，与暮现在已经不需要它了。

一个女人在生死关头总是很容易看明白一些事情，李瑶知道与暮的倔强、与暮的骄傲，如今，已经灰心的她再也不需要谁加油打气，她只需要自己给予的信心……

就在这时候——

“出来了……头出来了！”

耳边忽然传来一个声音，李瑶诧异地看过去，只见一个黑不溜秋的东西从里面出来，此时叶凡早已经离开。

护士抓着婴儿，啪的一声，又听“哇”的一声，洪亮的婴儿哭声响彻整个房间。

“是儿子，一个大胖儿子呢！”

护士快乐地宣布喜讯，李瑶又哭又笑，跑到与暮身边大声嚷嚷：“与暮，听见了吗？是儿子呢！我的干儿子呢！你终于挺过来了，与暮！你真棒！”

与暮虚弱地露出一抹微笑，刚想要说什么，只觉肚子又开始一阵疼。李瑶见她蹙眉，忙问：“怎么了？与暮怎么了？医生快过来看看。”

“肚子里还有一个。”医生镇定地说。

“干女儿！一定是干女儿！”李瑶又开心又难受，开心的是与暮一下子怀了两个，那该是多大的福气；难受的是与暮又要经过一番生育的苦。

有了刚才的经验，这一次，与暮倒是生得很顺利，也许是疼多了，也许是因为其他，很快，第二声洪亮的哭声便传了出来……这一次，是个女儿。

傅致一赶来医院的时候，什么苦难都已经结束了。

生完孩子后，与暮便一直处于昏睡中，李瑶守在床边很久都未见她有醒来的迹象。要不是问了医生，医生再三保证说她没事，李瑶一定会以为她怎么了。

在吃中午饭的时候，叶凡忍不住叫李瑶休息一会儿。从与暮开始生产起，她便一直陪在与暮身边，晚上都是睡在医院的，连衣服也没回去换洗过。

比起躺在床上昏睡的与暮，她的情况任谁看了都会觉得更糟糕一点。

“回去洗个澡，休息一下，与暮这里，我来看着，好吗？”他小声地安抚她，看见她现在的样子心疼极了。

李瑶看着床上依旧睡得安稳的与暮，点点头，动作轻巧地跟着叶凡一起走了出去。

出了门，叶凡还在那里交代：“我已经煮了东西放在厨房，你回去自己盛出来吃，吃完就洗个澡，好好休息……不用那么着急这边，知道吗？”

“嗯。”李瑶累极了，但是还不忘交代，“如果与暮有什么事情，你记得一定要打电话给我。”

“我知道。”叶凡心疼疲倦的她，只希望她能快点去休息。

李瑶点点头，刚要转身，就看见一道迟来的身影，除了他，还有傅奶奶和司机傅伯。

傅致一一冲过来，便问：“与暮怎么样了？”

李瑶想起之前与暮受的苦，怎么也不能原谅他，只冷声道：“哼……这不是小傅爷吗？百忙之中终于能抽空来看你的妻子了？不知道您这一眼，我们与暮是不是又要折寿了！”

傅致一自然没有理会李瑶的冷嘲热讽，转身想要往病房里走，却被她挡住了：“你想干吗？”

“让开！”一双蕴藏着怒意的眼睛盯着她，让她刚刚的气势瞬间弱了许多。

什么啊……明明就是这个男人不对，他凭什么还那么理直气壮地朝她发火？凭什么他说让开，她就得让开？

“不！”她倔强地咬着唇，心里虽然有些惶恐，生怕眼前的人一旦发火就对她做出什么事情来，但是为了与暮，她豁出去了，“你凭什么以为与暮想要见你？她最需要你的时候你在哪里？你真以为每个人都得围着大少爷你团团转吗？你想来就来，想走就走，你把与暮当成什么了？自己的妻子怀孕快生了，你还跟别的女人去美国……哼，你以为自己很伟大？你以为自己是去拯救一个生命还是给一个生命新的希望？这次是与暮命大没事，要是有什么事情，你以为就你发个火，怒一下，那些回不去的事就能挽回吗？”

面对李瑶的怒骂，傅致一没吭声，他盯着眼前的人，那是他非常非常生气的预兆。这个只有与暮知道，每当这个时候她都会很识相地不去惹他。可是她知道并不代表每个人都知道，何况李瑶现在是在为自己的好朋友讨公道，谁管他是不是生气了？

“哎……这位……这位是与暮的朋友吧？”站在一边的傅奶奶不安地说，“你别怪致一，跟他没有关系，是我硬逼着他去机场的，也是我让司机告诉小凡说他去了美国的，那时候我……我不知道与暮在生孩子，一心……只想着可卿……唉，都怪我，都怪我……与暮现在还好吗？母子平安吗？”

李瑶当然知道眼前的人是傅致一的奶奶了，看着她那样子，李瑶就来气，笑道：“老人家，您也真逗，别人得了艾滋病，您去瞎搅和什么呢？您分得清谁是您的孙媳妇吗？您和您孙子能不能不要那么伟大？您拯救了一个艾滋病人，让自己的孙媳妇出事，你们就开心了？你们就能心安理得了？”说完她又看着傅致一，道，“我知道我的话说得不怎么好听，你也别瞪我。与暮发生这样的事情，我还没有通知她的父母！要是让叔叔阿姨知道你作为丈夫却在他们女儿生产的时候陪在别的女人身边，你以为他们说出来的话会比我说的话更好听？我没告诉他们是因为，我怕如果说了，你跟与暮之间什么都完了。不是我善良，是我实在不想看见与暮受苦。就像那次，我鼓励与暮回去，可是如果我知道她回去的结局是现在这样的，当初就算是绑着她，我也不会让她回到你身边的。”

她一段话说完，整个走廊都陷入了沉默。傅致一没有吭声，没有人敢吭声。傅家一家人都做了对不起与暮的事情，那些隐藏的伤害不是一句对不起就能弥补的。说句难听的话，李瑶甚至觉得傅家人根本不配拥有与暮的孩子。虽然他们一半的血液是来自傅家的，可是那又怎样？对于与暮跟孩子，他们做过什么？

“从一开始，对于孩子，努力的一直只有她一个人。”李瑶断断续续地说，声音已有些哽咽，“她不是一个爱喝牛奶的人，但为了保证孩子的营养，她每天都强迫自己喝两大杯牛奶。只要医生说怎么做对孩子好，她都乖乖照做，再辛苦都不怕。她是为了什么啊？不是因为她对傅致一的爱，不是因为她珍惜他们共同的结晶吗？虽然她口口声声说再难过的事情都不会再让她的心有半分的波动，可你们知道，当你们总是在不经意间提起向可卿，每个人都把向可卿当成宝，捧在手心怕摔了，含在嘴里怕化了的时候，她是什么感觉吗？她努力地隐藏自己的情绪，以为自己不去想就不会难过。你们知道要做到这一点有多难吗？她只是不想自己的情绪影响到肚子里的孩子。而你们呢？”李瑶的目光像针一样射向他们，让他们羞愧地低下了头，“你们永远都不会在乎她心里是怎样想的，永远都不知道她假装不在乎，其实心里有多不快乐。她都好久没有真心地笑过了。小傅爷，你那么聪明的一个人，怎么会没发现？”

Part 2

李瑶知道是自己冲动，但想起与暮受的那些委屈，她便忍不住想替与暮出气。这些人到底把与暮当成什么啊？生孩子的工具吗？

“瑶瑶。”最后还是叶凡暂时安抚了她的怒气，他对着傅致一道，“现在与暮还在昏睡中，医生说是体力透支，休息好就没事了。不过在坐月子的这段时间还是要好好保养的，不然很容易留下后遗症。”

“坐月子还是在我家吧，不然哪天小傅爷又要照顾另一个美人无暇分身，那我们家与暮不是又要倒霉了？”叶凡刚说完，李瑶就把话抢了过去，好像说多了就会让傅致一越来越有负罪感。

叶凡无奈地看着她，又不忍心说什么，便道：“刚才不是答应我回去休息的吗？我送你出去？”

“不要。”谁不知道他是嫌她多嘴，骂他的好兄弟，所以才想要将她赶走，她又不是白痴！这个时候只有她一个人是完全站在与暮这边的，她一定得留下来看着，万一有人还敢欺负与暮，哼哼！

“那你带奶奶去育婴室看看宝宝？或者留在这里……嗯……继续守着？”叶凡给了两个选择，“我带奶奶去看宝宝？”

“还是我去好了！”她赶忙说。谁知道他们会不会对宝宝做出什么事情，像傅致一的奶奶，说不定还会将宝宝抱到向可卿的病房给向可卿看。别说她想象力丰富，这样的事情他们傅家不是干不出来，甚至说不定会趁着与暮昏迷的时候把宝宝带走，说是向可卿的，然后就让傅致一跟向可卿再一起，这样也不怕他们傅家后继无人了。

叶凡不用问就知道她脑袋里在想什么了，叹了口气，让她带着傅奶奶去育婴室。

傅伯自然跟着去了，偌大的走廊只剩下傅致一跟叶凡，李瑶走的时候还不安地回头看了几次。

待李瑶走了后，叶凡才说：“这一次，我也觉得你不对了。致一，再怎么说与暮也是一个怀孕的人，你怎么能把她一个人留在家里？你知道我们到的时候家里锁着门，你的电话又打不通，有多危险吗？要不是碰巧我认识的开锁匠离那边比较近，你出门的时候忘记了关指纹锁，我们就真进不去了。我跟瑶瑶进去的时候，与暮已经疼得倒在地上没有意识了。要是我们再晚到一步……唉……”叶凡拍拍傅致一的肩膀，知道他心里一定很难受，只是表面上装成一副淡漠的样子，不然刚才李瑶那么说他，他不可能破天荒地站在那里任由她说，“我也不多说了，只要你记得，这次得好好安慰安慰与暮就好了。进去看看她吧。”

傅致一眼底闪过痛楚，沉默了半天，只听他道：“谢谢。”

叶凡张嘴半天，终于还是缓缓地说：“致一，这辈子要跟自己喜欢的人在一起不容易，别做让自己后悔的事。”

“嗯。”他点头，打开门，缓步走入病房内。

室内阳光明亮，与暮脸色苍白，紧闭双眼地躺在床上，那样的苍白，几乎透明，仿佛站在那里看着看着，她便会慢慢消失不见。

傅致一走到窗边，将窗帘放下，遮住那太过刺眼的阳光，然后走到床边坐下，一双眼睛定定地看着床上的人，半晌后，伸出手，想要碰碰她，但迟疑了半天，手终究还是无力地垂下了。

“幸好你没事……”

他垂眸，看见她唇瓣上血迹已经干涸的伤痕，觉得一阵心痛。

“对不起，没有陪在你身边，在你最需要我的时候。那个过程一定很难受对不对？可是你在电话里倔强地一声不吭，你不想听我的声音，你把手机摔了，你在生我的气对吗？我不知道我应不应该开心，在这之前，我总是找各种方式惹你生气，想要证明自己在你心里还是重要的，可你总是一副平淡无奇的样子。但是你真的生气了，我比谁都着急……我从来没有过这样的感觉，想要立刻从机场飞到你身边。你知不知道你身上的痛，在我心里都有十倍痛，好笑的是，你的伤都是我造成的。我不断向你保证，会对你好，可不管怎么做，永远都是伤害你，不停伤害，连我自己都厌恶这样的自己。”傅致一目光锁定在与暮的唇上，并没有看见她轻轻颤了一下的睫毛。

“叶凡说得对，我真的很蠢，不懂得怎么处理感情这种东西，一次又一次伤害你，让你失望，我真的不知道我们之间是怎么了，我也不想这样的……”

那天，他说了很多，从认识到现在，与暮从来都没有听他说过那么多话。她一直以为他是天性使然，没有什么话好说，原来是她错了，其实他不是没话的，是要看对什么人。

也许……以前，他跟向可卿在一起的那些日子里，一定有很多话跟她说吧？他是那么喜欢她，怎么会舍得冷落了她呢？

紧闭着眼睛的与暮从他来到医院开始就已经醒了，李瑶在外面说的那些话她也听见了。可是那又怎样？换成是谁，遇见了这种事情都会愧疚吧？并不是只有他傅致一才会这样。而如今，愧疚二字又能弥补些什么呢？她不是圣人，不可能一次又一次地去接受这样的道歉。所以在傅致一进来之时，她假装睡着。她如今还不知道怎样面对……或者说，这个时候疲惫的她也不想去面对，所以她选择不听不看，连着他的愧疚和道歉一起排斥在脑海之外。

Part 3

另一边，脾气火暴的李瑶在看见小床上的两个宝贝的时候，什么愤怒都暂时抛到九霄云外去了——

哎呀，怎么会有这么可爱的小宝贝！穿着白色小短裤的是哥哥，穿着粉色小短裤的是妹妹。

妹妹肥嘟嘟的，哥哥却偏瘦。

用医生的话来说就是：两个小家伙在妈咪肚子里生活得可和谐了，尤其是做哥哥的很懂事，总把有营养的东西让给妹妹吃，妹妹也不知道礼让，于是生出来就成了这样，一个肥嘟嘟的，一个相比较起来偏瘦，但是小胳膊上也是肉肉的。

李瑶看着自己的干儿子、干女儿，想着等到与暮醒来的时候就要告诉她，她的儿子和女儿在她肚子里就有多么的相亲相爱，他们长大了一定会是帅哥美女，一定会好好地孝顺她这个十月怀胎，吃了好多好多苦的妈咪。

此刻，小哥哥正憨憨地撇着嘴巴睡觉，妹妹则睁着一双黑溜溜的眼睛好奇地看着他们，然后一个劲地在那里傻呵呵地笑。

“哎……你快来看看，她笑了，看见了吗？”忽然耳边传来了巨大的声音，把李瑶吓了一大跳，她转头瞪着傅奶奶，轻斥道：“你小点声好不好，没看见哥哥在睡觉吗？你这样会吵醒他的！”

“哦哦，对不起，对不起。”老人家憨憨地笑着，抱歉地说，“我小声点，小声点。”然后又转过头去，看着小床里的婴儿，每当看到她笑出来的时候，就会忍不住朝一旁的傅伯笑道，“又笑了又笑了，你看见了吗？我的小曾孙女多可爱啊……”

一旁的傅伯笑着应答着。

不知道为什么，李瑶看着那老人，是怎么看怎么不顺眼，趴在一旁凉凉地说：“早干吗去了？现在与暮把孩子生下来，才知道她的好？要是没有她，你能看见这么可爱的曾孙子吗？你们傅家是有钱不错，但是你们有钱又给了与暮什么？她嫁到你们傅家，帮你们生了龙凤胎，是你们傅家的福气。你那么喜欢向可卿，有本事也让她生个龙凤胎出来啊！”

傅奶奶被说得一张脸上满是愧疚，站在那里尴尬得不知道说什么好。

一旁的傅伯当然忍不了别人这么说自家主人，忙站出来说：“年轻人，就算这事是老夫人的错，那也是在她老人家不知情的情况下。如果早知道是这样，老夫人肯定不会这么做的。你不知道向可卿小姐当年……”

“当年对你们家老夫人有恩嘛，这个我早八百年就听腻了，能换个吗？再说了，不就是一个恩情吗，有必要反复挂在嘴边，连自己的孙子都亲手送去给别的女人吗？你当我们家与暮是死了吗？”

“我说，你一个女孩子家的怎么说话这么难听呢？”

“哼！对你们这些人，说好听的话有用吗？与暮就是脾气太好，一忍再忍才会由着你们这么欺负。”

“你……”傅伯还想说什么，却被傅奶奶给制止住了，她看着李瑶，轻笑道：“你一定是与暮的好朋友吧？看你这么维护她，与暮一定很开心。”

李瑶却耸耸肩膀：“那可不一定，被伤透心的人一般都很难开心起来的。老奶奶，孩子你也看到了，现在是不是可以走了？待会儿护士还要给宝贝喂奶，你就别在这里打扰了。”

“好，好，我走。”老奶奶依依不舍地看了小床里的孩子一眼：那是致一的孩子啊……真好，真好……这样，自己走了之后，致一就不再是孤独的一个人了。

李瑶他们回到病房门口的时候，叶凡正在走廊上接电话，见他们过来，跟电话那边的人匆匆地说完便挂了，朝着他们走去。

李瑶从病房的小窗户口往里面看去，病房太大，床不在这边，所以什么都看不到。她有些郁闷，想要伸手去开门，却被叶凡给拦住了。她不解地看着他，却听他道：“这个时候还是不要打扰他们好。”

这个时候不打扰，那什么时候打扰？

李瑶不理他，执着地想要开门。

“瑶瑶！”叶凡有些无奈，他能明白李瑶心里有气，不想这么轻松就放过傅致一一家人，但再怎样这种事也是他们夫妻之间的事情，就算是再好的朋友也不好插手。

就这样，这一夜是傅致一在房间里守了一夜，与暮醒过来之后又昏昏沉沉睡了过去。

李瑶在叶凡的劝慰下，总算回去换了衣服，至于休息，她本不想，但是听了叶凡一句“瑶瑶，别忘记你也是有身孕的人”，才勉强在家里睡了一个晚上。从怀孕到现在，她从来没像此刻一样觉得肚子里的孩子是麻烦精，如果没有孩子，她就可以去医院里陪着与暮了。要是与暮醒来第一眼看见的是傅致一，真不知道她要怎样面对。

躺在床上的叶凡能感觉到身边的人翻来覆去睡不着的纠结心理，等了一会儿，他终于开了灯，英俊的脸在黄晕的灯光下显得很性感。李瑶看着他的样子，有些心虚地说：“我吵醒你了吗？”

“你这样翻来覆去的……吵不醒我的话，我就是死人了。”叶凡显得有些无奈，“瑶瑶，什么都别想，好好睡一觉，我们明天就去看与暮好不好？”

“我也想啊……可是要是与暮半夜醒来了怎么办？”

“傅致一在。”

“就是因为有他在才可怕啊！你看与暮现在有多恨他啊，要是睁开眼睛第一眼看见的是他，真不知道她要用什么心情去面对，她那么虚弱。”

叶凡叹息，亲亲她的额头，安慰：“怎么面对都是要面对的，毕竟他们是夫妻，不可能一辈子不面对的。何况以与暮的性格，她应该知道怎样应付。我想经过这件事，傅致一也会有个分寸的。”

Part 4

“你说，男人就一定要经过一些事情才知道身边人的重要性吗？”李瑶失落地说，她想起了自己的经历，感觉自己和与暮都是命苦的人，“其实女人并不是那么懦弱，只是比男人更清楚这段感情是自己珍惜的，是自己想要守护一辈子的，才会被男人欺负得这么惨。”

叶凡轻笑，像轻抚小孩子的头一样安慰她：“没听说过吗，男人在感情这块的确比女人晚熟。”

“这不是借口，我感觉你就不像。”

叶凡一愣，不知道该笑还是哭。如果她觉得他不像，为什么她却不能像爱上陆连年一样爱着他？叶凡不是笨蛋，李瑶对他是什么感情，他心里一清二楚，没有说出来，只是因为他爱惨了她，只要她心里有一点点他的位置，他就心满意足。

继续这个话题下去对自己并没益，叶凡轻声道：“睡吧，明天早起去医院，嗯？”

“嗯。”李瑶应了一声，不是因为猜测到了叶凡的心思，而是真的有些累了。在医院的时候，因为她一心都处于替与暮打抱不平的愤恨状态，所以一点都不觉得疲惫，在床上躺了一下，说了下话，反倒觉得累了。

她闭上眼睛就沉沉睡了过去。

深夜，本就安静的病房因为夜晚的到来更是安静得不像话，与暮睁开眼睛，看着坐在一旁睡着的傅致一……她已经看了许久，隔得这么近，连他睡梦中眉头的褶皱都能看得一清二楚。

她太清楚眼前的男人在这种时候有多浅眠，她想要下床偷偷地跑掉，可是凭借她这身体状态，别说是跑了，就是下床走路都有问题。

闭上眼睛，再睁开，她转头看着外面淡淡的月色，有些郁闷，不明白为什么现在的自己只想逃避，不太想见到叫“傅致一”的这个人。

就在她对着窗子发呆的时候——

“与暮……”忽然响起的一个声音让她猝不及防，想要装睡已经来不及。就连她的身体都因为他的声音僵硬了，事实证明，不管最后遇到了什么事情，对她来讲有多残忍，她有多伤心，只要是有关他的一切，都是一个魔咒，将她紧紧地困住，只需要一个轻轻的动作，就能将她好不容易竖立起的防备轻而易举地推倒。

“你醒了。”他已经走到了她身边，说话的声音很沉又很轻，带着很奇怪的情绪，那是与暮不能理解的。

与暮没有转过头，一双眼睛还是看着窗外，仿佛窗外有什么稀奇的东西在吸引她一般。

“与暮，你一天都没吃东西了，饿吗？”

她依旧不说话，抿着的唇干涩得好像随时会裂开，那已经干涸的血渍看起来很让人心疼。

傅致一径自走到一边，倒了一杯温热的水走到窗前，在她转头看去的那边蹲下身子，保持与她平视的高度，让她不得不把目光投在他身上。

“不想吃东西的话，喝点水，嗯？”

她沉默，一双眼睛平静地看着他，没有多大的情绪起伏，也没有因为他的温柔而受宠若惊。

但是，傅致一将杯子里的水用小勺细心地舀了一勺递到她嘴边的时候，却被她的手毫无预兆地挥开，小勺掉在地上发出清脆的叮当声，不大，却让室内涌起一阵冰冷的尴尬。

与暮的脸上依然没什么表情，就好像刚才的动作跟自己没关系，她看着地上泛着银光的小勺，好像在欣赏一场闹剧，与自身无关。

傅致一抿唇，并没有因为她的动作生气，而是耐心地捡起地上的小勺子，走到洗漱台仔细地清洗干净。

与暮看着他的背影，无名的怒气在心底泛起。

为什么他要忍自己？以他小傅爷的个性，他不是应该比她还冲动地摔杯子走人吗？现在算什么，委曲求全吗？

待到他重新回到床边的时候，与暮看了他半天才开口：“我要离婚。”

他一怔，好看的眉紧紧蹙起，他没有回答她的话，而是坚持道：“先喝点水，你现在的唇很干。”

她当然不会同意，他以为她还是以前的朝与暮吗？不可能只要他温柔一点，说点甜言蜜语，她就分不清东南西北，就不知道伤害两个字是怎么写的了。

“我说我要离婚。”她重复。

“我不答应。”他勉强算是给了她一个答复，将勺子递到她面前，却不料又被她的手挥掉。

与暮倔强地看着他。不要以为她是在任性闹脾气，她是认真的。这一场自始至终就只有她一个人在爱的婚姻真的是够了，她不想再有那么多心思去经营，不想再每天欺骗自己她跟他之间是有未来的。

“不管你答不答应，我都要离婚。”

傅致一抿紧双唇，一双眸紧紧地盯着她，好像要看透她的内心，好像要知道她说的这句话是不是真心的。可惜他看到的是她倔强的表情，还有下定了决心不回头的坚持。

“我说了，我不答应。就算是死刑犯，也有一个赎罪的机会。”

“你还有什么好解释的？最多不就是以向可卿的病情严重为借口？我都能猜到了。”与暮冷笑，“每次都说她病得有多严重，那么我请问你，她死了吗？病得那么严重，怎么还不去死？傅先生，你的信用太差，早就破产了。你一次次要求我给你机会，但你根本就放不下向可卿，这辈子注定要跟她纠缠。那么好啊，我给你机会，去找她吧，放了我，我给你自由。”

Part 5

“我不需要这种自由。在这场婚姻里，难道你从来就没有快乐过？”

“快乐？”与暮笑了，“当然有啊，可是如果跟伤害比起来，那些快乐又有多少？少得我连回想起来都只有那几个画面。每次难受的时候，我告诉自己，只要想想我跟你在一起的快乐时光，就一定能坚持下去。可笑的是，每次回忆永远只是那几个画面不断地重复上演。”

在结婚之前，她就预料到这场婚姻不会有多完美，只是没想到会惨到这种程度。

她在感情里忍气吞声，是以前的她最看不起的事情。年轻的时候她便不赞成一个女人在男人面前爱得低声下气，所以在知道谭勋背叛了她后，她会义无反顾地离开。那时她可以给自己一个充分的理由，可是现在呢？傅致一没有背叛她，至少在结婚之前她就知道他心底有一个人，他从来都没有隐瞒她什么，他最大的错就是不爱她，这是什么错？她替自己找不到任何离开他的借口。

是忍受不了了吧！

到最后，这是她给自己唯一的理由。她没那么伟大，并不是想要去成全傅致一和向可卿，她只是想要放过自己。她的人生不是只有爱情，也不是只有傅致一，离开他，并不代表她就会活得不好，也许会更好也说不定。

“如果我说我爱上你了……”

他的话，让与暮一愣，像看陌生人一样盯着他看。

“爱上我？你在逗我吗？”

他所谓的爱太轻巧，她半个字都不相信！

如果说以前的伤害她都能忍受，那么在他因为向可卿毫不犹豫地踏出别墅的时候，她的心就死了，是他亲手把她对他的爱伤得一点不剩。

“与暮……你别这样……”他想说什么，却不知道该怎么解释。

他这种人啊，那么不擅于解释，如果不是真的那么爱他，谁忍受得了他的怪性格？与暮觉得自己忍受了这么久，已经是圣人了。

“不这样，我能怎样呢？我以前还期盼你会因为我而改变一点点。我知道你是一个自私的男人，从来就不会替别人想。我以为我的爱、我对你的那些好，能让你稍微感动一下下，却没想到原来感动的一直都是我自己。你在享受我的爱的同时还能分神去照顾向可卿。你一定是这样想的，就算不可能跟向可卿结婚，你也能照顾她一辈子，一直让她做你心里最重要的人，对不对？这个想法真的是太好了。如果有一天我告诉你，我在享受你的爱的同时，还跟别的男人上床，你会怎样？”

是她对未来有太多的期望，才会一错再错。

傅致一沉默，他是自私，她说得一点都不错，就算他在潜意识里控制自己不去探望向可卿，可还是时刻让人关注医院的动静。

如果他真的能够放开，把向可卿当一个朋友去关心，与暮不会这么恨他的。

他以为自己隐藏得很好，其实，与暮什么都看在眼底。他以为她不说，当作不知道，便真的不知道了。

“怎么不说话了？”与暮冷冷地盯着他，“你不说我也知道，你还爱着向可卿嘛，为什么不敢说呢？你应该大声地告诉我，对！你就是那么自私呢，你傅致一这辈子只会爱她一个人，从头到尾你只爱她一个人。你知道吗，像你这么痴心的男人世间还真是少有，你应该感到很光荣才是！”

她的讽刺字字句句都像耳光扇在他脸上，他抿着唇，心底的怒气使得太阳穴上青筋突起。

与暮知道自己的话踩到了他的地雷，可是那又怎样？他如果真的生气，那就果断地答应离婚啊。她真不明白，这段没有爱的感情，她这个爱着的人都愿意放手了，他这个从来就没有过感情的人，怎么还要纠缠着。

对于她，他从来都是不上心，也没有心啊。

“我要离婚！”她依然冷漠如冰，再次重复道。

“不！”傅致一寒着一张脸，带着坚定无比的决心，“朝与暮，你听好了，除非我死了，否则我绝对不会让你离开我一步！”

“你凭什么?!”

“你以为我凭什么?!”他卑鄙，他威胁，他的眼神告诉她，只要他愿意，这世界上没有什么是他做不出来的，就像当初他把她的公寓卖了，让她无家可归，只能任他摆布一样。在他面前，她就是个怎样也逃不出五指山的孙悟空，从开始到现在，从没变过。

“我会恨你的！”与暮咬牙切齿。

却没想到，他嘴角竟勾出一丝笑容：“我宁愿你恨我，也不会放了你。”

Part 6

与暮不知道傅致一为何如此执着，真因为爱她？她不信，就像有一天有人指着一棵梨树告诉你上面长出了苹果，你会相信吗？你只会觉得好笑，在心里想一定是对方眼花了。

之后的时间，与暮没有跟傅致一说过一句话，赌气的成分有，但更多的是莫名其妙，她心情烦躁得直想用刀划花他那张完美无瑕的脸。

她不断告诉自己，无论如何自己这一次都不能再妥协，不管他把话说得多好听，不管他对自己有多好，只要一个向可卿出现，他们之间就会立刻回到原点，连犹豫的余地都没有。

这样的僵持一直持续到天亮，与暮一天都没怎么吃东西，醒来的时候已经有些饿，可是跟傅致一吵架又气饱了。

所以，当护士端了一碗猪肝汤来的时候，与暮的肚子已经很不争气地咕咕叫了。

那护士先是偷偷看了一眼坐在沙发上看文件的傅致一，脸上一抹红晕浮现。

早就听说四海阁的小傅爷很帅，今天一见，简直帅到了让人心惊的地步。

光是这样偷偷地看着，她就觉得自己的心快要惊得跳出来了，真不知道每天都跟他在一起相处的傅夫人是怎样熬过来的，尤其是在做那种事情的时候啊……脸红心跳的，那么靠近那张俊脸，怎么吃得消哦！

就在她想了一大圈好不容易回神的时候，眼前出现了一张超级漂亮的脸。

傅致一站在那里，刚才的那句“把汤给我就行”好像在她耳边成了风，不明白这样容易走神的护士是怎样被招进来的，傅致一已经有些不快。

“不用你端。”与暮看都没看他一眼，直接对那护士说，“麻烦你帮我搁在桌子上，我自己来就可以了。”

她说完就要从床上坐起来，傅致一自然地走到她身边，想要将她扶起，手刚碰到她的手，却被她像触电似的甩开。“别碰我。”她脱口而出就是这三个字。

她不是没有想到傅致一的尴尬，就连她都因为自己的话而愣怔了一会儿。

傅致一是个那么要面子的人……她不想去看他的表情，只是看着站在那里发呆的护士重复了一遍："麻烦了。"

"哦，哦！"那护士反应过来，赶忙将汤端到病床的自动小桌子上，路过帅哥的身边时，只觉得一阵寒冷，冻得她鸡皮疙瘩都冒出来了，哪里还敢抬眼看帅哥？虽然她刚来，但是她对小傅爷的大名还是很了解的，所以她刚刚花痴得真不是时候。她还是趁现在什么事都没有逃走吧，不然小傅爷一生气，向院长告状她就完蛋了。

这般想着，她连忙转身闪人。

换成平常，傅致一可能还会花点不耐烦的心思在她身上，可是现在，他一门心思都放在与暮身上，只见与暮喝了一口汤，蹙眉："怎么是没有味道的？"

护士刚踏出去的脚步退了回来，解释道："哦，傅……医生说刚生完孩子的女人都不能吃盐，坐月子的这段时间都是，还有猪肝在早上和中午吃会比较好，有强化肾脏、促进体内新陈代谢、恢复子宫等功效。"

这些她可是进病房前就背好了。

"哦。"与暮应了一声，再喝了一口汤，虽然没什么味道，但是很清香，猪肝有淡淡的甜味，总体来说还是挺不错的。

护士走了之后，病房里又安静了下来。与暮喝完了汤才发现，刚才自己的那番动作之后，该有所反应的人并没有什么反应，甚至安静得出乎意料。

她转头看去，不知道什么时候，他已经坐在沙发上看起了文件，还是那样认真的姿态，就算一整晚只是躺在沙发上睡觉都没有让他容颜上显出任何疲惫的神色。与暮扭过头，不想看他。

没过一会儿，叶凡和李瑶来了。

叶凡将傅致一喊了出去，将空间留给李瑶和与暮。

李瑶看着他们出去的背影，等他们完全出去之后才跑去将门关了起来。

“这两个男人该不会是出去说什么秘密吧？”她眉毛拧成一个疙瘩，“虽然叶凡在我面前也说这次是傅致一的错，但是我觉得不管怎样，他是傅致一从小到大的朋友，肯定是站在他那边的！”说到这里，她双手握拳，“要是他真的站在傅致一那边，我就不理他了！”

与暮失笑：“你千万别这样啊……你是要我内疚吗？叶凡等了你那么久，好不容易能跟你在一起，你说不理他就不理他，他得多难受！”

“也不是不理他……大不了就让他睡地上。”

与暮听着她的辩解，心里暖暖的。

以前跟陆连年交往的时候，李瑶很少会说这样的话，她把陆连年当作心里的宝贝，别说不理他了，就是生他的气都不舍得。现在呢？因为她没有那么爱，所以她可以在叶凡面前随意地耍性子，拥有那种只有女人在爱自己的男人面前才有的权利。谁说这不是一种幸福？

“感冒了你不心疼吗？”与暮微笑，“还不是要你去照顾他啊。”

“你这样说好像也有一点道理。”李瑶迟疑地点点头，然后才像是想到了什么，道，“与暮，这一次一定要好好惩罚一下傅致一，千万不可以轻易原谅他！”

“……”

见与暮没吭声，李瑶问：“你不会这么快就原谅他了吧？”

“没有。”与暮摇头，“我已经跟他提出离婚了。”

“离婚？”李瑶瞪大眼睛，“真的要离婚吗？那他怎么说？是不是答应了？哼！我猜一定是！这样的话他就可以跟那个向可卿双宿双飞了！”

“没……他没答应。”

“啊？”

“我也不知道他在坚持什么。他说他爱我，可是我不相信。瑶瑶，如果是你，你会相信吗？这么长时间他从没说过爱我，我生完孩子后，他便爱上我了？”

“那是他看不见你的好。”李瑶坐在床边愤愤不平，“什么爱啊！他根本就是习惯了你对他的好。与暮，你可千万不要心软。男人这种生物天生就是很贱的，你对他越好，他越不知道珍惜，等到有一天你疲了倦了，要走了，他就忽然来一句‘我是爱你的’。他以为他的爱值多少钱？还有……他的爱是什么？他魅力无敌的艾滋公主没事了，他就跑来对你说他忽然爱上你了？如果她又有什么情况，他又会把‘我爱你’三个字忘得干干净净的！哼！这样的爱要来有什么用？就算真的爱上了你，那又怎样？爱上你，你就要委曲求全为他留下吗？与暮，你一定要清楚，他爱的是你对他的好，没有人会傻到把一个全心全意对自己好的人放走的！陆连年不是白痴，傅致一比他聪明不知道多少倍，怎么会那么傻！”

Chapter 14 他们真的不合适

Part 1

“嗯，这些我都知道。”与暮看着李瑶，轻叹，“这一次我是真的决定离婚了，只是孩子……”

“难不成孩子你想要给傅致一吗？”李瑶说，“与暮，你可别那么傻，孩子是你的，凭什么给他们傅家？傅家人不是那么喜欢向可卿吗，那就让傅致一去跟向可卿生啊！这样对你，还想要孩子？他们脸皮也没厚到这种程度吧！”

她的话刚说话，便传来敲门的声音，两人对视一眼，她喊了句：“谁啊？”

她跑到门边去开门，一打开门看见竟是傅奶奶，她看了床上的与暮一眼，眼神里明明写满了：早知道就不开门了。

与暮对她的小脾气有些无奈，虽然心里对奶奶也有些芥蒂，但毕竟老人家都那么老了，自然不会去跟对方计较，依旧笑脸相迎，道：“奶奶，您怎么来了？”

傅奶奶憨憨地笑，还是一旁的傅嫂笑着道：“奶奶当然是来看你呀。本来昨天就打算过来的，但是孙少爷说你还没醒，老人家就想着不吵着你休息。今天一大早奶奶就起床熬了莲藕排骨汤，还炒了几道清淡的小菜，米饭煮得很软，这些都是奶奶亲手为你做的。”说着就要从傅奶奶手上将饭盒拿过去，却没成功。

“我来就好。”傅奶奶笑呵呵地将饭盒子摆在床头柜上，然后一碗一碗地把饭菜拿出来，瞬间，病房里充满一阵清香。

与暮以前听傅致一说过，小时候最喜欢吃奶奶做的菜，长大之后心疼奶奶，每次她做饭他都会发脾气，后来奶奶为了不让他生气，就很少下厨了。

看来这一次，老人家也是真的内疚了。

只见她亲自将拿出来的菜端到床上的小桌子上，一副伺候人的样子，仿佛躺在床上的不是她的孙媳妇，而是她的妈。与暮怎么好意思坐在床上等着她伺候，忙说：“您不用这么忙，我自己来就可以了。”

“没关系，没关系。”老人家就像做错了事情的小孩子一样，迫切地想要被原谅。

老人家小时候没读过书，自然是跟年轻人有些代沟的，也不知道老人和年轻人之间讲究辈分关系。哪有老人讨好孙媳妇的道理？况且在这样的豪门，哪个做奶奶的不是趾高气扬的，即使是自己的错，也能理所当然地怪在别人身上。

李瑶不知道傅奶奶以前的事情，反正就是从一开始就看她不顺眼，尤其是看见她现在那副巴结的嘴脸，心里就莫名地讨厌。

她撑在床尾的栏杆上凉凉道：“您就别忙碌了，我们家与暮刚喝完一碗汤呢，现在哪需要吃什么，又不是母猪。何况我们家与暮肚子里已经没宝宝了，您也不用这么用心地给她补营养了。”在她眼里，老太太就是把与暮当成一个生孩子的工具而已。

傅奶奶听了她的话，面上有些讪讪的：“刚才已经喝了汤吗？那待会儿再吃，待会儿再吃。”说着就要把饭菜收回去。

“没关系的。”与暮瞪了李瑶一眼，给了她一个不许说话的眼神，笑着对老人家道，“刚刚喝的汤也没多少，现在一闻见香味，肚子就饿了。奶奶，您放着吧，我现在就吃。”说完，拿起桌子上的筷子，挑了盘子里的红萝卜放进了口中。

“很好吃呢……但是……”与暮犹豫了一下，才说，“奶奶，您是不是放了盐啊？”

“是啊。”

“可是护士刚才跟我说，坐月子期间不能吃盐的……”

“啊？”傅奶奶一愣。

傅嫂亦是一愣，随即道：“以前书上是有说过最好不要吃盐，对消除水肿好，但不是说不能吃。你放心吧，奶奶放的量很少，只是在菜里面，汤里是没放的，原汁原味呢！”

她刚说完，就听见李瑶问：“与暮……你早上喝的汤不会是傅致一熬的吧？”

“嗯？”

“早上我起来熬汤的时候，叶凡跟谁打电话来着，忽然跑进来问我女人坐月子的时候忌口什么……我那时候一门心思在熬汤上，盐用光了，到处找盐呢，就顺口说：‘盐啊，盐呢？’不会是……”

所以早上那汤是傅致一熬的？

可是在这之前，与暮一直没有看见他出去过啊……而且就算真的是他分身熬的，那汤不放盐都那么美味……与暮脑海里忽然闪过一些回忆，犹记得前段时间，傅致一收集的美食书籍里，好像有几页专门是说怎么熬汤的。

难怪之前她问那护士为什么汤是没味道的，她先说了一个“傅”字，然后才改口说医生，恐怕是傅致一教她那么说的吧。

如果说在她醒了之后，傅致一一直没有时间熬汤，那么就是在她还睡着的时候，他半夜自己去熬的？

想起自己醒来的时候，他躺在沙发上睡觉的样子……也不知道这一晚他究竟休息了多少时间……他总是这样，对工作是，对向可卿是……现在对她……

耳边传来傅嫂羡慕和称赞的声音：“奶奶，您看孙少爷真的是长大了，都懂得关心人了。您记得吗？他以前可是很讨厌下厨的，说厨房里都是油渍，他是那么爱干净的人。不过他在美国留学的时候练的厨艺真的很不错，夫人真幸福呢！”

可是那又怎样？她是有点感动，但是这样的感动并不足以打动她。

如果可以的话，她想让他知道的是，她要的那些好都过去了，他们之间的隔阂不是一些细微的感动就能化解的，他们真的不合适。

Part 2

李瑶也因为刚才自己的话小小地震惊了一下，没想到小傅爷居然会这么花心思，但是这震惊很快就被他之前对与暮造成的伤害磨灭了。然后她像是想到了什么，问："与暮，刚才傅大少爷出去，该不会是又去看向可卿去了吧？"

"……"一室静默。

李瑶越想越不对劲，他大清早熬汤，看起来好像是因为与暮，说不定其实是熬给向可卿喝的，而与暮不过是顺带的那个？

这样的情况不是没有的，电视里她看得多了。

就在她怀疑这怀疑那时，病房的门从外面被打开，只见傅致一和叶凡率先走了进来，身后跟着两个高级护理，手上分别抱着一个婴儿。

与暮眼睛瞬间明亮了起来——那是宝宝吗？是她的宝贝们吗？

她咬着唇，眼里满满都是激动，那是她怀胎十月生下来的啊……

"我可以抱抱吗？"她紧张得无语伦次，明明就是自己的孩子，有什么不能抱的啊！

"当然可以了。"一个护士微笑着走上前，小心翼翼地将宝宝递到她的怀里，还有一个跟着走上前，微微蹲着，让她看着自己怀里的另一个小宝贝。

与暮看着自己怀里睡觉的这个，还有在护士怀里睁着大大的、乌溜溜的眼睛瞅着她的那个，问："宝宝哪个是大的哪个是小的啊？"

"哎！我告诉你，我告诉你！"李瑶忙拨开身边的人跑了过来，将另一个护士手上的宝贝抱了过来，"与暮，来，我告诉你哦，我手上这个睁着大眼睛的这只……哦，不对，是这个，是妹妹，你看你看……你手上抱的那个，一天从早上睡到晚上的是哥哥。医生说哥哥对妹妹很好，在娘胎里的时候把营养都给了妹妹，所以妹妹才长得这么肉墩墩的。可是我觉得，明明是哥哥太贪睡，妹妹太活泼，每天在肚子里面没事就努力吸收营养……你那个时候不是总说肚子被踢吗？肯定是这个肉墩墩的小丫头！”

说完，她还忍不住用手去捏捏怀里胖胖的丫头粉嫩嫩的脸，谁知道只是轻轻地捏了一下，就见小孩睁得大大的眼睛里瞬间蓄满了泪水，乌溜溜的，更加晶莹剔透了，下一秒，“哇——”洪亮的哭声响彻病房。

李瑶吓了一大跳，忙学着电视里的妈妈一样拍着孩子的背，谁知道越拍，孩子哭得越厉害。

“给我。”傅致一走上前，伸手将孩子抱了过来。

因为太突然，李瑶傻愣愣地看着他抱着孩子的样子。奇怪的是，她干女儿到了亲爹手上还真不哭了，睁着一双水汪汪的眼睛瞅着亲爹，表情别提有多委屈了。

“这么熟练，以前有过带孩子的经验？”她又忍不住怼他。

可是当事人依旧面无表情。

李瑶撇撇嘴巴，自讨没趣。

与暮也不知道他是从什么时候开始居然会照顾宝宝了，只是……瞧着他抱着孩子的画面，她竟觉得好温暖。其实……就算两个人没在一起，只要他这么爱宝宝，也就够了。

“咦，哥哥醒了！”李瑶眼尖地看见与暮怀里的孩子懒懒地睁开了眼，“肯定是被刚才妹妹的哭声吵醒的，你看他的小眉头皱得，啧！怎么看怎么觉得长大会是个小帅哥呢！”

她口中的“小帅哥”听不懂，咧着嘴打了个大哈欠，流着口水，瞬间形象全无。

傅致一看着，嘴角不自觉勾起浅浅笑意。

与暮抬头刚要说话，就看见他嘴角柔柔的笑，心底像是什么弦被触动了一般，慌忙地低下了头。

她竟然在这一刻会有一种舍不得的情愫……看着满室的人宠着宝宝，连傅致一都那么宠着……如果她真的要离婚……以后宝宝活在单亲的家庭里会多么不快乐？

她忽然又觉得自己好自私，如果他们真的离婚了，宝宝们长大了，会不会怪她？

她开始有些不确定了，也开始意识到自己现在不是一个人，很多事情不是自己想怎样就能顺着自己的意思去做的……可是……

她呆呆地看着怀里的宝宝，宝宝也懒懒地睁着一双明亮的眼睛看着她，不哭不闹，只是一个劲地打哈欠，打完哈欠又眼睛一眨不眨地瞅着她，好像在看一个很奇怪的东西，根本就不懂他亲娘心里的矛盾和纠结。

与暮轻轻地用指尖碰碰他的小脸，他很安静，不会像妹妹那样被碰了一下就哭得很惨。就是这样的安静，让与暮心里更难受了。她真的不忍心孩子受任何苦，那些苦不仅仅是表面的，还有心里的。她也一点都不想孩子长大了会被同龄人欺负，说他们没有完整的家。她虽然没经历过这样的事，但是傅致一的身世摆在眼前，就是他小时候的生活环境才导致他现在这般薄情……她不希望自己的孩子重蹈覆辙，那样，她会很心疼的。

与暮闭上眼睛，眉头皱成一个疙瘩。她觉得自己好像令自己走进了一个死胡同，一个只要有傅致一在就走不出去的死胡同，而在这个死胡同里，面对他，自己似乎永远都是吃亏的一方。

Part 3

在医院住了将近一个星期，傅致一才让与暮出院。整整一周都是他每天陪在她身边，虽然两人沉默的时候比交谈的时候要多出十倍的时间，但他还是一副并不介意的神情。

与暮不明白他究竟怎么想的，每天都沉默相处，他不会尴尬不适吗？

傅致一对女人坐月子的事情不了解，总觉得待在医院里有高级护理，如果公司有急事，他不得不出门，还可以让人帮着照看着她，而如果回家，以她的性格，她一定不会要别人陪在身边，万一又因为他的疏忽出了什么事情……

对傅致一来讲，一次的意外已经足够让他当作一辈子的教训，他绝对不会让类似的事再发生。

与暮不知道他心底在想什么，只是每当午后，两人待在一起不说话，她便觉得好别扭。这段时间她说得最多的就是离婚，而每每得到的都是他干净利落的三个字——不可能。

她把这件事拜托给李瑶，瑶瑶办事效率很高，很快将离婚协议书带了过来。虽然之前李瑶跟她一样，支持她离婚，可看见她真的要下笔签字的时候，又忍不住抓着她手中的笔，问："与暮……你真的想好了吗？万一傅致一真的答应了……"

"那不是我一直想要的吗？"与暮笑着说，"其实前些天我还在犹豫要不要离婚，我不想让孩子在一个不健全的家庭长大。况且你也知道，如果我一个人带两个孩子，生活压力会很重，我没有多少时间陪他们……可是……"她犹豫了一下，才说，"我想了这么多天，如果让我一直跟傅致一以那样的模式相处，先不说未来，我连明天的事情都看不见。我不知道我跟他之间还会有什么阻碍，我只能说，不合适的两个人在一起永远只是折磨。这样的情况下，对孩子也并不是很好的一件事。所以……说我自私也好，但我保证我会尽我最大的努力让宝宝过好的生活。"

"宝宝们长大了一定会理解你的！"李瑶动容地说，"还有……你别忘记我啊，我也可以帮你照顾宝宝，反正我没工作，我可以当专职干妈哦！"

于是那天，与暮在协议书上写下了自己的名字。没有人知道，虽然她嘴上说得风轻云淡，但签字的时候花了自己多大的勇气。

当她把离婚协议书给傅致一的时候，他只是淡淡看了一眼，然后撕得粉碎，丢进了病房的垃圾桶里。

与暮看着那团粉碎的纸，脸上平静而显得有些木然："和平离婚不好吗？还是……你一定要打一场官司，闹得满城皆知才好？"

"我没想过要跟你打官司。"他说，"你一定要走到那一步才会罢手？与暮，你应该知道，就算真的打官司，你也不会赢的。”

是啊……她不会赢的。

不要说凭她以前的专业和经验，在傅致一的面前，以前那些成功的案子屁都不算，只要他愿意，随便动用一个关系便能让她这个小律师连上庭辩诉的机会都没有，以前她不是没有碰见过这样的事。

现实中，有钱有势才是老大，犯了事用关系和钱就能解决，世界从来都是不公平的。

所以，除非傅致一主动放弃，不然没有人会愿意接手这场离婚官司。李瑶在那段时间不是没有找过人，只不过对方委婉地拒绝就算了，竟然还当老好人来劝她不要离婚，跟小傅爷和好……

李瑶在一边听完之后，二话不说就把他们赶出了办公室，然后她向与暮提起了一个人——

“也许谭勋会帮你？”

谭勋……好久都没有听到他的名字，此时听到，与暮竟有种恍如隔世的感觉，仿佛他们不是分开了很久，而是从没有在一起过。

“我不想害他。”她不赞同。

“可是……”李瑶迟疑了一会儿才说，“也是……我差点忘记了，现在谭勋的那个事务所好像跟四海阁有合作，成了傅致一的企业顾问。”

“是吗？”虽然她不知道谭勋跟傅致一是怎么联系上的，但事务所跟那么大的企业合作对他们来说是极其好的一件事情。这样一来，与暮更加不会让谭勋帮自己打官司了。

“如果谭勋不行，那这个世界上真的找不到谁可以帮你了。”李瑶说出自己的忧愁。

“也不一定。”与暮看着窗外，“瑶瑶，你忘了我以前就是律师吗？”

“可是……”

“不管路有多艰难，我相信，只要努力，就能离成功更近一步。我们不应该在这里犹豫，毕竟结果也是不确定的，不是吗？”

“话是这样说不错，可是你现在的身体需要好好休养。”

“所以，我可以趁这段时间好好地研究。瑶瑶，你要相信我想离开他的决心，就算最后我真的失败了，我也不会难过，因为我努力过了。不属于我的东西，如果早已经注定，我就认命。”

Part 4

那天的话，与暮只说给李瑶听，在傅致一面前则再也没有提过离婚的事。既然已经知道他的坚决，她现在要做的便是把自己身体养好，这样才能更有保障打好这场仗。

至于傅致一叫来的两个高级护理，不知道是谁介绍的，他在的时候特别安静；他不在时，两人就像鸭子，不停地跟她说话。

她们倒是没有什么坏心思，只是让与暮感觉她们对她有一种莫名其妙的羡慕，用护理甲的话说便是：“做了高级护理这么多年，从来没见过像小傅爷这么英俊多金的总裁。我们特别崇拜您呢，小傅爷那么优秀，他喜欢的女人肯定也很优秀！”

这句话与暮听着倒是很新鲜，自从她跟傅致一在一起之后，见过她的人大多是冷嘲热讽的，觉得她长得平凡，不懂傅致一怎么会看上她这么个放在人海里捞都捞不着的女人。

“为什么他喜欢我，你们就会觉得我很优秀？”与暮放下手中的书，第一次这么好奇地问她们。

“我们说的优秀只有一点，那就是你身上一定有什么东西吸引了小傅爷，他才会那么爱你，那个吸引点就是我们所认为的优秀。那一定是别人没有的，不然为什么小傅爷只喜欢你，没有喜欢别人呢？”

与暮笑：“谁说他喜欢我了？”

“不喜欢你干吗还要跟你结婚？而且我姥姥说，一个能生龙凤胎的女人一定是很有福气的女人，尤其是在这种豪门啊，会很受宠呢！”

与暮微微张着嘴巴还想说什么，想了想，还是算了——干吗非要去跟别人解释傅致一并不喜欢自己？那样不过给人一种自怜的感觉。自己的丈夫不爱自己并不是一件值得炫耀的事情。

那天准备下午回家，与暮中午在病房里收拾东西时，傅致一拿着饭盒进来了。这几天的饭菜都是他送过来的，每天都会定时送来，有汤，饭菜的味道都很淡，却很好吃，是淡有淡的美味的那种。与暮知道这些都是他做的。每天快到吃饭的时候，他便会离开一段时间，让那两个护理来陪她聊天。他知道她不太喜欢跟陌生人说话，所以除了实在分不了身，他都会亲自陪在她身边。

他不知道的是，相比于陌生人，跟他待在一起更会让她觉得别扭、不自由。

又是一顿沉默的中餐。与暮已经想开了，既然他硬要这样照顾她，她也就随他去了。她不矫情，不会赌气不吃他做的饭。况且，她并不觉得自己需要领情，或者觉得对不起他什么的，在这之前她所做的那些来抵这些好绰绰有余。再加上生孩子也不是她一个人的事，她在床上受苦受难，他伺候她一段时间也算是极其公平的。

医生曾询问是否要喂母奶，每当护理把孩子抱进来的时候，便是喂奶的时候到了。

两个护理一前一后抱着小宝贝，碰巧李瑶这个时候也来了，只有她一个人，看见这架势，忙上前帮忙。

与暮自然地将身上的衬衫纽扣解开，却不想傅致一这时候说了一句："我先出去。"

他是出去让司机准备接人，却没想到李瑶愣了一会儿，然后完全误会了他的意思。

她忽然大步过去，居然抓住他衣袖，调侃他："哎哟，小傅爷，你是在害羞吗？孩子都生了，居然不敢看，难道你跟我们家与暮以前都是关着灯摸黑在做吗？"

傅致一瞥一眼她拉着自己衣袖的手，像被什么脏东西碰到了，嫌弃地将她的手甩开，还拍了拍那块的袖子，一言不发地往门外走去。

与暮看着李瑶红白交替的表情，想笑，又觉得自己不厚道。

这几天为了替自己报仇，李瑶基本上见到傅致一一次就讽刺一次。也许是因为傅致一不反击，出乎意料的脾气好，她胆子更大了起来，居然去触碰他。要知道，小傅爷从小有洁癖，不喜欢被他不想亲近的人碰，就算是衣服也不行。

后来回家的一段时间，与暮发现妹妹比哥哥难带多了，仿佛傅致一身上涂了糖，心心念念只要他。可是他哪里有那么多时间带小孩，白天要去公司，只有晚上才能挤出那么一点点时间。

再者，堂堂四海阁小傅爷哪里有在家带孩子的道理？

不得不说的是，傅致一在带孩子这方面，真的比她这个当妈的要好得多。

与暮在坐月子的时候不方便带孩子，傅奶奶白天会过来。

原本为了不让她两边奔波太过劳累，不管是当孙子的还是当孙媳妇的都应该让她留下来住，傅致一也不是没提过，但是她觉得自己做了对不起孙媳妇的事情，不好意思留下来，所以宁愿自己两边跑，也要把空间留给他们。

每晚傅致一回家都会帮与暮照看孩子，与暮每次看他那么疲惫还要被宝宝那样虐待，明明知道那是他活该，她又没巴着让他照顾，但她还是很心疼，所以之后她都直接说让她试着带孩子好了。

她没说的是，到时候真的离了婚，她一个人也要适应怎么去照顾孩子的。

每天晚上与暮必做的一件事，就是把有关离婚的经典案件一个个找出来，以及仔细阅读关于这方面的法律问题。

自从跟谭勋分手之后，她不涉及这方面已经很久了，以前再怎么熟悉，现在也渐渐忘记了，需要很长的一段时间去恶补。

这只有当宝宝睡着，傅致一还在书房里时，她才有机会拿出那些让李瑶按照她的要求买的有关法律方面的书籍看。

她必须做到这么偷偷摸摸才行。尽管她知道哪怕事前傅致一毫无防备，她再怎么努力，希望也很渺茫，几乎为零，但只要有一丝丝的可能，她都要争取。

从回来后，傅致一都睡在书房里。他选择这里是因为书房比客房离卧室近得多，书房的门一直都是打开着的，万一有什么事情他也能知道。

今天与暮提出要自己带孩子……他有点担心。

儿子好说话，女儿却很顽皮，只有他抱在手上的时候，女儿才会乖乖吸着奶嘴不闹脾气，不知道她一个人能不能行。

半夜三点，婴儿的啼哭声忽然传进了他耳朵里。

傅致一倏地从床上起来，走到卧室门口，伸手刚要碰上门把手，却改成了敲门。

自从那件事情之后，他变得很尊重与暮。他知道她一时间不能原谅自己，但是他会很努力很努力地寻求她的原谅。

傅致一从没这样对待一个人，小心翼翼的，生怕自己有什么地方做得不好。

就算当年的向可卿，也没有得到他这样的待遇。

等了近三分钟，里面才传来与暮的声音："进来吧，门没锁。"

他进门的时候便看见与暮坐在床前，她的头发凌乱，脸上的表情有些无奈，好像已经不知道怎么办了。

而作为罪魁祸首的小祖宗在床上哭得声嘶力竭。

而一旁的哥哥则依旧闭着眼睛睡得很熟，仿佛这边的"灾情"跟他一点关系都没有，根本传不到他的耳朵里。

"宝贝，求求你别哭了。"再哭，她都想哭了。与暮握住女儿粗粗的小腿，诱哄的声音已经带着些哽咽。

与暮从来都不知道原来带小孩是这么困难的一件事，也不知道原来听着自己的孩子哭，自己会那样心疼，恨不得把自己的心掏出来给她玩，只要她不哭，要什么都好……

这一晚，她越来越觉得沮丧，越来越觉得自己没用极了。

自己的女儿都哄不了，还谈什么离婚？离婚之后，她确定自己真的能将他们带好吗？万一出了什么事，她负得起责任吗？

在她发愁的时候，傅致一已经挽起袖子，拿着洗好的奶瓶调奶粉。与暮的奶水不是很多，又要喂两个宝宝，没有必要的时候，傅致一都是调奶粉给他们喝的。

调好奶粉之后，他从与暮怀里接过孩子，抱着宝宝喂牛奶。

而刚刚还闹腾得厉害的女儿一躺在他怀中，便安静又乖巧地吮着奶瓶。

与暮心底不禁有些吃味：同样是牛奶，难不成是他调的更好喝吗？为什么自己喂她喝牛奶，她全吐了出来？

见她无声地站在一旁，傅致一轻声道："我会看着她，你好好休息吧。"

Part 5

与暮看着他怀里安静的小孩，道："还是你去休息，我来照顾她吧。"

傅致一比较实际："她只有在我手上的时候才不会哭。"

虽然与暮不想承认，但是小宝贝在他怀里安分守己得不得了，一只小手握着他空出来的大拇指，睁着眼睛看着他，吧唧吧唧地喝着牛奶，很像一边悠闲地看美男，一边还有人温柔地伺候着……

与暮无言地瞪了一眼那个都不瞄自己一下的女儿，走到床边的另一个摇篮边……还是儿子比较可爱，此刻还在呼呼大睡，嘴角淌着口水都还是那么帅气！

与暮用毛巾将他的口水轻轻擦掉，刚要将手拿开，倏地就被他的小手抓住手指。与暮只感觉他小小的手掌心肉乎乎的，顿时一种母爱在胸间不断地扩散开……

从那天开始，与暮虽然有独自照顾孩子的心，但也没有那个力。不过没让她绝望的是，儿子还是很好带的，在她手上几乎从来不哭，喂奶的时候也安静地吧唧吧唧喝着。

儿子和女儿都是同一个人生的，怎么差别会那么大？与暮心细地发现，他们俩唯一的共同点大概便是喝奶的时候喜欢抓着别人的手，肉肉的手掌没有多大的力气，却很有温暖的感觉。

每天白天傅奶奶和傅嫂会过来照顾孩子，偶尔李瑶也会来。本来出院的时候她就说好，每天都跑过来跟她的干女儿、干儿子交流感情的，谁知道傅奶奶也来凑热闹，她不太待见人家，又不好把人家赶走，再怎么说，亲奶奶也比她这个干妈的资格大，所以来的次数也就少了。

那天她来找与暮，趁傅奶奶和傅嫂去喂孩子跟与暮交代："我跟叶凡的婚礼会推迟，直到你坐完月子为止。"

与暮觉得其实没有这个必要，但是她知道李瑶是非常希望她这个好朋友出席的，也就没有说什么，只是在心里感觉对叶凡很抱歉，又要让他等一段时间了。

两个人那么熟了，说话自然不会拐弯抹角，李瑶继续说："我本来想去把孩子打掉的……昨天一个人偷偷地跑到了医院……谁知道被叶凡发现了。他这人很聪明，一直都知道我心里并不想把孩子打掉的……"她看着与暮，很认真地说，"也许我会恨陆连年，但是自己的孩子……总是不舍得的，我真的没那么大胆。与暮，你知道吗，把自己的骨肉杀死会有报应的，我死后一定会下地狱的。"

与暮不知道怎么安慰李瑶，她不知道叶凡心里是怎么想的。作为李瑶的朋友，与暮当然希望她能得到幸福，并且不想她那么残忍地杀害一个生命，可是叶凡真的能容忍她爱着别人的孩子吗？那需要多大的宽容！她很怕叶凡只是一时冲动，养一个小孩不是几天或者几个月的事情，那是一个漫长的过程，他确定自己承受得了吗？

这世界上有很多事情，没有到最后，是猜不到它的结局的，我们能做的只是让它顺其自然地发展。

就像女儿喜欢自己的爸爸比较多，所以每天晚上傅致一不得不花一点时间哄她睡觉。

与暮不知道没当过父亲的他是怎么学会哄小孩的，难道真像瑶瑶说的，他有偷生过？

后来有一次在书房拿东西的时候，与暮无意间看见了书桌上的几本特别的书，她翻开大致看了一下内容，才发现竟是一些教父母怎么照顾宝宝的内容，还有图片附加说明，她甚至在有些页面看见用红笔画出来的几行字。

所以……他会照顾宝宝不是与生俱来的，更不是他有偷生过，而是每天都有认真地研究过吗？

不知道为什么，与暮的眼前自动浮现出每天晚上傅致一在书桌前仔细地研究这几本书时的样子。在这场道歉里，他真的是用了心的……而她呢，每天研究的却是如何能够成功地跟他离婚……

这几天傅致一都显得很疲惫……这个疲惫不仅仅指他为了照顾小孩，而是从他回家之后，眉宇间的皱褶就很明显，虽然一如往常的镇定，一双眼睛里却能看见血丝。

这是与暮很少看见的。在她眼里，他好像是那种在工作上强大到不管多累，每天都能以最好的状态去上班的人，而那种累，是日夜工作，好像公司濒临破产。其实在宁市，四海阁一直被经营得风生水起。

不知那天是怎么回事，女儿一直都没被哄睡，睁着大大的眼睛瞅着她亲爹，手上玩着他大衣上的刻纹衣扣，有时候没人说话，都会自娱自乐笑出声音。

傅致一回来的时候，与暮就感觉到他身上疲惫的气息，其间不是没让他把孩子放下的，可是小祖宗一离开他的怀抱，就双手胡乱挥舞，眼看就要哇哇大哭了。与暮一直觉得她的女儿有当高音歌唱家的潜质。

所以那一晚上，她主动跟傅致一说："抱宝宝在床上躺着吧。"

说完这一句，她就像落荒而逃的少女一样，跑进了浴室。

还在哄宝宝的傅致一先是一愣，随后，嘴角终于勾出一抹淡淡的微笑。

Part 6

一个人可以被感动几次？与暮不知道。她只感觉傅致一这次是真的用心了。可是她还是有一种回不去的感觉，不管是他本身的原因，还是向可卿的外在原因。

虽然她还是坚持着自己最初的想法，但她已经决定，在没有彻底闹翻的这段日子，还是跟他在一起好好生活。有一个美好的记忆，对她来讲未尝不是好事。

带着这样的心情，她打算晚上等傅致一回来后和她好好谈谈，可一直等到十点多他都还没有回来。

平常不管多忙，最晚八点他都会回家的，有时六点多就到家了。

这是她生完孩子以来，他回得最晚的一次，她竟然开始有些不习惯了。

可是……为什么要不习惯？以前他不是一直都是这样的吗？说不定他又去看向可卿了，这不是不可能的事情。

她都快要忘记，当初她离家出走去李瑶家的那段时间，他也是以那种低姿态把她哄回来的，可是没过多久，只要有人在他耳边提到向可卿，他便坚持不住了。

现在呢？会不会今天向可卿又出了什么事情，所以他才回来得这么晚？

想到这里，她就觉得好像透不过气。

她尽量让自己不要想歪了，说不定他只是因为加班才回来晚了。

心底偏向傅致一的天使在努力地开导她。

"嗯嗯哼哼……"就在这时候，耳边传来轻微的声音，将她的注意力拉扯了过去。

她起身抱起睡醒了的女儿。这几天晚上傅致一在照顾女儿的时候，她也不是白坐在那里，总算学会了一些小技巧：女儿喜欢被人抱着在房间里走动，不喜欢停下来，一停下来便闹脾气。如果把女儿放在床上，那嘹亮的哭吼声便会毫不客气地飙出来。知道了这些之后，傅致一没在家时她也能带带孩子。但是晚上，女儿在她手上是绝对不会睡觉的，除了傅致一，没有第二个人哄得动。

当与暮抱着孩子在卧室里走了好几圈的时候，电话忽然响了起来。

不想证明自己其实一直都在等这通电话，她看了怀里吧唧吧唧咬着奶嘴的女儿一眼，等它响了好几下才走过去将电话拿起："喂？"

她本以为会是傅致一打来的电话，谁知道电话里传来一阵嘈杂的声音，听不大清楚，但是隐约好像是李瑶的声音。

她又喂了几声，过了好半天那边才传来叶凡的声音：“与暮，是我。傅致一让我告诉你，这两天他都不会回家。他交代了傅嫂，她晚上会带两个高级护理去照顾你们。放心，只有傅嫂和那两个护理……”他的话还没说完，她就听见那边李瑶小小的声音响起：“干吗不告诉与暮，傅致一在医院……”

她只听见了这句话，然后叶凡就将话筒拿远了，说：“有什么事情就打电话给我们，或者你需不需要我们过去照顾你？”

“不用了。”与暮说，“我知道了。”然后便挂了电话。在电话里听到瑶瑶的那句话……果然跟她想的一样吗？

不然傅致一去医院能做什么呢？除了向可卿……与暮微微勾起嘴角，竟然想笑：朝与暮，你真的是绝世大傻瓜，就因为他几天的好，就开始想要原谅他，想要忘记之前他对你的种种伤害。

什么“如果我说我爱上你了”……

当初她不是信誓旦旦地说不相信吗？就因为他的好，她的心就开始融化，她就真的以为他……爱上自己了？

她看着怀里的孩子，问自己：朝与暮，你怎么了？曾经让你伤透心的他，才说两句甜言蜜语，就让你忘了他曾经对你的伤害？

别忘记了你在生孩子的时候，他也是这样陪在别的女人的身边的，你可不可以别那么贱？

她忽然好想哭……然后眼泪就一滴一滴地落了下来，掉在孩子的脸上。小孩子不知道那是什么东西，好奇地眨着眼睛。

与暮抱紧她，看着她稚嫩的脸，轻声啜泣起来。

之后的那天，与暮将自己的坏情绪收好，一门心思放在照顾宝宝上。

中午，傅致一回来的时候，身后跟着叶凡和李瑶。与暮不知道他们三个是怎么走到一起的。李瑶一进门就拿了一大袋子药递到与暮怀里道：“与暮，医生说了，这些药得有人监督傅致一喝了，里面还有中药，是调理身体的。医生说他的身体太差了，再不补补又要晕倒了……”

李瑶说了一大堆，与暮一句话都听不懂。什么吃药？什么晕倒？

她没有问出口，傅致一便打断：“没她说的那么夸张。”然后他将莫名其妙的药丢到一边。

什么中药，根本就是这女人吃饱了没事干，硬让医生给他开的。

“这到底是怎么回事？”与暮蹙眉问。

“没事。”傅致一言简意赅，不想说。

“什么叫没事？要不是叶凡刚好到你办公室里看见你晕在沙发上，恐怕现在你已经是一具尸体了。我就不懂你每天那么努力工作干吗！美国总统下任了，你的公司都还健在呢！你现在不是应该一心放在与暮跟孩子身上才是吗？难道硬要等到与暮跟你……”说到这里，她赶忙闭了嘴巴，转方向，“你……你死了没关系，我们家与暮和孩子怎么办？不过……你的遗产好像挺多的……”

“晕倒？”与暮认真地看着傅致一，想要找答案。

傅致一抿唇，不想说。

最后还是叶凡解释道：“傅致一最近工作压力大，医生说是劳累过度才晕倒的。就是打电话给你的那个晚上，他在住院，不想让你担心，所以那时候没告诉你。”

所以……他根本就不是去看向可卿了？

Chapter 15
婚礼的意外

Part 1

那一整天，与暮状况都不怎么好，因为自己昨晚的胡思乱想，对傅致一的愧疚更上升了一层。

李瑶逗宝宝玩的时候，看见与暮拿着奶瓶在发呆。这一天与暮的状态她都看在眼里，趁着两个男人去做饭了，她问："与暮，你怎么了？一整天都魂不守舍的样子，该不会还在替傅致一担心吧？其实也没你想的那么严重，只要照顾得好，会没事的。"话是这样说不错，但医生可不是这么叮嘱的，他说再这么下去，傅致一英年早逝是很正常的事情，就在未来的某一天，一点都不用怀疑。

但是，她当然不会这样跟与暮说。当与暮听见傅致一晕倒住院时，整张脸都白了，那样明显的变化，她不是傻瓜，不会读不懂，只是不知道该读懂的人有没有读懂。

"我没担心那个……"与暮玩着手上的牛奶瓶，低着头，闷闷地说。

"那是担心什么？"

担心什么？与暮说不出口。

李瑶看着与暮的样子，脑子一转。“啊！”她叫了一声，“你该不会是怀疑傅致一去医院看向可卿了吧？”

“嘘！”与暮连忙做了个噤声的手势，“你小声一点啊。”

李瑶随着她的目光看去，就见怀里的小丫头瞪着贼大的眼睛盯着自己看……还好还好，没有把小丫头的眼泪给吓出来，不然哄好小丫头又得花上好长一段时间。

“与暮，你真的这么想的吗？”

“嗯……”与暮点头，“昨天隐约在电话里听见你说医院什么的……我就往那方面想了，谁知道……”

“谁想得到傅致一不是去看向可卿，而是自己住院了？”李瑶叹息，“不过也不能怪你乱想啦，谁让他自己以前那么过分，让你有后遗症。一个被伤害过的人，别说信任了，怀疑这怀疑那是很正常的事情。不过这次傅致一是真的没有去看向可卿啦，听说她前天刚好从美国回来了，也不知道她知不知道傅致一住院的事情，反正听叶凡说，她没有再出现过了。”她像是想到了什么，又说，“还有哦，这事也要怪小傅爷自己，他说怕你担心才让叶凡不要告诉你的，我本来想要告密的，可叶凡说你知道了也只能徒增担心，我想想也有道理，就算了。”

“嗯。”与暮心不在焉地应了一声。

那天的事情就这样过去了，傅致一没放在心上，依旧忙于工作，其他时间都陪在孩子和妻子身边，绝世好男人也不过如此。李瑶看着他的转变，也深深地感觉到他对与暮的细心和好——

从一开始不停问叶凡，这是她第一眼见过的小傅爷吗，到后来她以小傅爷为模范，就差给他设个牌坊立着了。

与暮的态度也明显有些软化了。在他渐渐对她好的状态里，她觉得自己的心好像在摇摆，很多次在梦中，摇摆的天平都倾向不离婚的那一边。这样的摇摆一直持续到李瑶跟叶凡结婚的那天。

那已经是与暮坐完月子之后了。对叶凡来说，这一天已经筹备很久了，与暮月子一完，他就迫不及待地想要完成婚礼。李瑶自然没有意见，她也想趁着自己肚子没有大起来做一个漂亮的新娘。

很久之后，与暮还记得，那天是瑶瑶最漂亮的时候。每个女人都有一个梦想，那就是穿上纯白的婚纱，嫁给她最心爱的男人。瑶瑶没有嫁给她最心爱的男人，却嫁了一个最爱她的男人，这样的婚姻应该是要被祝福的吧。

可是不知道为什么，那天从早上开始，与暮的右眼皮就在不停地跳。她一向不迷信这样的事情，可是这世界上有些事情还是说不准的，就像她上一次眼皮跳的时候就是宝宝要出生了。

清晨是她陪着李瑶化妆的，差不多九点的时候，新郎才会过来接新娘。这一次，李瑶的父母也特意从国外回来。

当年李瑶的父母移民加拿大的时候，李瑶执意为了陆连年留在宁市，他们没办法，只有一个女儿，从小都宠惯了，看着她为了一个男人委屈，他们很心疼，但是看着她被迫跟他们离开，不吃饭不说话，他们更难受。李瑶从来就是父母的心肝宝贝，他们什么都依着她……只是没想到再次回来的时候，居然是参加她的婚礼，这也算是值得高兴的一件事。

那天与暮根本就不记得是怎么回事，只是觉得李瑶的脸色有些不对劲，以为她是身体不舒服，可是她只说有点头晕，没什么大事。

她的手机从早上一直在响，不断的电话和短信的铃声交替响起，最后她直接把手机改成了振动，却没有关机。

与暮问她是不是有什么事，她只是摇头。

与暮看了她一眼，还有她握在手中的手机，大概能猜到是谁在这个时候会不停地找她。

应该是陆连年吧，不然以李瑶的性格，她早就关机了，不是什么重要的人，不是什么在乎的人，不是什么放不下的人，她是不会让手机一直这样振动的。

化妆师替她化好妆后，她穿着白色的婚纱，漂亮得像一个公主。只是公主的脸色苍白，一双眼睛里有些许不安。

与暮看着她，想要安慰她，最终还是看着她认真地说："瑶瑶，这条路是你自己选择的，千万别在这时候回头，不然伤害的永远只有叶凡一个人。他等了你这么久，等的不是那个结局。很多事情，你应该明白的。"

"我知道。"李瑶点点头，"什么陆连年，都去死吧，我现在就把手机关了。"说完就当着她的面低头关机。

与暮摇摇头，恰巧这时候她的手机响了，拿起来一看，是傅致一打来的。

自从傅致一改变以来，与暮跟他之间的相处模式比以前好多了，而让与暮放松警惕的另一个原因是，他当着自己的面打电话给向可卿，告诉她，以后照顾她的事情都是她家人的事情，他可以以一个朋友的身份去看她，有什么忙他都会二话不说地帮，只不过——"我的妻子为我生了两个小孩，很辛苦，我得花上很长一段时间去照顾她，这段时间，我想会是一辈子，所以我无暇分身照顾别人。"

有什么会比这样的举动和情话更让人感动的吗？与暮承认，当时的自己真的很感动……

所以，那些她整理的离婚书籍已经被她暂时遗弃在卧室的角落里——也不是没有用，只是看他的表现，如果那些话又是哄她的话……下一次，她真的就是绝不可能原谅他了。

"喂？"

电话接通后，那边的人声音温和："累吗？"

"还好，我都没做什么事情。"

"嗯，累了的话就休息一下，不要太卖命，婚礼的行程叶凡都是事先安排好的。"

"我知道啦，又不是小孩子……对了，宝宝他们都还好吗？"

"嗯，不哭不闹。"她就知道，只要他在身边，两个宝宝都会乖得出奇。她忽然想起来，好像到现在他们都没有给宝宝取名字，用他的话来说就是，留一个机会给她的父母……

这次李瑶邀请的嘉宾自然少不了与暮的父母。与暮之前并没有在电话里告诉父母孩子已经出世的事情，一开始是因为跟傅致一之间的关系不好，怕到时候自己真的要离婚，父母肯定不答应，至于现在，她是想着既然都拖了这么久，那就等他们过来，给他们一个惊喜好了。

不过李瑶让她最好做好心理准备——生了孩子都不向父母报备，真是太不像话了。

想起李瑶当时的表情，与暮就觉得好笑，下意识地往李瑶的方向看去，才发现她不知道什么时候出去了，整个化妆间都没有她的影子。

心里有股不安的感觉，她匆匆挂了傅致一的电话，走到门口的时候刚好碰见拿着东西进门的化妆师，便抓着他问："有没有看见新娘？"

"我去拿东西了，没看见。"倒是一边的助理说，"我刚才看见她拿着手机匆忙跑出去了，也不知道发生——"

就在这时，外面传来几声尖叫的声音，三人同时往外面看去，不远处好多人聚集在那里，也不知出了什么事。

Part 2

"怎么了？发生什么事了？"助理第一个不淡定，转身想冲上去看。

与暮只感觉右眼皮又迅速地跳了一下，总觉得什么不好的事情真的发生了。

然后她就看见一个白色的身影快速拨开人群走进去，她心一沉，走近一看，只见地上满是鲜红的血，李瑶倒在地上被叶凡抱在怀里，意识迷迷糊糊的，想说什么，最终却什么都没有说。

叶凡二话不说直接将她抱起，鲜红的血跟随着他的脚步还在不停地滴落。

与暮感觉自己好像在做一场梦，眼前的一切都不是真的。是啊，那么虚幻的场景，怎么可能是真的呢？瑶瑶今天不是要开开心心地结婚吗，怎么会出了车祸……

地上一个小东西引起了她的注意，她走上前，捡起，是李瑶的手机，上面的短信就像催命符一样闪现在她脑海里——

你要不来，我就死给你看。

是陆连年发来的。

与暮只觉得什么东西在自己眼前一闪而过，那样强烈的光让她有些站不住，就像被撞的人是她一样……接下来，她便昏厥了过去，掉进了一个温暖的怀里。

与暮做了一个很长的梦，梦里面纷纷扰扰，仿佛活在乱世，那么多不好的东西交织在一起，让她的心一抽一抽地疼，可是醒过来后什么都不记得了，只见满眼的白色，不知道自己什么时候躺在了病房里，挂着点滴。

一旁的傅致一见她醒了，眸色终于带着一抹担忧。

与暮开口便问：“瑶瑶呢？”

傅致一不语，知道那个打击会让她承受不住。

可是李瑶是她最好的朋友啊……她坐起身就要下床，手上插着输液的针，她想都没想就拔掉了。傅致一还来不及阻止，她已经跳下了床急急忙忙往外面冲去。

“与暮！”傅致一低呼一声，冲上前去将她抱起放在床上。

“你放开我，我要去看瑶瑶。”

“你自己都这样了，还去看她？”

“那你告诉我，她怎么样了！她到底怎么样了？”

傅致一向来不是一个拖泥带水的人，替她披上衣服，语气并没有多大起伏地道：“她的腿出问题了，孩子也没了。”

与暮只觉脑袋里一片空白：“孩子没了……腿出问题了，是什么意思？”

“腿部被撞得很严重，以后可能要依靠轮椅。”

后来，与暮去看李瑶的时候，她躺在病床上，一双眼睛看着窗外。从头到尾，她都没有哭过，可是与暮知道她一定难过极了。那件染着红色血渍的婚纱还躺在地上，也不知道是不是谁忘了收拾。

她沉默地走过去，欲将它捡起来。

“别动它。”耳边传来李瑶沙哑的声音，她转身，就见李瑶看着那纱裙，一双眼睛平静得有些可怕。

与暮从来都没有见过她这样子，心里好担心，却又不知道怎么安慰。

李瑶说不动，她就不动。

想起以往自己难受的时候都是她陪在身边讲笑话，哄自己开心，替自己打抱不平，此刻看着躺在床上像个木偶一样没有表情的好友，与暮真的觉得自己好没用。

“瑶瑶……”与暮望着她平静的脸庞，一开口，声音有些透不过气的哽咽。

李瑶神色安宁。

“其实，我一直都有种预感，我当不了新娘……”她说，“可是我还试图抓着最后一丝希冀，期盼着，也不安着。你看，那件婚纱真的很美对不对？它那么洁白，是我让它染上了那么鲜红的血，是我弄脏了它……其实我早就应该有自知之明的，我这样的人，怎么配穿上它？”

“你别这样说，这是意外，只是意外。”

“不是的……是我的报应。”她恍惚间扯了嘴角，“凌晨我就接到过陆连年的电话，我在电话里告诉他别再打过来了，不然我就关机。可是我舍不得……我还在期盼什么……于是他不停地跟我发信息。当我看见他说的最后一句话时，我慌了，我就那样不顾一切地冲了出去。我知道那是我活该，是我的报应。”

“可你知道吗？最可笑的是，我撞车的前一刻接到他的电话，他说：‘我是开玩笑的，我这样的人怎么可能会自杀？我真心祝福你幸福快乐，瑶瑶，再见了……’我就知道全世界最白痴的人就是我，所以我谁也不怪，我成了现在这样完全是我自作自受……”她转头，看着与暮，“我不会把那件婚纱丢掉，我要把它留在身边，时刻提醒我李瑶有多蠢。”

与暮不知道原来在车祸之前竟然发生了这样的事情。以前她只是对陆连年没有好感，他大少爷心性也好，不成熟也好，至少不会做出太过分的事情。可是结婚前的那些电话和最后的那句话又是什么意思？他如果真的早就放开了，何必发那些暧昧不明的短信让李瑶充满期待？她朝与暮见过贱的男人，却没见过这么贱的！

“如果陆连年当时真的用自杀要挟你，你会取消婚礼吗？”

“不会的。陆连年，我多了解这个男人啊，他爱自己的命超过任何人，他是不会为我做这样的傻事的。我明明那么了解他的，可是那时候我还是怕……我生怕……”李瑶闭上眼睛，痛苦得说不下去。

这就是她爱了那么久，用整个青春去爱那个男人的下场。

她失去了一个孩子，还有她的双腿。

Part 3

李瑶的父母好像一下子苍老了许多。很多年不见了，他们没有移民的时候，与暮经常会去探望他们，在与暮的印象里，当时的他们那么年轻，满脸都是善慈的笑容。与暮还记得在李瑶二十岁生日的时候，他们本来想送给李瑶一个纯白金打造的长命锁的，可是李瑶就要跑车，没办法，他们只能把长命锁换成了跑车。可是之后他们还是帮她打造了一个长命锁。他们就只有这一个宝贝女儿，什么都替她着想，只要她开心，只要她活得好好的。

当李瑶的父母进门来看望她的时候，与暮正扶着她上完厕所，她的腿非常不方便，连这一点点的距离都得坐轮椅。

李妈妈的手上端着一碗精心煲好的汤。在外面二老已经说好了，无论看见女儿怎样都不能脸带一点点悲伤的表情。可是李妈妈看着女儿连上洗手间都必须依靠护士的搀扶和轮椅，眼泪就不受控制地往下掉。

“妈妈，别哭了。”耳边传来一道低沉的声音，李瑶抬头，她都差点忘记了，她的父母总是称呼对方为“爸爸”或“妈妈”。这个习惯从她出生起就养成了，她是他们最疼爱的女儿，他们从小就疼她，用这样的称呼时时刻刻提醒着对方，要当一对尽责的父母，要好好养育她。

她看着自己的父亲，他抿唇，表情看起来很严肃，严肃到就算他下一刻大骂，她都不会觉得意外。可是他从来就没有骂过李瑶，她爱陆连年爱得死去活来的时候，他也只是轻叹：“爸爸妈妈疼了你那么多年，不是为了让你在其他人那里受委屈的。瑶瑶，天底下不是只有他一个男孩子，怎么你就不懂？”

“爸、妈。”她哑着嗓子唤了一声，不敢再说什么，生怕再开口，出来的不是话，而是哽咽的声音。

李妈妈连忙擦掉了眼泪，笑着走到窗前，将汤拿出来：“瑶瑶啊，这是爸爸帮你煲的汤。你之前不是总是在电话里说想喝爸爸煲的汤吗？快尝尝，看看味道是不是还是跟以前一样好。”

熟悉的香气飘进鼻中，李瑶不需要喝都能知道那是爸爸精心熬的汤。在家里，一向都是爸爸做饭，爸爸比妈妈大五岁，从结婚到现在，一直都宠着妈妈，有时候她甚至会觉得爸爸是因为太爱妈妈，所以才那么宠着自己的。

他们努力维持那么好的状态，为的就是不让她难过，她怎么会看不出来？他们的一举一动都在告诉她，就算失去了腿也没有关系，爸爸还是那个爸爸，妈妈也是那个妈妈，他们都一如既往地疼着她。

“对不起……”李瑶哽咽着道歉，不知道是为了什么，也不知道是给谁道歉。

李爸爸一阵沉默，将自己手上拎着的袋子放下，当作没听见她的话，转身向妻子道：“妈妈，去把这个热一下，一路走来都凉了。”

“对对，还有这个。”李妈妈笑着说，“这是瑶瑶最喜欢吃的糕点，得热的才好吃。”说完转头对与暮说，“与暮，还记得吗。以前你来我们家的时候，叔叔就做这个给你们吃，你们可喜欢吃了，吃了还不够，还总带到学校里去。”

与暮点点头，怎么会不记得？李爸爸的手艺特别好，每次她们都吃一大堆。每次她去李瑶家的时候，李爸爸都会做很多，让她们带到学校去。那时候李瑶就常常说：“以后毕业了一定要留在爸爸身边，爸爸去哪里我就去哪里，我的嘴巴都被我爸养叼了，吃其他的东西都不习惯。”

可她当年的想法因为一个男人而改变了。

将糕点热好了，李妈妈拉着与暮一起吃，一边舍不得地看着女儿，一边欣慰地说道：“瑶瑶不在的时候，爸爸还是每周都会做一次糕点，我问他：‘我跟你都不怎么吃，干吗每个星期都做？’他总是笑着说：‘要熟悉手艺，不然下次看到瑶瑶，做得不好吃就不好了。’你说，他这个人好不好笑？”

与暮勉强扯出一抹笑容，看向李瑶，她已经红了眼眶。她没忘记做这样的糕点要花多少耐心和时间。她爸爸每次都会将糕点雕成很精致可爱的小东西，知道她最喜欢小兔子，所以小兔子形状的特别多。李瑶曾经告诉过与暮，每次她生病，或是在学校表现良好，父亲就会叮咛母亲要准备好糕点庆祝，从来都没有例外。

从小，她就是备受父母疼爱的女儿。

李瑶从来没有像此刻这般讨厌自己。究竟是什么让她迷了心窍，那样至死不渝地深爱着那个男人？为了他，她跟父母分别那么多年，从开始哄着他们说一个月去看他们一次，到一年一次，然后到现在已经不知道多长时间没有去看过他们了。就为了一个陆连年，她连疼爱自己的父亲都忍心舍弃不顾。

看着父亲将汤一勺一勺舀出来，然后让妈妈递给自己，她低着头一口一口地喝着，心里太乱，食不知味。

“不要只顾着喝汤。”李爸爸将她的小勺拿过去，舀了里面的肉递到她嘴边，“多吃点肉，都瘦了。”

李瑶抬眸看着父亲，眼眶红红的，她只能努力不让眼泪掉下来。她忽然就想起小的时候——

爸爸说：“我做了你喜欢的牛奶布丁，在冰箱里，自己去拿。”

然后第二天她打开冰箱，气鼓鼓地说：“爸爸，昨天的两个布丁怎么少了一个？肯定是你偷吃了。”

“我又不是不给你做了。”

“总是偷吃我的东西，爸爸偷吃小孩的东西。”

“我又不是不给你做……”

Part 4

就在这时候，有护士敲门，与暮开门，一眼便看见站在护士后面的男人。

她倏地直接将门“砰”的一声关上。

室内的三人都被她的举动吸引了过去，李妈妈好奇地问：“与暮，怎么了？”

与暮看了她一眼，再看了李瑶一眼。

这几年的好姐妹不是白当的，李瑶一眼就知道是谁在外面了，她嘴角弯起，脸上露出微笑："没事，爸妈，你们也一起吃糕点啊，这么多，我一个人吃不掉。"

这样的反应传达给与暮的意思很明显——她不想见到门外的人，一点都不想。

怕门外的人会不识好歹，与暮开门走了出去。

果不其然，她打开门时，那双手正准备敲门。许是意外里面竟有人自动走出来，陆连年眼里闪过一丝惊喜："瑶瑶她……"

"她现在不想见你。"与暮直截了当地打断，"跟我走。"

她走了两三步，见他还站在原地，便说："你已经把她害得那么惨，现在她正跟家人待在一块，你如果有点良心就别去打扰。"

看得出陆连年真的很想看李瑶一眼，眼底的疲倦隐藏不了他的心思。不过换成是任何人，都会想要看看李瑶的状况吧？在结婚当天出车祸的新娘，已经足够上今天宁市的新闻头条了，如果不是叶凡动用关系阻止媒体报道，估计全市的人都在议论新娘悲惨的结局。

最终陆连年还是跟着与暮走了出去，其实也没有走太远，只是在医院楼下的草地上。

今天的太阳很大，暖暖地照在身上，却照不进心里。陆连年的状态实在是糟糕透了，尤其在这么明媚的阳光下，更显得他仿佛是从地狱里爬出来的鬼。

要不是那修长笔挺的身子强行支撑着，与暮相信，最多不过五秒，他就会被风吹倒，再也起不来了。

"陆连年，我只说一句，如果你真的爱瑶瑶的话，就放手吧。"

陆连年因为这句话，眉间的褶皱更深了，一双眼睛像盯着仇人一样盯着与暮，他的一个"不"字还没说出口，就被与暮冷笑一声打断："你都把她害成这样了，还有什么资格反驳我的话？"

"我本以为你只是瑶瑶口中说的有点孩子气，但是你知道你在她婚礼前的举动有多幼稚吗？你明知道瑶瑶还对你那么在乎，先是发那种威胁的信息，然后是祝福她幸福，你觉得把一个爱你的女人玩弄在手心很有趣吗？”

“我没有玩弄她！”听到这句，陆连年忍不住大吼出声，“我是真心祝福她得到幸福的……之前我一直不甘心……我不相信她真的会嫁给别人。我说自杀，我刀都准备好了，可是……可是……”

“可是你下不了手，因为你最后发现瑶瑶还是没你自己重要。其实你最爱的人只是你自己！”与暮接下他的话，嘴角微扯，有些讽刺，“男人都是这样自私，明明一切都是你们造成的，你们偏偏把责任都推出去。在外人看来，都是瑶瑶自作多情，在结婚的时候还心心念念着你。可是要不是你的那些短信，她会这样吗？要不是你，她现在已经完成了她的新娘梦，现在已经是叶凡的妻子了。”

“对了，我没跟你说过叶凡吧？他等了瑶瑶那么多年，什么都依着她，疼着她，跟你这种小男人比，他简直就是伟大，这样的男人才配得上瑶瑶。如果我是你，早滚蛋了，哪还有脸来看她！你知不知道自己把她害得有多惨？”

陆连年被骂得一句话都说不出来，与暮看着他的样子，只觉得从李瑶的身上看见了自己的影子。一个女人在爱情里真的要经受过这样的折磨才能完全清醒吗？

她转身，毫不犹豫地离开，却在数步之外看见了一道背对着光的身影。他站在那里，好像已经很久很久了。刚才的话他听去了多少，她不知道，此刻她已经顾不得他的情绪了。她走到他面前，正对着阳光，有些刺眼。

她眯起眼睛，仰头看他：“你怎么在这里？宝宝们都还好吗？”

“都好。”他伸手轻抚她的发，倒是她自己看上去一副病人的样子，不好极了，“不过儿子这几天有些不安分，睡觉的时间要比平时少。”大概是旁边没有母亲的气息，以往与暮陪在儿子身边的时间多，谁让女儿更喜欢爸爸呢。

然而与暮误会了傅致一的意思：“宝宝怎么了？生病了吗？”说完就着急地要去看，却被傅致一一把扯了回来，轻轻地拥在怀里。

她鼻间都是他毛衣的气息，淡淡的古龙香味，还有点点烟草的味道。

“傅致一……”她轻叫了一声，“你又抽烟了吗？”

他不说话，只是那样静静地抱着她。来来回回的护士，和病人一起下楼散步的家属，纷纷将眼光投向这对俊男美女。

与暮看不见他们的目光，却在心里有些小小的好奇：傅致一从来不喜欢在大庭广众下做这种黏腻的举动，为什么他会抱自己抱得那样紧，好像以后就要抱不到的样子？

Part 5

最近发生的一连串事情让与暮应接不暇，所以她只是将此事很随意地带过，没有想太多。

后来是叶凡接李瑶出院的。虽然在之前李瑶一直说她这个样子，不可能再跟叶凡结婚了，但是他仍然提出要接她离开，主动要求照顾她。这件事感动了她的父母，她的神色却是淡淡的，她既没有接受也没有拒绝。

那天陆连年的事情以及与暮跟他说的话，她都完完整整地跟李瑶说了一遍，李瑶从头到尾都是沉默着的。

与暮不知道她心里是怎么想的，也没有去问。面对这样的事情，很多人需要的都是冷静，就算再亲密的好友，有些事情也是只能放在心底不想讲出来的。

好在，老天好像已经开始休息，这一个月内再也没有发生过什么事情。就连向可卿好像也安分守己地待在医院，没有再打电话给傅致一，或者搞出其他幺蛾子。

除了傅致一好像有些不对劲……具体怎么不对劲，与暮也说不上来，只是感觉他比以前更黏自己，不让自己在他的眼前消失一秒钟，好像希望她时时刻刻都在他身边。

父母那天之后在宁市待了几天就回去了，临走的时候，与暮说好再过半个月就会带孩子回家去看他们的，结果——

“本来不是说了要回来的吗？我和你爸都准备好要去机场接你们了，怎么突然又来一通电话说不回来了，一推又推了两个星期？”

“妈，对不起……因为临时出了些状况。”她不想说，其实是傅致一公司有事走不开，具体是什么事情她也不知道。其实他不能走也没关系，她带着孩子回家也是可以的，只不过……就像刚才说的，傅致一变得好黏她，一秒都不舍得和她分开。

“状况？什么状况？是瑶瑶又出什么事情了吗？”

“不是……妈，你别乱猜……”与暮不知道该如何说。

母亲沉默片刻：“是不是跟傅致一有关？”

“嗯。”她充满罪恶感地垂下头。

“唉……我就知道，嫁给这种有钱人，很多事情就身不由己。”母亲的声音听起来很平静，却透露着无奈，“我从生下你开始，就没祈求你有多大富大贵，那时候就想着你能在我跟你爸爸老了的时候陪在身边，可是现在……连回一趟家都这么难。”

“本来一开始都说好了……他昨天晚上突然不让我走……”与暮不知道该如何让母亲明白，“妈，我总觉得致一最近的状态不太好，可能是在公司里遇见棘手的事情了。他一直都很坚强的，最近给我的感觉就是他一步都不能离开我，我从来没有见过他这个样子……所以……妈，你跟爸说说，再等等我们好吗？”

嫁出去的女儿泼出去的水，她这个做妈除了想开一点，能说不吗？

她叹息一声，挂了电话。

与暮心里其实挺难过的，知道自己很不孝，一边是曾经做了那么多伤害她的事的男人，一边是自己的父母。难道孩子长大了都是这样，永远都是另一半比父母还重要吗？

他们之间好像总是有牵扯不完的关系，每每觉得这一次狠下心要断干净，但总是一个眼神、一句话、一些道歉，又让她心软下来。

仔细想一想，这一个月，她好像都快要把当初想要离婚的事情忘了。

她拿出钥匙开门，左手拎着的袋子里是一些宝宝的生活用品。

今天宝宝放在傅致一的奶奶那边带一天，所以她才有机会去超市活动一下。

自从有了宝宝之后，她的时间都不是自己的了，每天要跟着宝宝一起起床，陪他们玩，女儿虽然很依赖爸爸，但也有点能接受她这个当妈的了。

她一边将手上的购物袋提起，一边将钥匙和包包放在一边，走到客厅准备将袋子里的东西拿出来。

“啊！”不期然撞到一个人，她惊讶地抬起眼，“傅致一？你怎么这么早回来了？”现在不过才三点多的样子，他平常都是六七点才进门的。

看见她，傅致一脸上闪过一抹如释重负的情绪：“嗯。”他只淡淡地应了一声，似乎不想多说，伸手就将她抱在怀里。

“傅致一……”她挣扎着想出来，想问问原因。

他不让，轻声解释：“你的手机打不通，打家里的电话没人接，回来看你不在，我以为你走了……”他将她抱在怀里，脸埋进她的发里，心里又有那种担心，好像这辈子都要抱不到她了。

“我刚刚在跟妈妈通电话，所以手机打不通。好不容易有一天自由的时间，我就想出门去走走。”与暮抬起他的头，满脸温柔，充满耐心，“傅致一，你告诉我，是不是发生什么事情了？为什么我会觉得……你最近很没有安全感？”

傅致一看着她，却不说话。

与暮在心中轻叹，就是这种最近时常出现的深情外加迷惑的表情，让她狠不下心再提要自己先回家的事。

“你老不说话……那好，我现在郑重地告诉你，以后不要每两个小时就打一通电话回来。先不说宝宝会被电话铃声吵醒，就是上班这么不认真，要是少看了一个零，差别可能就是上百万，到时候客户让你赔钱，看你怎么办！”虽然是玩笑话，但也是事实，这一个月里来，傅致一看她看得非常紧，就好像她在外面会有野男人，在上班的时候每隔两小时便要打电话回来，往往都没什么事，这样的傅致一太让人怀疑了。

因为叶凡每天都在为李瑶的事情忙碌，她有打电话问过小倩，小倩在电话里支支吾吾，说了半天也说不出个所以然来，她就想等一段时间，看看傅致一会不会改变，没想到这样的状态居然持续了一个月。

被她那样威胁，傅致一的表情依旧没有波动半分。

“我赔得起。”他说。

Part 6

与暮无奈：“是啊，我知道你天下无敌，什么事情都难不倒你……”

“不……”他打断她的话，“我没你说的那么厉害……”

与暮疑惑，难道说所向披靡的小傅爷也会不自信，这是传说中的……谦虚吗？

“傅致一，你到底怎么了？为什么我觉得你现在好奇怪？”

他神色一凛：“奇怪？”

“是啊，一点都不像平时的你……”与暮眼珠子转了转，“你告诉我，你是不是做了什么对不起我的事情？不然，我实在想不出你这么奇怪的原因是什么。”

“我没有。”他漆黑的眸一眨不眨地看着她，表情有些严肃，眼神坚决。

与暮被他的眼神吓了一跳，忙说：“我是开玩笑的。”然后转身往楼上走去，“我出门的时候把宝宝们的床单都洗了，我先去晒干。”

不知为何，他的那种眼神特别让人心悸，如一记利剑穿透她的肌肤刺进她的心里，让她的心不能平静。

傅致一看着她落荒而逃的背影，沉默地站在原地，背对着光的身影有股说不出的忧伤、寂寥。

与暮跑到天台上晒衣服时，才发现自己的借口真是烂透了，现在太阳都快要下山了，根本不是晒衣服的时间。

可是借口都找了，床单和衣服都拿上来了，不晒也没有道理。

她将洗好的东西一件一件拿出来晒。今天的风有点大，娃娃们的小衣服在洗衣机里的时候已经干得差不多了，所以当她拿起一件薄薄的小绵衫用衣架摆好放上去晒的时候，手一个不稳，也不知道怎么就来了阵怪风，将她手上的衣服吹了出去。

她本能地用手去抓，没抓到，衣服好巧不巧挂在了栏杆外面一个凸出的地方。

那么一点距离说长不长，说短不短，但是伸手还真够不着，踮起脚、弯下腰也只能用最长的中指触碰到一点点。

与暮一向是不服输的人，既然指尖都能碰触到，她干脆再让自己的身体往外面探出去了一点，试图将衣服拿上来。

傅致一从天台门里走出来的时候，看见的就是她那危险的动作。

“与暮！”他低吼一声，吓得与暮一抖，刚已触碰到的小衣服被戳了一下，又掉下去了一点点，这下好了，整个衣架都钩住了下面的凸起，她手指尖怎么也触碰不到了。

她还没来得及回头，就感觉耳边一阵风，整个人瞬间被抱起，转了一圈，稳当当地落在了地上。

她抬头，看着眼前的傅致一，眼神里满是焦急，还带着隐隐的怒火……风吹乱了他的发，让他一张漂亮的脸冷峻极了。

“傅致一……”她轻叫了一声，也不知道为什么要叫，甚至都不知道要说什么。

他沉默地抿着唇，似乎很生气的样子。

她的眉头扭成一个疙瘩：“我刚才只是捡衣服而已……你……”

“闭嘴！”

他打断她的话，很干脆。

“傅……”她还想说话，就被他靠近的唇瞬间吻住，她来不及反应，便被他狂风暴雨般地吻着。

与暮一阵恍惚，能感觉到他内心散发出的不开心。她闭上眼，没有拒绝，淡淡地承受着他狂烈的索吻。

终于，他放开了她的唇，拉着她离开了天台。

一下了天台的阶梯，傅致一将卧室的门踢开，在门口便迫不及待地抱住她狂吻。

“傅致一……”她想说话。

“答应我，以后都别做让我担心的事。”

“傅致一，等一下……”

“我不想等。”

就在这时……

“丁零零……”

卧室里的电话响起，与暮一个激灵：“电话……”

男人本能想成是自己不够努力，这个时候她还有心思去关心电话，于是他猛地用力。

“啊！”与暮叫出声，一双水眸埋怨地看着他。

嘴角勾起孩子气般的笑，他继续努力……

那样的缠绵一直延续到天黑，月亮代替太阳，浓烈的纠缠仍肆意奔放……

如果不是外面的警笛声传来，她一定会以为傅致一会一直那样不放过她。

至于为什么会传来警笛的声音……

与暮恨不得将自己的脸埋在地底，永远不出来。

那天，傅致一的奶奶将两个小宝贝抱回来，按门铃都没人应，打电话也没人接，奶奶急了，以为出了什么事情，一直等到晚上都没有反应，便忍不住报了警。那种滋味……与暮想她这辈子大概都不会忘记吧！

所以那天晚上，小傅爷被很有理由的朝小姐赶出卧室，睡客房。

她心情却是极好的，因为和傅致一之间的距离好像又拉近了一点点。晚上，她看见摆在床头柜的抽屉里，她之前整理的那些离婚文件时，忽然就觉得，也许，自己真的会有不需要它们的一天。

看着睡在小床上的两张小脸，她脸上浮现出一抹发自内心的笑容。她躺在床上，将房间留了一盏小灯——宝贝们半夜醒来的时候会要喂奶，所以她每天晚上都会留着灯。

这样平静的生活，是她一直期盼的，她真的很希望能一直维持下去。

带着这样的思绪，她渐渐进了梦乡。

她不知道的是，在她睡着后没有多久，卧室的门被悄悄地打开了。

修长的身影先是在小摇篮床边停了停，然后才走到她身边，很轻巧地坐在床边的地毯上。

他穿着一件休闲褐色衬衫，袖子轻轻挽起，头发因为清洗过而泛着淡淡的香气，松松软软地搭在头上，让他整个人看起来慵懒且俊美。

他漂亮的眼睛一眨不眨地看着睡梦中的人……已经不记得有多少天了，他总是在半夜这样看着她，什么都不做，只是看着她睡着，静静地听着她呼吸的声音，便能让他疲惫的心感受到温暖和归属感。

Chapter 16
尾声

Part 1

就算在与暮面前，李瑶把自己的情绪控制得很好，就算在所有人的面前，她都是一副并不在乎的样子，可是失去双腿对一个女人而言是怎样的打击，那代表着她从此以后都不能站起来，那样的伤痛是她这辈子都可能无法释怀的。

出院几天，虽然身边的人都在竭尽全力对她好，讨她开心，她也表面上敷衍笑着，可是有时候笑着笑着便觉得悲伤起来。更多的时候，她发现自己喜欢安静地待着。

这一点，也只有心细的叶凡看了出来。每次在旁人试图跟她说话，想让她开心的时候，他便会走到她身边，说“瑶瑶要休息了”或者“我推瑶瑶出去走走”。

他经常会推她出去晒太阳，不怎么会说话，在她发呆的时候也不打扰，好像她心底的蛔虫，知道她什么时候想做什么。

李瑶知道叶凡的用心，就像她曾经将全部的心思放在陆连年身上一样，熟知他的生活习惯，甚至连他脑海里在想什么都猜测得到。

李瑶最近喜欢上了画画。在大学的时候她是有学过一段时间的，也只有在画画的时候，她才会将神思暂时从现实里抽离出来。

于是叶凡在房子的二楼替她设了一个画室，画室里有一面光亮的落地窗，提供了她作画所需的充足光线。每天早上叶凡都会推她来这里，几乎一整天的时间她都是待在画室里度过的，有时候并不是想画画，只是呆呆地坐在轮椅上，看着架上只画了一半的图。

她不知道自己在画什么，很多时候画到一半却不知道要怎么画下去，心里空空荡荡。想起自己的下半生要坐在轮椅上度过，无数次她都有自杀的心思。可是她又想：如果自己这样死了，剩下的人该怎么办？

午后，阳光灿烂，画室里的温暖让人昏昏欲睡。

李瑶坐在轮椅上，看着眼前未完成的向日葵的画发呆，四周一如既往的安静。从出院开始，她住的就是叶凡的家，奢华又空荡荡的别墅。

这间画室除了叶凡和她自己，其他人是不能踏入的，所以当门外传来两道交谈声的时候，她有些意外。

听声音，两人应该是在叶凡的书房刚谈论完事。叶凡的书房就在画室的斜对面不远，只是不知道两人怎么会经过这边。

“事情闹成这样，叶老爷子肯定不同意这婚事，儿子又不是娶不到女人……这样的情况，要我们回去怎么交代？老爷子肯定会大发雷霆的。”

“该怎么交代怎么交代，叶先生喜欢那女的你又不是第一天知道。只是少爷可真倒霉，按理说那孩子流了也算是好事，反正也不是叶家的种，可谁让她还断了腿，换成是我也不会同意娶这样的女人进门。”

“唉——”

声音越来越远，人已走。

李瑶的心却因为他们的对话而升起一股悸动。她脸上的表情依旧淡淡的，可没有人知道，她真的好厌恶自己，一天比一天厌恶这样的自己。

同一时间，躺在摇椅上睡着的与暮忽然睁开了眼睛，怔怔地看着落地窗，半天没有回神。

回到房间拿东西的傅致一进门看见她在那里发呆，直到自己走近都没有反应。

他在她的身边坐下，大手轻抚她的发，问："怎么醒了？"

与暮抬头看着他，轻摇摇头，微微侧身，将脑袋搁在他的肩膀上。

傅致一低头看着她沉默的脸："好像脸色不好？"

"嗯？"她自然地摸了摸自己的脸颊，然后又放下手，"真好，能够在这时靠着你的肩膀，感觉很温暖。"

傅致一沉默，让她靠着。

为了照顾孩子，每天她睡的时间都很不均匀，孩子一睡醒就得喂奶，时间不定，有时候是大半夜，有时候是白天。

白天还好，大半夜的话在睡着的时候突然被吵醒，睡眠质量总是很差的。所以趁着孩子在白天睡着，他让她休息休息，只不过，质量还是一样不好。

她静静靠了一会儿才说："我刚才做了一个不好的梦。"

似乎能猜到她有心事的原因，傅致一握着她冰凉的小手，等待她接下去的话："我梦见瑶瑶自杀了……"她有些痛苦地说，"我不知道怎么会做这种梦，只是这几天，瑶瑶表面上看上去好像真的不在乎，但我多了解她啊，她心底一定不像表面上那么平静。"

"换成是任何人，都不会那么淡定。"

没有想到他说出口的居然是这样的一句话，与暮从他肩膀上抬头，眸色里有丝诧异。

"我只知道，你现在需要好好休息。"他说，"别整天都想这些了。"

就当他自私好了，虽然他知道李瑶是与暮最好的朋友，但是相比于关心其他女人，他更在乎眼前的女人。瞧她的眼睛下面浓重的黑眼圈，她不说，他也知道这几天她有多疲惫。

"可就是担心啊……"与暮有些不能理解，"还有你啊，不是让你不要每天都隔两个小时就打电话回家吗？你这样像是在查我的岗啊，你是怕我会出轨还在家里藏野男人吗？”

她本以为这种话最终得到的也不过是他的不以为然，却没想到他的眼神透露出一丝迷惑和茫然，他竟说出了三个字：“对不起……”

与暮被这三个字弄得很郁闷，看着他的神情又不像是在开玩笑。她有些恼怒，又有些无奈，一副生闷气的样子，把他推到一边，可是嘴里说出来的还是为了他好的话：“你先看着宝宝，我去煲汤给你喝。”最近他工作忙，她都会煲汤，那种对胃好的汤，她可不想再看见他因为胃出血住院。

傅致一当然不会乖乖坐着，而是在她走了之后，自己也轻巧地带上房门出去了。

傅致一看着厨房里那纤细的身影为他而忙碌，没有人知道，他可以坐在厨房里，就这样看着她一整天。

她认真煲汤的样子，长发在身后被随意地扎成一个马尾辫，她的侧面比她的正面好看，温柔且优雅，和之前相比较起来，多了几分爱，还有一丝成熟女人的特质。

这样的她已经不是以前普通得放在人群中都找不到的朝与暮了。都说女大十八变，但是她的美好像是从嫁给他之后才开始悄悄显现出来的。

尤其是在生完孩子之后，她的身体并没有太大的变化，反而比之前更加丰满了，浑身充满了一股子说不清的魅力，那样的她让他想要好好地看着，生怕一眨眼，她就会从他眼前消失不见。

当与暮转身想从冰箱里拿出一些食材的时候，她便看见一双漆黑的眼睛盯着自己。

“你怎么下来了？”她拍拍胸口，“一点声音都没有，很吓人的。”

他没说话，只是走上前，没有预兆地将她拥在怀里。

与暮已经一点都不奇怪他的拥抱了，这样突如其来的拥抱在她这几天的生活里，时常会出现。

一开始她也会问原因，可是他什么都不说，只是解释："我想抱抱你。"

好吧，既然他想抱，她便让他抱着好了。

Part 2

三天后，与暮接到了叶凡的电话，他说："瑶瑶最终还是走了。"

傅致一和与暮赶到叶凡家里时，只见他坐在沙发上，面前是一封被拆了的信。

"叶凡，怎么回事？瑶瑶去哪儿了？"与暮焦急地问。

叶凡没回答，指了指桌子上的信。

与暮拿起信，上面是她熟悉的李瑶的笔迹：叶凡，你是一个好人，我不想拖累你，忘了我吧！我将随我父母去国外，希望你能找一个爱你的女孩，好好过，忘了我，勿找。

"瑶瑶走了……"与暮放下手中的信。

这在她的预料之中。

以李瑶的性格，她本就觉得对叶凡有愧疚，现在又失去了一双腿，更觉得自己是叶凡的负担，这样的她，是不可能安心留在叶凡身边的。

"你们来了，我该走了。"叶凡忽然起身。

傅致一和与暮这才发现他身旁有一个行李箱。

与暮问："你要去找瑶瑶？"

"嗯。"叶凡承认，"虽然她在信里提到让我不要找她，就像当初她对我说她不值得我等一样，但我要是能控制住自己的心，就不会有现在这种结局。所以，我要去找她。"

叶凡走过与暮与傅致一身边，顿了顿，将没有拿行李的那只手搭在傅致一的肩膀上，道："致一，能跟自己喜欢的人在一起不容易，你和与暮一定要好好过，不要辜负她。"

傅致一点头示意，朋友之间不需要太多言语，便能明白彼此的心意：“路上小心。”

“嗯。”

两人站在门口，目送着叶凡离开。

与暮望着视线里越来越远的车，喃喃地问：“叶凡和瑶瑶会幸福的吧？”

傅致一望着身边的女人，将她拥进怀中，想用身体驱散她心中的不安：“会的。”

与暮在他怀中轻闭上眼睛：“我们也会吗？”

“会的。”

没有多余的山盟海誓，这一次，他回答得很快也很坚决。

与暮没再说话，他也没说话。

天边阳光温和，微风轻拂。

他没有说出口的话是——

这一生，遇见你是我这辈子最幸运的事，伤过你是我这辈子最后悔的事。

无论以后发生什么事，我再也不会放开你，不会让你伤心。

风里雨里，生命里只有你。

时光漫漫，从此，傅致一定不再负朝与暮。

全文完